MEU CÓDIGO EXATO

UMA COMÉDIA ROMÂNTICA

MISHA BELL

♠ MOZAIKA PUBLICATIONS ♠

Copyright © 2021 Misha Bell
www.mishabell.com
Título original: *Hard Code*
Tradução: Nany
Preparação de Texto: Vania Nunes
Capa: Najla Qamber Designs – www.najlaqamberdesigns.com
Fotografia: Wander Aguiar – www.wanderbookclub.com
Modelo: Christoph
Publicado por Mozaika Publications, por Mozaika LLC –
www.mozaikallc.com

Bell, Misha
Hard Code, de Misha Bell. Tradução: Nany. 1ª edição. Rio de Janeiro, BR, 2021.

e-ISBN: 978-1-63142-678-0
ISBN: 978-1-63142-679-7

CAPÍTULO UM

— VOCÊ CONTRATOU uma prostituta para testar um monte de brinquedos sexuais?

— Fala baixo! — assobio para Ava, meu rosto queimando enquanto examino os outros clientes do Starbucks esperando na fila conosco. A maioria tem fones de ouvido e estão distraídos em seus telefones, mas ainda assim. E se alguém ouvir?

Ela sorri maliciosamente e abaixa a voz para o mais próximo de um sussurro que ela é capaz de fazer.

— Só se você botar para fora todos os malditos detalhes.

— Certo. Em primeiro lugar, Dominika *não* é uma prostituta. Ela é uma showgirl.

— Espera. — Os olhos âmbar de Ava brilham maliciosamente. — Esta é a 'showgirl' do clube de strip para onde Voldemort te arrastou em Praga? Que violou as freiras no palco?

— Ela estava fazendo o papel de uma succubus. Elas não eram freiras de verdade.

Seu lembrete de *Aquele que Não Deve Ser Nomeado* – também conhecido como meu ex – só aumenta meu desconforto. Fui àquele clube para provar a Bob que eu não era uma puritana, mas ele terminou comigo mesmo assim.

Ava me conhece bem, e é por isso que ela se lança em algo que garantidamente me distrairá. Levantando a voz uma oitava, ela diz: — Estou surpresa que as Rockettes não estejam fazendo um show como esse no Natal. Uma delas poderia penetrar uma freira falsa com uma cinta, outra com um punho...

— Quieta! — Minhas bochechas estão quentes o suficiente para fazer uma omelete nelas. — Eu precisava de alguém com experiência no uso de brinquedos sexuais, então, eu a contratei, ok?

— Aham. — Ava dá um passo à frente conforme a linha se move. — Para seu novo projeto de controle de qualidade.

Lancei outro olhar furtivo ao nosso redor.

— Como eu disse, estou testando um aplicativo para uma empresa de teledildônica.

— Teledildônica — ela repete, saboreando a palavra. — O prefixo *tele* se refere à longa distância; o sufixo *onica* significa pertencente a, e a raiz é *dildo*... como na coisa que venho convencendo você a tentar. — Sua voz fica mais alta. — Estamos falando de consolos de longa distância?

Enquanto me encolho, faço uma promessa mental: vou me vingar disso. Ela vai se arrepender desse dia.

— Precisamente. — Estou orgulhosa de como minha voz está firme. — O aplicativo que testarei permite que um usuário controle um dispositivo que está sendo utilizado por outro usuário, pela Internet.

— Certo. Certo. — Ela faz seu rosto parecer sério.

— Para colocar isso em termos leigos: um vibrador irá para Dominika em Praga, e você a fará gozar com o aplicativo, de Nova York.

Neste ponto, não são apenas minhas bochechas traiçoeiras que estão vermelhas – minhas orelhas também estão. — Isso é chamado de teste ponta a ponta. Precisa ser o mais próximo possível da forma como o produto será usado no mundo real.

— Ou teste de extremidade traseira. — Ela balança as sobrancelhas sugestivamente. Quando eu claramente viro minhas costas para ela, ela ri e diz: — Não é basicamente fazer sexo com Dominika? Depois de pagar a ela? Como ela não é uma prostituta, então?

A realidade é pior. Dominika e o *namorado* dela participarão do teste, mas não vou contar isso a Ava agora. Ou talvez nunca. — Bem. Ela não é apenas uma showgirl. Feliz agora?

— Ei. — Ela finalmente abaixa a voz. — Não tenho nada contra a profissão mais antiga do mundo. Se eu já não tivesse perdido anos na faculdade de medicina, e se todos os johns fossem gostosos e as DSTs não existissem, eu me inscreveria. Pelo menos se pagasse bem e eu não estivesse namorando ninguém.

Especialmente se eu estivesse tão privada de orgasmo quanto você. Pensando bem...

Felizmente, é nossa vez de fazer o pedido agora. Ela consegue cafeína suficiente para fazer um rinoceronte saltar pelas paredes, e eu peço meu chá de camomila *venti* na esperança de me acalmar antes da reunião que eu temia.

Damos um passo para o lado para esperar nossas bebidas, e Ava sorri como o *Grinch*.

— Então, de volta à teledildônica.

Antes que eu possa calá-la novamente, *ele* entra.

Esqueci o que ia dizer. Eu me esqueço de *respirar*.

Traços esculpidos que me lembram igualmente deuses gregos e anjos, olhos do tom azul profundo de uma pedra de lápis-lazúli, emoldurados por elegantes óculos de aro de chifre. Lábios que imploram para serem beijados. Cabelo desgrenhado, preto azeviche, com uma mecha solta que cai no meio de seu rosto e apenas me implora para alcançar e pentear para trás – o que eu teria que esticar o braço para fazer isso porque ele é pelo menos trinta centímetros mais alto que eu. Apesar do clima quente, ele está vestido com um sobretudo preto com uma camisa preta por baixo, uma roupa que acentua a largura poderosa de seus ombros e...

— Terra para Fanny. — A voz de Ava se intromete em meu cérebro confuso em oxitocina.

Eu giro antes que ela perceba que eu estava dando uma olhada no Gostoso McSombrio. Conhecendo-a, ela me empurraria para ele, ou me importunaria para iniciar uma conversa, ou faria um milhão de outras coisas que me envergonhariam direto para um ataque de pânico.

Alguém como eu e um cara gostoso não se misturam.

Antes que ela possa voltar a me importunar sobre teledildônica ao alcance da voz de Gostoso McSombrio, preventivamente coloco minha mão no bolso e retiro um dos meus bens mais queridos – meu telefone, também conhecido como Precioso.

— Você tem que ver o aplicativo que eu criei — digo a Ava e olho para trás.

As sobrancelhas de Gostoso McSombrio se ergueram com a menção de um app?

Nah. Apesar das aparências, ele está olhando para mim agora. Ele provavelmente está estudando o painel do menu diretamente atrás de mim.

— Ok... — Ava parece tão entusiasmada quanto eu quando ela conta uma história horrivelmente grosseira sobre sua residência no pronto-socorro. — Isso permite que você desenhe a si mesmo, certo?

— Não. — abro o aplicativo e fico olhando com orgulho para a interface de usuário nítida que trabalhei durante meses. — Te diz qual personagem de desenho animado você mais se parece.

— Quase acertei. Mas quero saber. Quem eu pareço?

Me sentindo um pouco desobediente, posiciono-a corretamente e bato uma foto com o aplicativo. Exceto que aponto a câmera para Gostoso McSombrio em vez de Ava – e o aplicativo imediatamente traz um personagem de desenho animado: *Clark Kent* do *Superman*, a série animada.

Consigo entender o porquê. Essa mecha de cabelo, os óculos e as características cinzeladas combinam. A genialidade dessa ação é que o aplicativo também armazena a foto original, então, eu poderia, se eu quiser, fazer uma busca retroativa da imagem para, digamos, seu perfil de mídia social.

Supondo que eu quisesse me tornar uma stalker, claro.

Antes que Ava perceba, eu aponto a câmera para ela e tiro outra foto.

— Você é a *Bela*. — Mostro a ela a imagem de olhos castanhos e cabelos castanhos no telefone. — Da *Bela e a Fera*.

— *Tale as old as time* — ela canta. — Acho que é um elogio. Posso fazer com você?

— *Be our guest.* — respondo com outra música. Coloco o telefone nas mãos dela, principalmente porque quero ver se ela consegue descobrir como usar o aplicativo sem a minha ajuda.

Para meu grande alívio, ela descobriu na hora. Este não é tão bom quanto um teste da avó, mas perto. Tive que ensinar Ava a programar seu controle remoto universal.

Quando o aplicativo dá o resultado, ela ri. — *Branca de Neve*. É sempre uma princesa da *Disney*?

— Nem sempre.

— Aposto que são suas bochechas pálidas fáceis de

corar. — Ela me examina de perto. — Ou o rosto redondo.

Dou outra espiada no Gostoso McSombrio. — Estou feliz que não seja um dos sete anões.

— Ah, sim, ponha uma barba em você e você seria a cara do *Dengoso*.

Eu me encolho. A voz dela está mais alta do que nunca; o cara teria que ser surdo para não nos notar neste momento. — Por favor, fala baixo.

— Desculpa. — Ela me entrega meu telefone de volta. — Você vai ganhar algum dinheiro com esse aplicativo?

Eu olho para a hora para ter certeza de que não estou atrasada antes de guardar Precioso.

— O aplicativo é gratuito. Eu até fiz código aberto, então, qualquer pessoa pode pegar e usar como quiser.

— É para aquela promoção que você quer, então?

Dou de ombros. — Não é uma promoção, é uma mudança lateral. O aplicativo era para provar a mim mesma que eu tenho o que é preciso para ser um desenvolvedor. Agora, só preciso fazer as pessoas do trabalho acreditarem em mim também, ou, pelo menos, me valorizar o suficiente para me dar a chance de mudar de departamento.

Pelo canto do olho, vejo Gostoso McSombrio fazendo seu pedido, o que significa que se não recebermos nossas bebidas em breve, ele estará perto o suficiente para eu sentir o cheiro dele.

Ou o toque.

Ou...

— E este projeto de brinquedos sexuais inteligentes vai ajudar? — Ava pergunta, novamente falando alto demais para meu conforto.

— O próprio dono da empresa desenvolveu o aplicativo. Isso torna o teste o mais cobiçado possível. — Eu me esforço para ouvir o que o cara está pedindo, mas só consigo entender a palavra *chá* – e é bom saber que há outro otário lá fora disposto a pagar caro por um saco de folhas secas.

— E o dito proprietário é o infame Vlad, o Empalador, certo? — Ela diz o nome com prazer.

— É assim que o boato do escritório o chama. Tenho certeza que para ele mesmo, é apenas o Sr. Vladimir Chortsky.

— Ou Mestre — ela diz em sua melhor voz de *Renfield*. — E você vai conhecê-lo hoje? Não deveria haver alho em seu pescoço ou uma cruz dentro de sua calcinha?

Eu rio nervosamente. — Dizem que ele nunca dorme. Ou, pelo menos, ele responde e-mails a qualquer hora do dia ou da noite.

Ava faz uma cara de terror. — Ele brilha?

— Vou descobrir hoje. — Gostoso McSombrio agora está caminhando em nossa direção, então, preciso de tudo que tenho para manter a calma. — Eu verifiquei o código dele para esse aplicativo, e era muito elegante e inventivo – apropriado para uma criatura noturna com séculos de idade. Minha chefe, Sandra, também me disse que quando ele desenvolve algo, não trabalha com a equipe de desenvolvimento, mas os aplicativos resultantes nunca têm nenhum bug...

— Não é emocionante. — Ava boceja exageradamente. — O que eu quero saber é: ele empalou alguma funcionária?

Notas sensuais de tangerina e bergamota flutuam em minhas narinas.

Chá de alguém ou a colônia de Gostoso McSombrio? Ele está agora bem ao meu lado, tão perto que não ouso olhar para ele para não derreter em uma poça. Meu coração bate de forma desigual, e posso sentir uma nova onda de cor quente alcançando minhas bochechas.

— Fanny. Ava. — O barista põe nossas bebidas no balcão.

Perfeito. Antes que Ava pudesse me envergonhar ainda mais na frente de Gostoso McSombrio, pego minha bebida, coloco a dela em sua mão e a arrasto para fora do Starbucks pelo cotovelo.

— Eu tenho que ir trabalhar — digo quando saímos. Imediatamente, as buzinas ensurdecedoras dos táxis enchem meus ouvidos. Estamos do outro lado da rua do Battery Park, com a Estátua da Liberdade visível à distância.

Ava me dá um beijo na bochecha. — Boa sorte. E se o Empalador te transformar em vampiro, você deve fazer o mesmo comigo assim que puder. Posso roubar bolsas de sangue do hospital.

Dou uma última olhada ansiosa para Gostoso McSombrio através do vidro fumê.

— É melhor você se comportar da melhor maneira possível, ou vou apenas fazer de você minha prostituta de sangue.

Ela ri enquanto se afasta, e eu corro para o arranha-céu próximo e pego o elevador para o andar da minha empresa.

Saindo, eu examino meus arredores. *Binary Birch*, a placa na parede afirma numa fonte de aparência muito séria. A natureza utilitária fria da decoração moderna não mudou desde que estive aqui para minhas entrevistas alguns meses atrás. Não há salas de jogos ou recantos como poderiam ter em outras empresas de software mais modernas – não com o Empalador no comando.

As pessoas ao meu redor são na maioria estranhos. A política da empresa é que todos tenham a opção de trabalhar remotamente se quiserem, então, tenho trabalhado de casa e me comunicado com o escritório por e-mail, mensagem instantânea e, ocasionalmente, um aplicativo de teleconferência.

Pego Precioso e verifico a hora. Dez minutos até que eu tenha que enfrentar o escritório do Empalador.

Bebendo meu chá, me conecto com o Wi-Fi e verifico minhas mensagens.

Sandra, a gerente de Controle de Qualidade e minha chefe direta, quer me ver, se eu tiver tempo.

Eu sigo para o labirinto de cubículos. Já que ela é uma das poucas pessoas que conheço de vista, eu a localizo rapidamente e bato na parede de vidro de seu cubículo.

— Oi, Sandra — digo quando ela tira o olhar da tela.

— Oh, ei, Fanny. Aí está você. — Com um sorriso afetado, ela se levanta e nos leva a uma pequena sala de reuniões.

— Então — ela diz, não encontrando meu olhar enquanto nos sentamos frente a frente. — Eu só queria verificar... Você está bem com o projeto de teste excêntrico que está prestes a empreender, certo?

— Estou — declaro com a maior confiança que posso fingir.

Eu sei por que ela continua perguntando. A última coisa que a empresa quer é que eu entre com um processo de assédio sexual por causa disso, ou que eu diga que não estou bem com isso quando falar com o Empalador, fazendo com que ela, minha gerente, pareça uma idiota.

— Fico feliz — ela diz, e rapidamente repassamos o projeto que acabei de testar, um aplicativo que funciona com um rastreador de fitness de pulseira.

Ela sorri quando digo que até perdi alguns quilos graças a toda caminhada para testar a funcionalidade do pedômetro.

Então, é hora da reunião que eu estava temendo, e Sandra me leva ao único escritório sem paredes de vidro no andar.

Segundo algumas piadas, o Empalador não gosta da luz e, segundo outras, precisa de privacidade para fazer suas matanças em paz.

— Quer que eu pegue isso? — Sandra pergunta, olhando preocupada para meu copo quase vazio.

— Não são permitidas bebidas lá? — pergunto.

Ela lança um olhar nervoso para a porta. — É melhor eu pegar.

Quando entrego o copo a ela, minha mão, até então firme, começa a tremer.

Quão assustador pode ser nosso glorioso líder?

— Mantenha-me informada. — Sandra abre a porta para mim.

Sentindo-me como um cordeiro indo para o abate proverbial, eu me arrasto para o covil do Empalador – e antes que eu possa ver o próprio homem, minha gerente fecha a porta atrás de mim, como um servo de vampiro montando uma armadilha.

Música suave está vibrando nas ondas do ar aqui. *In the Hall of the Mountain King*, de Edvard Grieg – uma melodia adequada para se perder o sangue.

Sinto o cheiro de tangerina e bergamota e meu estômago embrulha.

Não pode ser.

Eu me viro.

Iluminado pela luz azulada de um grande monitor está o rosto lindo do estranho em quem eu estava babando no Starbucks.

Até seu chá está aqui, em sua mesa imaculadamente limpa.

— Olá, Srta. Pack — Vlad, o Empalador, diz com um leve sotaque da Transilvânia. — É bom finalmente vos conhecer.

CAPÍTULO DOIS

O SOTAQUE É RUSSO – todo mundo sabe muito sobre nosso solitário CEO. E seu local de nascimento pode ser o motivo pelo qual ele se dirigiu a mim de maneira tão formal; eu li isso, na Rússia, eles costumam usar o plural *vos* e patronímico, tanto como um sinal de respeito quanto para separar amigos próximos de estranhos.

Srta. Pack é um equivalente decente, exceto que me faz soar como Srta. Pac-Man: redondo e faminto por roscas. E barra lateral – esse jogo não deveria se chamar Pac-Woman ou Srta. Pac? Na verdade, graças a Deus, não era Srta. Pac; isso seria pessoal demais e eu já fui provocada o suficiente por ser Fanny Pack.

Então, o sangue foge do meu rosto.

Ele poderia ter ouvido a mim e a Ava. Qual foi a última...

Percebo que ele está de repente pairando sobre mim, a mão estendida, como um *Nosferatu*.

Deve ter usado sua velocidade de vampiro sobrenatural para pular de trás de sua mesa e correr em minha direção antes que meu cérebro pudesse processar isso.

Porcaria. Há quanto tempo estou parada aqui, ignorando aquela mão? E como diabos isso aconteceu? Como é que Vlad, o Empalador, é o Gostoso McSombrio? Todos os rumores sobre esse homem omitiram um detalhe crítico: o quão atraente ele é, de dar água na boca.

— Você está bem? — o Empalador pergunta, seu sotaque mais forte.

Ugh, agora estou encarando-o. E ainda ignorando aquela mão. Reunindo minha coragem, estico meu braço e seguro sua palma muito, muito maior.

Santo estrogênio.

Minha frequência cardíaca dispara e uma onda de energia orgástica se espalha pelo meu corpo, eletrocutando um ninho de borboletas raivosas no meu estômago antes de se estabelecer em algum lugar no meu núcleo.

Quantas horas é socialmente apropriado segurar uma mão assim?

Relutantemente, tiro meus dedos dos dele.

Ele olha para mim, sua expressão completamente ilegível. Ele é um jogador de pôquer incrível ou esse aperto de mão não o afetou em nada.

— Sente-se. — Ele aponta para a cadeira em frente à sua mesa e, no momento em que me jogo, ele já está na sua. É uma Embody, da Herman Miller, a mesma cadeira que tenho em casa, só que a minha é azul, enquanto a dele é preta.

Ele abaixa o volume da música com um pequeno controle remoto. — Você tem uma grande reputação na Binary Birch, Srta. Pack.

Tenho? Isso é novidade. Mesmo se isso fosse verdade, como ele saberia disso?

Não ouso perguntar, pois isso pode ser tão suicida quanto retribuir, dizendo a ele que sua reputação *não* é tão estelar.

— Obrigada — gaguejo antes que o silêncio se transforme em um território desconfortável. — Adoro trabalhar aqui. — E por *adoro*, quero dizer *tolero*. Mas o que é uma mentirinha branca entre um monstro e sua presa?

Ele me encara, e sinto que posso me afogar nas profundezas de seus olhos.

— O projeto o qual estou lhe confiando é extremamente importante.

Eu balanço minha cabeça para cima e para baixo tão vigorosamente que quase me dou uma chicotada.

— O cliente – Belka – terá a chance de demonstrar o produto final para os editores da revista *Cosmopolitan* em duas semanas. — Ele me olha como se para verificar se eu sei o que *Cosmo* é, então, eu coro e aceno com a cabeça, por via das dúvidas. — Essa é uma grande oportunidade. — Suas sobrancelhas escuras franzem minuciosamente quando ele termina com: — Não podemos decepcionar Belka.

— Sim, senhor. — Dou-lhe uma saudação militar nítida.

Espere, o quê? Por que eu fiz isso?

Não há nenhum indício de diversão em seu rosto. Ele deve estar acostumado a tais gestos quando participou das guerras napoleônicas e sei lá o quê.

Ele junta os dedos. — Eu sei que você deve ter o plano de teste mais completo em mente.

Na verdade, tenho o desejo de chupar aqueles dedos longos e masculinos em mente no momento, mas mantenho isso para mim.

— Espero que você me deixe enriquecer seu plano com alguns casos de testes extras – que já podem se sobrepor ao seu. — Ele alcança sua mesa e tira algumas folhas de papel grampeadas.

Só agora percebo que ele está basicamente me dizendo como fazer meu trabalho – o que seria como se eu o ensinasse a beber sangue corretamente. Controlador maluco?

Enquanto pego os papéis, nossos dedos se roçam por um segundo, enviando mais uma dúzia de carga elétrica às minhas regiões inferiores.

Ruborizando, eu olho para o que estou segurando.

Hmm. Papel rosa. Um leve cheiro de perfume. Muito cursiva com corações pontuando o "i" ocasional. Uma mulher deve ter feito isso para ele, e não Sandra, cujo cheiro é mais evocativo a repolho cozido. Além disso, Sandra é obcecada por comunicação eletrônica, a julgar por toda a propaganda "Salve uma árvore" constante em sua assinatura de e-mail.

A pontada de ciúme que de repente experimento é tão inadequada quanto insana.

Para evitar ficar pensando nisso, folheio o conteúdo do papel – e, ao fazer isso, sinto o rubor se espalhar pelas minhas orelhas e peito, deixando-os vermelhos como uma beterraba.

Existem itens como *foi alcançado o orgasmo?* e *quantas vezes?*

Eu já tenho o primeiro em meu plano de teste, mas não o último – o que, claro, não é a fonte por me sentir sem graça.

É que ler a palavra *orgasmo* na presença dele parece errado.

E sujo.

E, de alguma forma, sexy, tudo ao mesmo tempo.

É melhor eu sair daqui com o que resta da minha dignidade.

— Vou me certificar de, hum... utilizar isso — me abano com os papéis — em meus testes.

Ele estende a mão por baixo da mesa, puxa algo e coloca na mesa entre nós.

Eu fico boquiaberta com isso.

Estritamente falando, é uma mala de mão – mas apenas no mesmo sentido que uma bola de discoteca é um globo. Está coberta de bolinhas com babados e adornada com tantas pedras de cores diferentes que você pensaria que um unicórnio peidando arco-íris havia ejaculado nela.

Quando olho mais de perto, percebo que os desenhos não são bolinhas, mas minúsculos pênis e vaginas multicoloridos que alguém desenhou cuidadosamente à mão.

Pelo menos, espero que tenha sido à mão.

Minhas bochechas desviam-se da extremidade vermelha do espectro visível, irradiando tanto infravermelho quanto uma tocha de soldagem.

Irritantemente, o rosto de Vlad só mostra o profissionalismo neutro que ele demonstrou ao longo de todo o encontro. Talvez ele seja um dos vampiros de Anne Rice – os mais velhos se tornam como se fossem esculpidos em pedra com o tempo.

— O hardware está dentro — diz ele.

Uma mistura de soluço e uma risada escapa da minha garganta.

Ele acabou de chamar uma coleção de consolos de *hardware*, e provavelmente não foi uma piada.

— Entendi. — Fico de pé num pulo e pego a mala no momento em que ele a desliza para frente.

Nossos dedos se roçam, gerando o suficiente daquele choque elétrico para alimentar os brinquedos por uma semana. Eu engulo e tiro a mala da mesa.

É pesada. Deve haver mais do que alguns consolos, e quem sabe o que mais.

Espero que a vagina de Dominika possa lidar com tudo. Sem mencionar que enviar esse "hardware" para a República Tcheca custará uma pequena fortuna. Eu realmente espero que ninguém no escritório da DHL me pergunte o que há dentro. Por falar nisso, oro para que ninguém aqui no escritório me pergunte "O que há na mala?", enquanto eu corro para o elevador.

— Foi bom conhecê-lo — digo a Vlad e me preparo para fugir.

— Verei você na reunião mensal em cinco minutos? — ele pergunta.

Quase deixo cair minha bagagem com inscrições genitais.

Em teoria, todos deveriam comparecer à reunião mensal. O objetivo é que tenhamos uma ideia do que o resto da Binary Birch está trabalhando, encontremos oportunidades de sinergia e outras conversas corporativas. Na prática, como tenho trabalhado em casa, normalmente me conecto nessa reunião por telefone e, em seguida, prontamente me afasto da maior parte enquanto faço meu trabalho real de teste.

Eu sei de uma coisa: o Empalador é famoso por nunca participar dessa reunião pessoalmente – e ele não tem a desculpa de trabalhar de casa. Ele apenas se conecta e nunca diz uma palavra, embora as pessoas afirmem ter recebido e-mails sobre algumas coisas discutidas na reunião, dando a entender que ele realmente escuta – e é por isso que todos estão sempre se comportando da melhor maneira durante a reunião.

No entanto, ele disse "vejo você", não "ouço-a", então a tradição está prestes a ser quebrada por algum motivo.

Claro, agora eu tenho que comparecer à reunião.

Com esta mala.

Me dê um tiro agora.

— Afirmativo — eu respondo tardiamente e luto contra outro desejo de saudar. — Te vejo em breve.

Sem graça, eu giro e sigo para a porta, ansiosa para escapar do covil e de seu ocupante vampírico.

Sua voz me impede quando estou alcançando a maçaneta da porta. — A propósito, Srta. Pack... — ele diz para minhas costas, e pela primeira vez, eu detecto uma pitada de emoção em seu tom. — Você deveria saber de algo. Eu não empalo minhas funcionárias.

CAPÍTULO TRÊS

COM A MALA NA MÃO, saio disparado do escritório do Empalador para o banheiro como se os cães do inferno estivessem em meus calcanhares. Um único pensamento passa pela minha mente como um disco de vinil quebrado.

Ele nos ouviu no Starbucks.

Pelo menos a parte sobre ele empalando funcionárias.

O que mais ele ouviu?

Como estou ferrada?

— O que diabos é isso? — pergunta uma mulher atraente de cabelo preto quando eu saio da minha cabine.

Eu lanço um olhar estranho para a mala que deixei perto de uma das pias. — A mochila escolar da minha sobrinha.

Eu não tenho uma sobrinha, mas se eu tivesse, e esta fosse a mochila dela, ela precisaria de terapia séria.

A estranha olha para mim como se eu fosse um grilo exótico em um terrário. — Eu sou Britney Archibald.

Este dia está ficando cada vez pior. Embora eu nunca a tenha visto pessoalmente ou em vídeo, nós nos conhecemos – pelo menos por meio de mensagens instantâneas e e-mail.

Ela é uma das cinco mulheres que trabalham no departamento de desenvolvimento, e recentemente testei alguns códigos que ela desenvolveu.

Infelizmente, ao contrário do resto de seu departamento, ela não é uma programadora muito boa – ou, no mínimo, ela é descuidada – porque eu encontrei uma infinidade de bugs em seu aplicativo, muito mais do que o normal. Ela revelou ser extremamente sensível quando se tratava de minhas descobertas, e sua correspondência comigo tomou um rumo adversário. Eu tentei consertar as coisas, especialmente porque estou ansiosa para estar no departamento dela, mas ela rejeitou minhas tentativas de entrar em uma videochamada e ficar tudo bem.

A única razão pela qual não encaminhei isso para nossos gerentes é que não sou delatora. Além disso, há rumores de que Britney é uma hacker muito melhor do que programadora. Aparentemente, depois que ela terminou com um cara do departamento de vendas, ela invadiu suas contas de mídia social e transformou as imagens do perfil em uma foto dele durante algum tipo de jogo de pônei.

Que sorte a minha de topar com ela, dentre todas as

pessoas, com a atrocidade decorada de genitália em minha posse.

Eu invoco todo o meu profissionalismo e estendo minha mão. — Sou Fanny Pack.

Ela olha para minha palma com nojo.

Ah, merda. Ainda não lavei as mãos – e duvido que ela aceite que "a urina é estéril", como desculpa.

Também vejo seus olhos se estreitarem quando ela se lembra por que meu nome é familiar.

— É bom colocar um rosto em um nome — deixo escapar, e agarrando a mala, corro para a porta. Por cima do ombro, acrescento: — Vejo você na reunião mensal.

Acho que ela responde com algo malicioso, mas não entendo o que é.

Corro para a copa e lavo as mãos na pia. Então, tomo um copo d'água e entro sorrateiramente na grande sala de conferências onde será realizada a reunião mensal.

Ótimo.

Eu sou a primeira a chegar.

Pego a cadeira no canto mais distante e guardo a mala debaixo da mesa.

Pronto. Ninguém deveria ver isso agora, e o conforto dos meus joelhos é um pequeno preço a pagar.

Enquanto espero o resto dos funcionários entrar, conecto Precioso no Wi-Fi da empresa e procuro informações sobre o Empalador na internet.

É estranho o quão pouco eu encontro.

Ele é obscenamente rico, mas eu já sabia disso. Ele é dono de uma empresa de software de sucesso – eu trabalho nela, então *dã*.

Não há fotos dele online. Nem no site Binary Birch, nem nos jornais, nem em qualquer outro lugar que eu procure. Se eu não tivesse tirado a foto dele com meu aplicativo, teria certeza de que ele é o tipo de vampiro que não se reflete em espelhos nem aparece em fotos.

Ele também não tem um perfil de mídia social de qualquer tipo, nem mesmo profissional, como o LinkedIn. Minha ideia no Starbucks de procurá-lo por meio daquela foto teria falhado.

Claro, eu não preciso fazer isso agora. Eu sei quem ele é, e qualquer tipo de romance está fora de questão. Ele é o chefe da minha chefe – ou patrão – para não mencionar um notório workaholic que não tem tempo para mais nada na vida.

Além disso, tenho certeza de que ele não estaria interessado em alguém que trabalha para ele – já que isso envolveria empalar essa pessoa, e ele disse que não faz isso com as funcionárias. E mesmo se empalar estivesse em questão, tenho certeza de que ele não iria querer fazer isso comigo.

Eu nem deveria estar pensando nisso, não em um momento tão crucial da minha carreira.

Ainda assim, crio um alerta do Google para o nome dele. Dessa forma, se algo sobre ele aparecer online, eu serei a primeira a saber.

Uma porta bate, fazendo minha cabeça erguer.

Enquanto coloco Precioso no bolso, percebo que a

sala agora está lotada – e o homem que eu estava ainda há pouco perseguindo ciberneticamente está de pé na cabeceira da mesa, seus ricos olhos azuis brilhando intensamente por trás dos óculos.

Eu engulo em seco.

Normalmente, um dos gerentes de projeto preside essa reunião, mas agora, toda a equipe está encolhida em um canto.

Pelo menos os homens. As mulheres nesta sala parecem estar ovulando espontaneamente.

Britney está praticamente sufocando de tanto babar, e até Sandra – que deve ser pelo menos trinta anos mais velha – está quase tão vermelha quanto eu.

— Nos últimos meses, tenho trabalhado no Projeto Belka — diz o Empalador sem nem mesmo um "olá, pessoal". — Agora, está em fase de testes. — Ele olha para mim por um segundo, e os olhos de Britney viram na minha direção, então, se estreitam em fendas.

Eu afundo em meu assento e faço minha melhor representação de tartaruga. Pelo amor de C++, por favor, não conte a eles sobre a mala cheia de brinquedos sexuais. Por favorzinho, com direito a um galão do sangue mais suculento no topo.

Ele não conta.

Em vez disso, ele move seu olhar para onde os contadores estão sentados.

— Se a equipe de Controle de Qualidade enviar quaisquer relatórios de despesas marcados com *Belka*, a papelada deverá ser agilizada. Se vocês tiverem *alguma* dúvida sobre os porquês dos relatórios, encaminhe-as para mim.

As expressões na cara da equipe de contabilidade indicam que não haverá perguntas. Jamais.

Isso é ótimo. Eu realmente queria reembolsar os custos de envio exuberantes que estou prestes a acumular, mas sem seu pedido executivo, eu não teria me incomodado. A equipe de contabilidade recusou quando encomendei um teclado ergonômico, e isso é tão relacionado ao trabalho quanto qualquer despesa pode ser.

Mas como ele soube? Ele é um vampiro precognitivo, à la *Alice* de *Crepúsculo*?

— Isso vale para todo o resto. — Seu olhar varre a sala, demorando-se em mim por um segundo. — O Projeto Belka é uma prioridade.

Uau.

Sem pressão nem nada.

Sandra acabou de lançar um olhar culpado para mim? *Foi* ela quem me designou para esse projeto, mas, novamente, dado o quão importante essa coisa está se tornando, ela meio que me elogiou no tipo *vamos dar o máximo para sobrevivermos debaixo desse ônibus.*

Britney levanta a mão com a empolgação de uma estudante primária que sabe a resposta para algo pela primeira vez em sua vida.

Ignorando-a, o Empalador dá meia-volta e sai da sala.

— Você precisa de alguma ajuda? — Britney grita atrás dele. — Posso revisar o código se...

A porta bate atrás dele.

A sala respira aliviada – todos, exceto Britney, quero dizer. Parece que alguém acabou de raspar sua querida tarântula de estimação.

O telefone da ponte de conferência toca, notificando-nos que o Empalador acabou de voltar à reunião com sua presença fantasmagórica de costume.

Um dos gerentes de projeto assume a reunião, mas não consigo acompanhar o que ele ou qualquer pessoa diz devido à toda adrenalina que corre pelo meu sistema.

Esse projeto é mega importante.

Eu não posso fazer merda.

Para me acalmar, pego Precioso.

Fingindo que estou olhando para um memorando importante, abro meu aplicativo e o uso com meus colegas de trabalho.

O sósia em desenho animado de Sandra acabou sendo *Dory*, de *Procurando Nemo*. Britney pega *Malévola* – nenhuma surpresa nisso. Alguém do departamento de vendas lembra o *Frajola*; uma mulher da contabilidade é o gambá *Pepe Le Pew*; enquanto dois caras do departamento de desenvolvimento combinam com *Beavis e Butt-Head*.

Ver a maioria dos meus colegas de trabalho assim me faz perceber uma coisa: a proporção de mulheres para homens no departamento de desenvolvimento, e na empresa em geral, é muito maior do que na indústria de software em geral. Isso é especialmente interessante à luz dessa proporção no sistema educacional. Quando eu estava fazendo cursos de ciência da computação no Brooklyn College, geralmente era a única mulher em minha classe.

É o Empalador por trás disso ou o departamento de RH? Se for o Empalador, deixa-me impressionada – com sua longevidade vampírica, quando ele era mais novo, a expressão corporativa "teto de vidro" ainda nem existia.

Bem, quem quer que esteja por trás disso, é uma coisa a menos com que se preocupar quando se trata de mudar para o departamento de desenvolvimento.

Falando nisso, me sinto mais determinada a fazer isso agora do que nunca. Na verdade, acho que devo fazer meu pedido o mais rápido possível. No início, eu estava esperando a conclusão do projeto Belka, mas graças a esta reunião, ganhei alguma visibilidade e provavelmente não haverá melhor momento.

Durante o resto da reunião, reproduzo diferentes versões do meu argumento de venda em minha mente.

Quando acaba, espero que todos saiam antes de lidar com a mala novamente.

Frajola e *Pepe Le Pew* estão entre os últimos a sair, com *Beavis e Butt-Head* em seu encalço.

Apenas Sandra resta agora, e ela claramente ficou para trás de propósito.

Seja qual for o motivo, decido aproveitar o momento antes de me acovardar.

— Oi, Sandra. Há algo importante sobre o qual gostaria de falar com você.

Ela empalidece. Aposto que ela pensa que estou prestes a dar para trás no projeto de teste.

Antes que ela pudesse ter um ataque cardíaco, explico meu plano verdadeiro e, enquanto ela escuta, um pouco de cor retorna ao seu rosto.

— Você tem alguma experiência em codificação? — ela pergunta quando eu termino de apresentar meu caso. — Esta é a primeira coisa que eles vão me perguntar quando eu tocar no assunto.

Conto a ela sobre meu aplicativo e me ofereço para compartilhar um link para o banco de dados de controle de origem, para que ela possa passá-lo para quem quiser ver do que eu sou capaz.

— Por favor — ela diz. — Vou passar isso para todos da equipe de desenvolvimento, junto com uma recomendação entusiasmada minha.

Eu sorrio para ela. — Lamento deixar a sua equipe. O teste não é...

Ela acena. — Será uma pena perder você, mas você tem que pensar na sua carreira antes de mais nada. — Ela lança um olhar furtivo para a porta e desliga o telefone da sala de conferências. — Eu queria falar com você sobre algo também. Sei que você sempre faz um ótimo trabalho, mas, por favor, dê o seu melhor no que se refere ao projeto Belka. Estou preocupada que, se algo der errado, os empregos de ambas estarão em risco.

Ótimo.

Eu conseguirei a posição que desejo ou perderei meu emprego completamente.

— Entendi — digo com uma confiança que gostaria de sentir. — Deixa comigo.

Sandra reconecta o telefone. — Avise-me se houver algo que eu possa fazer para ajudar.

— Eu farei isso. — Sorrio e espero que ela vá embora.

Ela fica.

— Tchau — digo.

Ela franze a testa. — Você ainda não vai embora?

— Tenho que verificar um e-mail — minto.

Embora ela esteja por dentro do teste do brinquedo sexual, ainda não quero que ela veja a mala.

— Boa sorte — ela diz e finalmente sai.

Eu espero mais um minuto para que todos se dispersem para seus cubículos, em seguida, pego a bagagem de mão do brinquedo sexual de debaixo da mesa e corro para fora da sala de reuniões – e quase trombo com Britney, que está espreitando no corredor a caminho dos elevadores.

— Fanny — Sua voz está cheia de mel envenenado. — Estou feliz por ter topado com você.

Está? O inferno está passando por mudanças climáticas?

— Queria perguntar-lhe sobre o projeto Belka — diz ela.

Ah. Aí está.

— Por favor, encaminhe todas as suas perguntas ao Sr. Chortsky — digo educadamente.

Posso ver que ela está insatisfeita com a resposta,

então, agarro a mala e dou um passo à frente, na esperança de passar por ela rapidamente.

Ela não se move.

— Com licença — eu murmuro. — Estou atrasada para uma reunião. — Com isso, eu me aperto com força entre ela e a parede e corro para o elevador como se estivesse sendo perseguida por uma fada do mal.

Uma vez do lado de fora do prédio, ando todo o caminho até o escritório da DHL, na Church Street.

Enxugando o suor da minha testa – está realmente quente lá fora – eu examino a papelada envolvida.

Este dia está cada vez melhor. O formulário da alfândega contém uma lista de itens.

Isso deve ser divertido.

Eu localizo o banheiro mais próximo, me tranco em uma cabine e abro a mala.

Caralho. São muitos brinquedos.

Um consolo em uma caixa de plástico transparente. Algo que parece um plugue anal. Um anel peniano. Um vibrador. E muitos itens que eu nem mesmo reconheço.

Felizmente, há um tipo de menu aqui, escrito pela mesma mão feminina que a folha de casos de teste auxiliar. Na verdade, o interior da mala também cheira a esse mesmo perfume.

Eu me pergunto se ela é a amante do Empalador. Isso pode explicar por que ele está dando a isso uma prioridade tão alta.

Mate-a, o monstro verde do ciúme grita dentro da minha cabeça.

Não sei quem ela é, respondo. *Você tem que relaxar.*

Descubra e arranque o cabelo dela.

Você é louco.

Eu sou você.

Silenciando o monstro verde, coloco a lista no bolso, fecho a mala e volto para o escritório principal da DHL.

Alguém corou tanto ao preencher um formulário da alfândega antes? Meu rosto está tão quente que tenho medo de que meu cabelo pegue fogo.

Quando o formulário termina, entro na fila e espero.

E espero.

Ficando entediada, pego meu telefone.

Hmm. Um e-mail de Dominika.

Quando leio o assunto, minha frequência cardíaca acelera.

Sinto muito.

Não.

Não pode ser.

Abro o e-mail, leio e quase deixo cair Precioso.

É o meu pior pesadelo tornando-se realidade.

Dominika não será minha testadora.

CAPÍTULO QUATRO

A VIAGEM de carro para casa acontece em uma névoa confusa.

O e-mail de Dominika quase parece uma piada cruel.

Aparentemente, ela entrará para um convento amanhã. Ela, a mulher que fingia seduzir – e, depois, violar – criativamente todos os orifícios de "freiras" de um clube de strip.

Eu disparo um e-mail perguntando se ela está brincando, apenas para receber uma resposta automática instantânea reiterando seus planos de se tornar freira.

Se eu contar a Ava, ela vai morrer de rir às minhas custas. Dominika, a freira, terá uma língua bifurcada e estará coberta da cabeça aos pés por tatuagens, algumas das quais retratam atos sexuais proibidos pelos textos sagrados.

Entrando em meu apartamento, eu alimento

Monkey, minha porquinha-da-índia. Originalmente, ela era um presente para meu ex, mas ele não a quis, então, acabei com ela no reverso de uma batalha pela custódia.

— O que eu faço agora? — pergunto a ela quando ela termina sua comida.

O pequeno roedor salta para cima e para baixo como se estivesse dançando.

— Você não está ajudando — digo, em seguida, troco sua água e ando pelo apartamento enquanto pondero minha situação.

Achei que tinha tido sorte com Dominika. Ela é uma especialista com brinquedos, vive muito longe e estava disposta. Acho que a parte sobre distância não é grande coisa – posso usar um servidor proxy para simular isso com alguém local, se quiser. Mas alguém disposto a enfiar brinquedos em buracos é mais difícil de encontrar.

Eu encontro os olhos rosa de Monkey. — Você acha que eu deveria contratar uma prostituta?

Ela corre para a casinha em que costuma dormir.

Julgadora demais?

Eu retomo meu ritmo e penso mais sobre a prostituição.

O maior problema é que isso é ilegal em Nova York. Mais importante, não tenho ideia de onde encontrar uma. Ou um cafetão. Elas ainda usam cafetão?

De qualquer forma, duvido que você possa simplesmente colocar um anúncio de uma prostituta em um site freelancer.

Maldito Giuliani – ou quem quer que tenha limpado a 42nd Street. Antigamente, você podia contratar uma trabalhadora do sexo *lá*.

Talvez eu pudesse colocar um anúncio no Craigslist?

Depois de uma rápida pesquisa, descobri que eles se livraram da seção relevante do site, e alguns outros serviços semelhantes, como o Backpage, foram totalmente fechados.

Conforme leio sobre o assunto, percebo que, ao contratar uma trabalhadora do sexo, posso inadvertidamente acabar apoiando o mal que é o tráfico de pessoas.

Então, isso é impossível.

Será que as mulheres que trabalham em um clube de strip-tease local se interessariam por isso? Ou algum serviço de acompanhantes, talvez?

Os traficantes estão envolvidos *nisso*?

Improvável, mas não tenho certeza se quero arriscar. Olhando para trás, até Dominika poderia ter sido vítima de exploração. Talvez seja melhor que ela desista.

Então, onde isso me deixa?

Uma ideia boba passa pela minha cabeça.

Sandra disse para informá-la se houver algo que ela possa fazer para ajudar.

Eu me imagino abordando minha chefe para isso e preventivamente morrendo de tanto rir. Além do óbvio, e se ela tiver um coração fraco e morrer comigo?

Eu seria famosa como a assassina mais estranho da história do crime.

Mas perguntar a uma mulher que conheço é uma direção promissora.

Ava ajudaria?

Ela jura por seu vibrador.

Obviamente, ela nunca me deixaria esquecer isso, mas, pelo menos, eu manteria meu emprego.

O telefone toca.

Falando no diabo.

— Oi, Ava — digo, pegando Precioso. — Você está tendo um dia lento no hospital?

— Como foi sua reunião? — ela pergunta. — Algum empalamento que eu deva saber?

Conto tudo a ela, mas alivio nas minhas reações ao chefão porque... bem, porque sim.

Com certeza, ela está sufocando de tanto rir quando chego à parte em que perdi minha testadora de brinquedos sexuais para um convento.

— Então — digo no final —, há um grande favor que quero te pedir.

— Nããão — ela diz entre risadinhas histéricas. — Não vou fazer sexo virtual com você.

— Esse não era o favor — minto. — Fiquei me perguntando se...

— Cara — Ava diz —, você não tem problema.

— Não?

— Você deveria testar por si mesmo — ela diz com uma risadinha. — Vai ser divertido, e você não tem um orgasmo desde sei-lá-o-nome-dele antes de Bob.

— Mas...

— Não seria bom relaxar um pouco?

Eu aperto Precioso com mais força, a menção do meu ex e a frase "relaxar" me tentando a dizer algo muito cruel para minha melhor amiga.

A razão de *Aquele que não deveria ter sido nomeado* terminar comigo foi que eu não era *aventureira o suficiente, sexualmente.*

Essas palavras doem até hoje, especialmente porque pode haver um fundo de verdade nelas. Não que Bob fosse algum tipo de bruxo na cama... nem mesmo um *Lufa-Lufa.*

O tom de Ava fica sério. — Eu não quis dizer isso, desculpe. Eu e minha boca grande.

— Maior que a sua bunda. — O mau humor na minha voz é apenas parcialmente fingido.

— Olha — ela diz com um suspiro. — Se você realmente insiste, vou pensar em ser sua testadora.

— Não, está tudo bem. — aperto a ponte do meu nariz. — Você pode ter razão. Eu não deveria pedir a você para fazer algo que não estou disposta a fazer sozinha. O problema é que, mesmo se eu fizer isso, ainda preciso de um cara para os brinquedos masculinos.

Ela bufa. — Eu não me preocuparia com isso. Mova o dedo para o primeiro homem que vir, de preferência maior de idade, e ele vai testar o que você quiser.

— Aham. Pode funcionar assim para você.

— Funcionaria assim para praticamente qualquer pessoa com útero. Mas digamos que não. Você ainda pode entrar no Tinder ou algo parecido. Diga aos caras que combinam com você que você quer sexo cibernético antes de seus encontros e veja como eles ficarão entusiasmados.

Na verdade, isso parece mais plausível, embora, quando tento imaginar, fico profundamente inquieta. Além disso, por algum motivo, a única imagem que se forma em minha mente é de olhos de lápis-lazúli e...

— Ooh, desculpe — Ava diz. — Eles estão me chamando pelo *page.*

— Espere, eu...

O telefone fica mudo.

Page. Ainda isso. Faz a profissão médica parecer viver na Idade da Pedra. Eu me pergunto se eles também têm modems discados no hospital ou fitas cassete.

Ei, pelo menos eles não usam mais sanguessugas, então, isso é progresso.

A menos que eles ainda usem?

Depois de uma rápida pesquisa em Precioso, descobri que eles realmente ainda utilizam os pequenos monstros sugadores de sangue e que a FDA de alguma forma classificou sanguessugas como um "dispositivo médico vivo para limpar coágulos sanguíneos localizados".

O artigo menciona que larvas também são usadas, e eu paro de ler aí, porque é nojento.

Monkey espreita para fora da jaula e guincha.

Eu dou a ela metade de uma uva. — Eu sei, estou procrastinando.

Pegando a uva, Monkey se esconde em sua casinha.

Ok. Eu posso descobrir isso sozinha.

Pegando meu laptop, abro uma nova planilha, nomeio-a "testando em mim mesma" e preencho duas colunas: pró e contra.

Em "contra" estão coisas como: "pode ser difícil encarar meus colegas de trabalho depois, especialmente o Empalador" e "é um teste menos realista do que se houvesse uma segunda pessoa envolvida".

Na coluna "pró" estão algumas razões como: "manter meu emprego", "Ava pode estar certa e isso pode ser divertido" e "provar que o ex está errado".

Já que a coluna "pró" termina mais longa, eu relutantemente aceito o inevitável.

— Serei minha própria cobaia — digo em voz alta. — Sem ofensa, Monkey.

Precioso apita.

É uma mensagem de Ava.

Então? Você vai fazer?

Eu respondo com o sinal de ok.

Eu me depilaria se eu fosse você. Faz a gente se sentir sexy.

Sério? Eu respondo.

Como um ataque cardíaco. Agora, pare de enrolar e livre-se de seus arbustos. Emojis de lábios, cara de gato, cerejas, flor, símbolo da paz, osso da sorte, carinha e pêssego, seguidos por uma navalha.

Eu nem sabia que havia um emoji de navalha.

Silenciando o telefone, eu lanço um olhar para a mala.

Não.

Ainda não estou pronta.

Talvez Ava esteja certa. Eu ficaria mais ansiosa se me fizesse mais bonita lá embaixo?

Já que a selva que são minhas pernas está na minha lista de afazeres de qualquer maneira, vou apenas fazer isso e um pouco de cuidados íntimos ao mesmo tempo. O rompimento com meu ex me fez experimentar um pouco nessa área. Eu tentei estilizar meu púbis geometricamente com triângulos de cabeça para baixo e regulares, aeronauticamente com uma pista de pouso e, brevemente, o que poderia ser melhor descrito como um bigode de ditador.

Falando nisso, o que há com todos os ditadores ostentando um bigode? Aposto que um começou a tendência, e o ditador-ovelha imitou. Pensando bem, a inspiração deles pode ter sido Vlad, o Empalador original. A pintura dele tinha um bigode tão grande e espesso que provavelmente tinha um apelido para ele, como Pufos – que significa fofo em romeno.

Graças aos deuses hipster, "meu" Empalador não tem esse crime contra a natureza acima de seus lábios beijáveis. Ele só tem um pouco de barba por fazer sexy – do jeito que eu gosto.

De qualquer forma, hoje em dia estou ostentando um arbusto retrô de proporções épicas, com teias de aranha e mato lá embaixo, e placas de "Proibido invadir". Esta não é uma declaração feminista, infelizmente, apenas um sinal de auto-negligência.

Bem, mesmo que me sentir sexy não fosse um objetivo, ter aquele cabelo sob controle poderia tornar a localização das minhas mechas um pouco mais fácil para o teste – então, pronto.

Eu corro para o armário onde guardo minhas luvas descartáveis e máscara N95, em seguida, levo tudo para o banheiro, totalmente ciente de como pareço estar planejando um jogo travesso de médico.

Há uma mosca no meu banheiro.

Nojento.

Tento me livrar dela, mas a besta inteligente zomba de minhas tentativas fúteis, zumbindo de forma provocadora.

— Tudo bem — digo a ela. — Este lugar está prestes a cheirar a creme de remoção de cabelo. Se você tiver câncer de asa, não venha chorar para mim.

Claro, eu não peguei o creme para afastar os insetos. Acontece que eu odeio a sensação de pinicar nas minhas pernas depois de me depilar, e nunca me senti masoquista o suficiente para usar cera.

Tiro toda a roupa, e aparo a área afetada o máximo possível. Em seguida, preparo uma toalha úmida perto da banheira e coloco a máscara para evitar o cheiro forte.

Assim que coloco as luvas e aperto um punhado de creme, sinto uma coceira no topo da cabeça.

Então meu nariz coça sob a máscara.

Então meu olho.

Ignorando tudo, entro na banheira e passo o creme nas pernas.

Eu olho para o meu púbis.

Estou realmente fazendo isso?

Suponho que sim. Pego mais creme e vou para a região vaginal. Feito isso, eu desajeitadamente coloco um pé na borda da banheira e atualizo a experiência para uma depilação *brasileira* completa – eu vi um plugue anal naquela mala, então, isso pode ajudar.

Eu, então, espero que o creme quebre a estrutura de proteína do meu cabelo. Entediada, eu me pergunto como os *Sete Anões* teriam reagido se tivessem encontrado *Branca de Neve* fazendo algo assim.

Especialmente *Dengoso*.

A mosca pousa na minha máscara.

— Xô. — bato nela.

Ela zumbe com raiva e corre para a minha testa.

— Saia! — bato nela mais uma vez. — Pervertida.

O zumbido da mosca soa indignado enquanto ela voa pelo cômodo e bate na janela fechada.

Bem feito.

No momento seguinte, esqueço tudo sobre a mosca porque minha área mais privada começa a queimar.

Ai. Está *realmente* queimando – como uma DST que eles punem estupradores no sétimo círculo do inferno.

Eu dou uma olhada no relógio. Ainda não deu os cinco minutos completos, além disso, minhas pernas estão bem.

Isso deve ser porque eu mudei de marca e alguns ingredientes nesta formulação não combinam com a área do meu biquíni. O que é irônico, visto que esta marca se anuncia como sendo "para peles sensíveis". Em defesa do fabricante, a maioria desses cremes avisa sobre o uso desse produto na área exata que queima atualmente. Nunca foi um problema para mim antes, caso contrário, eu teria feito um teste de toque em uma pequena parte das minhas partes privadas, em vez de aplicar direto.

Agarrando o pano quente, esfrego-me com força o suficiente para acender o fogo.

Pronto.

Não há mais creme na minha vagina.

Agora, minha bunda queima, então eu cuido disso a seguir.

Que é quando minhas pernas começam a coçar.

Com um grunhido, limpo todo o cabelo de aparência derretida das minhas pernas e me lavo com uma eficácia da qual um sofredor de TOC ficaria orgulhoso.

Logo, nenhum sinal do creme permanece.

Eu olho para baixo.

As coisas estão extremamente vermelhas, como se eu fosse um animal no cio.

Lá se vai a sensação de se sentir sexy.

Além disso, há uma sensação estranha na lateral da minha testa.

Mais especificamente, na região da sobrancelha direita.

Uma sensação de *queimação*.

Não. Não pode ser.

Me enxugando com pressa, pulo para o espelho.

Porcaria! Há uma gota de creme de remoção de cabelo na minha sobrancelha direita.

Eu me cocei lá sem perceber? Ou o creme respingou quando lutei contra a mosca?

De qualquer forma, eu limpo freneticamente o creme – e a maior parte da minha sobrancelha vai junto.

Eu lavo meu rosto completamente e certifico-me de que não há creme à espreita em outro lugar, como meu couro cabeludo ou meus cílios.

Não. Acabei de perder o púbis, os pelos da perna e uma sobrancelha.

No espelho, minha sobrancelha restante faz minha expressão parecer em partes iguais curiosa, suspeita e cética, apesar do fato de que eu não estou sentindo nenhuma dessas coisas, apenas vergonha.

Pegando meu kit de maquiagem, tento desenhar a sobrancelha de volta.

O resultado é aceitável o suficiente para uma teleconferência, mas se eu quiser ver as pessoas cara a cara, posso ter que sacrificar a outra sobrancelha e desenhar as duas.

Estou muito traumatizada para testar qualquer coisa agora, então, passo o resto do dia integrando os casos de teste escritos à mão em minha lista eletrônica e, em seguida, expandindo o documento para acomodar todos os diversos conteúdos da mala. Também me certifico de que o documento resultante fará backup automaticamente na nuvem. A última coisa que eu quero é passar pelo teste, apenas para perder a documentação devido a um disco rígido quebrado e ter que começar de novo.

Aconteceu comigo uma vez e foi a pior sensação imaginável.

No momento em que vou para a cama, a vermelhidão do desastre da remoção de pelos diminuiu e, quando minha cabeça bate no travesseiro, sinto uma onda de excitação pelo dia que se inicia.

Nunca pensei que teria planos tão concretos para brincar comigo mesma ou que seria paga por isso, mas aqui estamos.

A ideia de trabalhar traz à mente imagens proibidas para menores, com os olhos azuis intensos e a boca severa de uma determinada pessoa.

Eu luto contra o desejo repentino de me abaixar e explorar a pele recém-depilada perto do meu clitóris. Meus orgasmos pertencem ao projeto no momento.

Com um suspiro, abraço meu travesseiro e caio no sono.

CAPÍTULO CINCO

DE MANHÃ, dou comida a Monkey e verifico meu e-mail do trabalho enquanto como uma omelete.

— É melhor você ficar boazinha. — Eu franzo a testa de brincadeira para minha porquinha-da-índia enquanto pego meu laptop de trabalho, telefone de trabalho e a mala. — Estou prestes a afogar o ganso.

Ela me olha com uma expressão vazia.

— O que, você acha que *ganso* na frase representa pau? — pergunto a ela.

Sem reação.

— Eu sei, certo? Por que tantos animais são usados como eufemismo para órgãos genitais? Aranha, galo, ganso – a humanidade tem uma tendência de bestialidade subconsciente?

Ela se vira e corre para sua casa novamente – claramente não interessada em dignificar minhas palavras com uma resposta.

Eu carrego o telefone do trabalho, o laptop, a mala e

Precioso para o quarto, em seguida, acendo algumas velas em volta da cama e boto para tocar Leonard Cohen no meu Echo para definir o clima.

Abrindo a mala, pego o vibrador, o brinquedo sobre o qual tenho mais curiosidade, principalmente porque Ava tem elogiado tanto que suspeito que ela receba uma comissão do fabricante.

Este vibrador específico é feito de algum material mole da Era Espacial que parece uma geleia feita de lesmas – mas rosa sexy, então, acho que está tudo bem.

Já tenho minha primeira reclamação de controle de qualidade: a caixa do vibrador não tem nenhuma instrução, nem tem um pequeno manual de papel dentro. Há apenas uma nota curta na caixa: *Obtenha o aplicativo Belka no seu telefone.*

Eu anoto isso no meu documento de teste. É possível que o pessoal da Belka tenha omitido mais instruções porque são protótipos, mas improvável. A embalagem é muito elegante para isso, então, isso pode muito bem ser um descuido.

Espero que meu diploma de bacharel em ciências me ajude a descobrir como usar um vibrador, mesmo que seja inteligente.

Eu pego o aplicativo no Precioso e escolho "Vibrador" na tela com as diferentes opções de brinquedos. O aplicativo me informa que está conectado ao vibrador via Bluetooth e que a bateria do vibrador está cheia – um ótimo começo.

Clico no ícone "Conectar-se com o parceiro" e

descubro que você pode fazer isso por e-mail, mensagem de texto ou até mesmo nas redes sociais.

Opto por testar a versão em mensagem por enquanto e coloco o número do meu telefone comercial.

Para fazer parecer que estou testando os brinquedos pela Internet, configurei meu telefone comercial para se conectar a um servidor proxy localizado no Tajiquistão – quanto mais longe, melhor. Em seguida, clico no texto e sou direcionada para baixar o aplicativo da Belka. Assim que o aplicativo está pronto, ele abre uma pequena janela de videoconferência – com opções para ver/ouvir seu parceiro ou não.

Documento tudo isso.

A configuração foi muito fácil. Então, novamente, pode ser bom ter alguém com menos experiência em tecnologia para brincar com tudo isso, apenas no caso – talvez a avó aventureira de alguém?

Em qualquer caso, a versão do aplicativo para telefone comercial está agora no modo "Doador", enquanto Precioso é o "Recebedor".

Deixo apenas o telefone comercial em minhas mãos porque preciso dos controles dele. Eles consistem em um botão de início e o botão de intensidade.

Vamos do início. Eu aplico o vibrador no meu antebraço e aperto *Iniciar*.

Uau.

Não está apenas vibrando. O estranho material o faz ondular, por falta de um termo melhor. É uma sensação... interessante. Eu brinco com a intensidade até encontrar uma que eu suspeito que fará bem no meu clitóris, então, paro o vibrador.

Subindo a saia do meu vestido, abaixo minha calcinha. Só para brincar e rir, estou usando o modelo que Ava me deu depois do meu rompimento. Afirma corajosamente "Aberto para Negócios".

Cuidadosamente, pressiono o vibrador em mim. É irritante e um pouco frio.

Aqui vamos nós. É hora de começar meu dia de trabalho.

Abro o aplicativo do cronômetro para a seção "Duração" do documento de teste e alcanço o botão *Iniciar*.

Precioso recebe notificação, me parando.

Trocando o telefone comercial pelo pessoal, vejo que acabei de receber uma mensagem de Ava.

Só podia. É considerado um empata-foda quando alguém o impede de usar um vibrador?

Quando você chegar perto dos brinquedos, pense que é o Empalador, afirma seu texto.

Como ela farejou o que estou prestes a fazer? Ela deve ter usado seu próprio vibrador tanto que ganhou um superpoder psíquico. Ou talvez ela tenha sido mordida por seu vibrador – por seu Bluetooth, talvez?

Nova notificação. Desta vez, é o emoji de berinjela.

Estou ocupada, respondo e silencio Precioso antes de pegar o telefone do trabalho mais uma vez.

Enquanto meu dedo paira sobre o botão *Iniciar*,

faço o meu melhor para frustrar Ava, não pensando no Empalador.

Ceeeeerto. Como todo mundo que já tentou não pensar em algo sabe, quanto mais você tenta, mais você acaba pensando no objeto proibido.

E isso é duplamente verdadeiro para quando o referido objeto é tão sexy quanto o que tenho em minha mente.

Certo. Tanto faz. Eu poderia me sentir melhor imaginando lábios deliciosos tocando meu clitóris, em vez de geleia de lesma.

Com a imagem de olhos hipnóticos de lápis-lazúli firmemente na minha cabeça, eu ajusto um cronômetro e aperto o botão *Iniciar*.

Bzzz.

Eu deixo cair o telefone e o vibrador quando um orgasmo poderoso libera uma onda de endorfinas em meu sistema. Um orgasmo total, arrepiante – tão incrível quanto inesperado.

Enquanto os últimos espasmos ondulam pelo meu corpo, eu olho para o brinquedo estupefata.

Isso acabou de acontecer?

É um vibrador de nível militar ou acabei de desenvolver a contraparte feminina da ejaculação precoce?

Mordendo meu lábio, abro o laptop e vejo o documento de teste.

O orgasmo foi alcançado? Você pode dizer isso de novo.

Quantas vezes? Uma vez até agora.

Duração da sessão? Nenhuma ideia. Eu coloquei um microssegundo.

E agora? Talvez eu faça o mesmo teste mais uma vez? Afinal, quem quer que tenha feito as anotações manuscritas, sugeriu que haveria várias sessões.

Quando tento, resmungo de dor em vez de prazer. Meu clitóris está super sensível desde a última tentativa.

Talvez eu tenha que dar uma pequena pausa.

Com alguma apreensão, pego o consolo da mala e abro a embalagem.

De novo, nenhuma instrução, apenas um pequeno pacote de lubrificante e a própria coisa – enorme e feita do mesmo material macio do vibrador, apenas verde-abacate em vez de rosa.

Não menciono isso no meu relatório de trabalho, mas essa coisa me lembra um tentáculo alienígena. Eu mentalmente o apelido de Monstro.

Pegando Monstro em minhas mãos, eu o comparo descaradamente com o equipamento de meus ex-namorados.

Sim, Monstro é um menino crescido, quase assustadoramente.

Abrindo o lubrificante, quase afogo Monstro no líquido viscoso e trago a imagem mental do Empalador enquanto deslizo a ponta em minha abertura.

Hmm.

Já se encaixa e a sensação é boa. O orgasmo anterior deve ter me deixado pronta para isso.

Empurro Monstro mais fundo e pego o telefone do trabalho para dar vida ao tentáculo.

Bzzz.

Eu não gozo instantaneamente desta vez, mas a vibração ou o que quer que esteja fazendo é incrível. Meus músculos internos se contraem e eu sinto que estou à beira de algo realmente intenso.

Algumas opções interessantes aparecem no aplicativo, como estimulação do *ponto A* e *ponto G*.

Terei que testá-los todos, mas por agora, eu decido pelo ponto G porque é o que eu realmente ouvi.

Eu coloco meu dedo no botão do ponto G.

Monstro começa a se contorcer levemente dentro de mim, como se aproximando do alvo.

Bing-bing.

O aplicativo de videoconferência no meu telefone comercial oculta parte da tela do aplicativo Belka.

Porcaria. É Sandra, minha chefe.

O que diabos ela quer? Existe microgerenciamento e, em seguida, interrompe seu funcionário leal de encontrar Nemo.

Eu golpeio a tela para rejeitar a chamada.

O aplicativo de videoconferência se expande para tela inteira.

Ah, merda.

Estraguei tudo.

— Oi, Fanny. — Os olhos de Sandra se arregalam. — Estou interrompendo algo?

Eu fico vermelha como um caranguejo cozido e desabilito o vídeo rapidamente.

Ela viu alguma coisa? Não pode ser – a câmera estava voltada para meu rosto, não para Monstro.

Pelo menos espero que tenha sido.

Mas, então, por que a pergunta? Talvez ela tenha percebido que algo estava acontecendo pela expressão de êxtase no meu rosto?

— Eu só queria ter certeza de que o Projeto Belka está no caminho certo — diz Sandra se desculpando, e percebo que ainda não respondi a ela.

— Não se preocupe com nada — meio que digo, meio grito. — Está em boas mãos.

Não tenho ideia se ela ouve ou responde porque, naquele momento, Monstro finalmente dá um nocaute no meu ponto G.

Eu mordo minha bochecha para evitar que um gemido escape enquanto meus olhos rolam para trás na minha cabeça.

— Obrigada — diz Sandra. — Envie uma atualização por e-mail quando tiver oportunidade.

— Sim!

Ela desliga.

Eu liberto Monstro de mim mesma e corro para o banheiro para jogar um pouco de água gelada no meu rosto superaquecido. Deixando Monstro para trás para ser limpo, volto e registro esta sessão no documento.

É melhor que me permitam mudar de departamento. Depois de hoje, nunca poderei trabalhar para Sandra novamente, ou olhá-la nos olhos.

Além disso, é possível desenvolver um fetiche dessa forma? A próxima coisa que eu sei é que vou precisar que Sandra me ligue sempre que eu ficar com calor e engordar.

Olhando para a mala, eu debato o que testar a seguir.

O plugue anal chama minha atenção.

É pequeno o suficiente para não ser intimidante, uma coisa boa para mim, uma virgem de bunda.

Pego o pacote e leio o título.

Anal Belka.

Belka significa algo além do nome desse projeto?

Uma rápida pesquisa revela que Belka é na verdade uma palavra comum em várias línguas eslavas. Significa *viga* em polonês (ai), *clara de ovo* em macedônio (estranho) e *esquilo* em russo (hmm, ok). Dado o país de nascimento de Vlad, devo assumir o título do brinquedo e o projeto significando o último.

Nesse caso... um *esquilo anal*? Parece um roedor obcecado em manter seu parque limpo e arrumado. Quem decidiu que esse era um bom nome para essa coisa?

Então, novamente, Ava me contou sobre a vez em que um cara veio ao pronto-socorro com um hamster enfiado na bunda – então, roedores nas bundas devem ser algo que as pessoas estão interessadas em fazer. Por que não um esquilo também?

Nunca poderei contar a Monkey sobre isso. Como um roedor, ela terá trauma para o resto da vida. Pelo menos no caso dessa Belka, nenhum animal precisa ser ferido.

Colocando o telefone do trabalho na cama, deito de

bruços e esguicho o lubrificante que veio com o brinquedo de esquilo na minha bunda.

As coisas que faço pela ciência.

Ou controle de qualidade.

Ou pelo pagamento.

Sentindo-me safada, coloco a ponta do brinquedo na minha abertura e empurro levemente para ver quanta resistência meu corpo oferece. Há alguma, mas não tanto quanto eu esperava.

Bem, ok, o esquilo *é* pequeno.

Eu fico mais ousada e aumento a pressão.

Há um pequeno indício de desconforto e, em seguida, como uma seringa culinária, em um peru, o esquilo mergulha direto.

CAPÍTULO SEIS

UAU. Isso é estranho. Mas também bom, talvez? Eu não consigo decidir.

Eu defino o cronômetro no telefone e carrego "Anal Belka" como o brinquedo no aplicativo.

Alguns novos controles aparecem na tela que não estavam disponíveis no caso do vibrador e Monstro. Por exemplo, há um botão denominado "Fora" e outro denominado "Fundo".

Ainda não estou pronta para um aprofundamento e sair é prematuro.

Eu pressiono "Ligar".

O esquilo começa a vibrar.

A sensação é estranha, mas não desagradável. À medida que me ajusto, sinto-me pronta para enfrentar mais, e um botão que diz "Estimulação do ponto P" captura meu olhar.

Nunca ouvi falar de um ponto P. Então, novamente, eu nunca ouvi falar do ponto A também. Para ser honesta, eu nem sabia que havia "pontos" na área da porta dos fundos, mas acho que deve haver, já que tantas mulheres gostam de brincar na retaguarda.

Hesitante, pressiono o botão P.

O esquilo para de vibrar e penetra suavemente mais fundo em mim.

Esquisito.

Ele continua se movendo.

Espere um segundo.

E para. Eu o sinto girando como se procurasse algo, então, ele começa a se mover novamente.

Que diabos? Eu aperto o botão de parar.

Nada acontece. O esquilo continua seu caminho alegre.

Eu freneticamente pressiono o botão para sair.

O esquilo para.

Uau.

Espere um segundo. O esquilo está girando novamente, como se estivesse torcendo por algo dentro de mim. Não encontrando o que quer que seja, ele penetra ainda mais fundo.

Que porra é essa? "P" significa Pâncreas? Acho que é um órgão do sistema digestivo, mas não há como ser divertido.

Eu examino a tela em pânico.

Há um botão de ajuda aqui, além de alguns outros que não parecem promissores.

Eu aperto todos os botões que não são de ajuda de uma vez.

O esquilo continua indo mais fundo.

Estou começando a pirar. E se "P" representa a glândula Pituitária no cérebro?

O esquilo para. Um erro aparece na tela, dizendo: *Próstata não encontrada.*

Próstata? Ah, não. As mulheres não têm, pelo menos não na área das nádegas. Há algo chamado glândulas de Skene na parte frontal da vagina que às vezes são chamadas de "próstata feminina", mas claramente não é o que o esquilo estava procurando.

Em meio ao meu pânico, começo a analisar o que aconteceu. O esquilo deve ser do lote destinado ao sexo masculino. Quando o Empalador escreveu o aplicativo, ele se esqueceu de explicar uma situação em que alguém que deseja a estimulação do ponto P não tem próstata para estimular.

Não é um bug surpreendente, mas é uma chateação do cu – e essa expressão nunca foi tão literal.

Eu deslizo com raiva para a mensagem de erro até que desapareça da tela. Então, aperto o botão para sair.

O erro volta e nada mais acontece.

Sem opções, clico no botão de ajuda novamente.

Um som semelhante a um tom de discagem emana do telefone.

Isso não é bom. Aposto que isso significa ligar para o atendimento ao cliente quando os brinquedos da Belka chegarem às mãos de clientes reais. Tão cedo, duvido que alguém vá atender a essa chamada. Não que eu soubesse o que dizer a eles se atendessem.

Frenética, eu largo o telefone do trabalho na cama e pego Precioso para ligar para Ava.

— Estou um pouco ocupada — diz ela, em vez de um alô.

— Isto é uma emergência médica! Código vermelho. Não estou brincando, isso é...

—Whoa, vá devagar, devagar. O que aconteceu?

— Eu tenho um esquilo preso no meu reto. Ou talvez meu cólon. Em algum lugar lá em cima.

Um momento de silêncio, então: — Isso é uma piada?

— Quem dera! Eu estava testando os brinquedos e...

Ava parece que tem algo preso na garganta. — Então, o esquilo é um brinquedo?

— Não, é um animal de verdade.

— Ei, nunca se sabe. Eu já ouvi falar de muitas coisas presas lá. Frutas, vegetais, chaves, velas, potes de café e manteiga de amendoim, lâmpadas, desodorante, smartphones, garrafas de spray corporal, *Buzz Lightyear*...

— Isso não está me fazendo sentir melhor. — aperto o telefone com mais força. — O que devo fazer?

— Vá para o pronto-socorro — ela diz.

— Que tal algo menos drástico — digo, imaginando como essa viagem seria embaraçosa – especialmente porque meu nome é Fanny, que em alguns idiomas tem o mesmo significado do órgão sexual feminino.

Para o resto de suas vidas, as enfermeiras diriam a todos: "O nome da paciente era Fanny, e ela tinha um brinquedo preso na xany (xana)."

Ava dá uma respiração audível. — Você tem alguma dor abdominal?

— Não.

— Que tal sangramento?

Todo o sangue escorre do meu rosto. — Isso simplesmente aconteceu. Você acha que pode haver sangramento?

— Improvável, se não houver dor. Apenas certifique-se de não chegar lá com pinças ou qualquer coisa que possa cortar ou machucar a área. Isso inclui suas unhas.

Eu aperto meus olhos fechados. — Eu não sou uma idiota. Pelo menos não tão idiota.

— Ok, mas lembre-se: há casos em que a pinça fica presa junto com o objeto original.

— Sem pinças — digo com firmeza. — O que posso fazer?

— Além de ir ao pronto-socorro? Você pode tentar fazer cocô.

Sinto uma pontada de esperança. — Você acha que funcionaria?

— Se for pequeno o suficiente, deve sair do jeito que entrou.

Eu olho para a caixa vazia do brinquedo. — Quão pequeno é pequeno o suficiente?

— Eu não faço ideia. Foi fácil?

Meu rosto fica vermelho. — Mais ou menos.

— Então talvez seja um caso de fácil entrar, fácil sair.

Ugh. — Isso não é engraçado!

— Olha, eu realmente preciso correr. Mantenha-me informada. Se você decidir ir ao PS, venha aqui, ao Presbyterian.

Eu faço uma careta. — Vou tentar o método de cocô primeiro.

— Coma um pouco de fibra — diz ela. — Melhor ainda, um laxante.

Com esse conselho útil, ela desliga.

Quando coloco Precioso de volta na cama, vejo algo no telefone comercial que me dá calafrios.

A chamada de ajuda parece ter sido conectada em algum lugar.

— Alô? — Eu grito no fone. — Tem alguém aí?

— Srta. Pack — diz uma voz familiar com sotaque russo. — Discordo totalmente de seus planos e estou a caminho para levá-la ao pronto-socorro imediatamente.

CAPÍTULO SETE

— NÃO, não! Vou ligar para o 911. Não venha aqui!

Sem resposta. Ele desligou.

Rosnando de frustração, clico no botão de ajuda novamente.

Um som semelhante a um tom de discagem emana do telefone mais uma vez, mas quando espero e espero, ele não se conecta a lugar nenhum.

Talvez eu possa ligar para ele diretamente?

Certo. Assim que eu magicamente descobrir qual é o número do seu celular. A menos... talvez Sandra saiba?

Ugh, não. Eu não a quero envolvida. Ela terá um ataque cardíaco por pensar que o projeto deu errado ou por rir quando souber o que aconteceu.

Como o Empalador sabe onde eu moro? O aplicativo acessou o GPS do telefone comercial ou ele simplesmente deu uma olhada no meu arquivo de funcionário?

De qualquer forma, o como não é importante. O fato de que ele vai estar aqui é. Já é ruim o suficiente que ele ouviu toda a conversa "esquilo na minha bunda" com Ava – um fato que me faz querer rastejar para dentro de uma vala e morrer. Se ele vier aqui e precisar resgatar meu rabo – literalmente – eu posso simplesmente derreter de mortificação.

Só há uma coisa a fazer.

Preciso cagar o esquilo.

Ter um objetivo bem definido é bom, então, me levanto com cautela.

Ainda sem dor abdominal, isso é bom. Infelizmente, o esquilo não começa a se mover para baixo com a força da gravidade – em algum nível, eu esperava que acontecesse.

Certo.

Eu me arrasto para o banheiro com um andar rígido. É por isso que chamam esse estilo de locomoção de "ter algo enfiado no traseiro".

Sento no vaso e espero.

Nada acontece.

Faço força.

Nada.

Depois de alguns minutos de espera inútil, lembro-me de Ava falando sobre fibra. Levantando-me, rigidamente entro na cozinha e pego uma maçã.

Mastigando, volto ao meu trono branco.

Não.

Oh, quem estou enganando? Eu sei que a fibra precisa de mais do que minutos para fazer seu trabalho.

Levantando-me, tento andar pelo apartamento.

Não ajuda.

Eu rolo meu tapete de ioga e faço uma curvatura para frente em pé.

Nem mesmo uma pequena cólica estomacal.

Fazer outras posturas também não funciona – nem o Cão Voltado para Baixo, nem o Triângulo, nem as torções sentada e supina.

Monkey me observa fazer tudo isso com uma expressão ilegível.

— Não julgue — digo a ela e me preparo para as grandes posições: a Postura para Remover o Vento, em que você está de costas e os joelhos tocam seu peito.

Mesmo esta poderosa arma de ioga não funciona.

Ok. Preciso estar pronta para a eventualidade de ver o Empalador – e estou uma bagunça, além do objeto estranho em meu traseiro.

Eu rapidamente troco meu vestido casual monótono por um mais bonito, pego meu kit de maquiagem e um espelho, e me sento no vaso (a esperança é eterna) para me fazer parecer semi-humana.

O batom é fácil. Cílios também. Mas não importa o quanto eu trabalhe duro na sobrancelha que falta, não consigo fazer com que pareça irmã da outra – apenas uma prima em segundo grau é o melhor que posso fazer.

Talvez eu deva me livrar do restante agora? O problema é que não tenho navalha e não me atrevo a brincar com o creme de remoção de cabelo nas atuais circunstâncias. A última coisa que quero é acabar com partes carecas na cabeça ou creme de remoção de pelos na bunda. Ou pior.

A situação da sobrancelha aumenta minha frustração.

Quem ele pensa que é, vindo aqui assim?

Bem, acho que ele pensa que é meu patrão. Provavelmente percebe que ter o poder de me despedir permite que ele faça o que quiser. Provavelmente não gosta do som do processo que meus pais abririam se eu morresse por causa do esquilo. Ainda...

A campainha toca, enviando meu pulso pela estratosfera.

Ele está aqui!

Mesmo a perspectiva da próxima humilhação não afrouxa nada – com tanta história de pessoas se cagando de medo. Então, novamente, há também um conflito "ânus se contraindo de medo" – então talvez seja isso o que está acontecendo aqui?

Meu telefone do trabalho toca. Então, Precioso se junta a nós.

Sentindo que estou prestes a morrer, eu respondo.

— Como você está se sentindo? — o Empalador pergunta.

Eu engulo em seco. É uma preocupação genuína em sua voz? — Nunca estive melhor. Você não precisava vir. Eu tenho isso...

— Estamos indo para o pronto-socorro. — A afirmação é um comando sem espaço para negociação.

—Você precisa de ajuda para sair?

Estou ouvindo uma ameaça nessa pergunta? Ele vai quebrar minha porta se eu responder a coisa errada?

Nah. Sua espécie precisa ser oficialmente convidada a entrar na casa de alguém.

Eu esfrego minhas bochechas em chamas. — Eu posso andar.

— Vejo você em breve então. — Ele desliga.

Envio uma mensagem de texto para Ava com uma atualização, pego os dois telefones, vou até a porta e coloco um par de tênis.

Aqui vamos nós.

Eu abro a porta.

Ele está aqui, em toda a sua glória de dar água na boca.

Ele encontra meu olhar e algo – provavelmente vergonha – faz meus joelhos fraquejarem.

Sua mão forte agarra meu cotovelo.

Eletricidade sobe pelo meu braço com seu toque e quase tropeço.

Sua expressão muda, uma carranca aparecendo em seu rosto. Ele grita alguma coisa em russo, e um cara corpulento de meia-idade está de repente segurando meu outro cotovelo com dedos parecidos com linguiças que são mais peludos do que os de um Pé-grande.

Ele veio com um minion?

— Ande com cuidado — instrui o Empalador.

Quando coloco um pé na frente do outro sem cair feito manteiga derretida, ele grunhe em aprovação.

Aceitando relutantemente a ajuda deles, deixo que

me levem a uma limusine que está esperando na calçada.

Eles abrem a porta e me colocam dentro. O Empalador sobe para se sentar ao meu lado. Eu pego um leve cheiro de sua bergamota saborosa e cheiro cítrico, e minha respiração fica rápida e superficial.

Espero não desmaiar. Quem sabe o que pode sair de mim se eu fizer isso?

O minion fica atrás do volante e bate a porta atrás de si.

Limpo minha garganta repentinamente seca. — Então, você tem um motorista?

O Empalador se inclina e me prende com o cinto de segurança – quase fazendo meu cérebro derreter no processo. — Ivan é mais o que você chamaria de assistente pessoal.

Mesmo? Ivan se parece mais com um guarda-costas, ou aquele mafioso que queria cortar o M&M amarelo em pedacinhos e salpicar com sorvete naquele anúncio do Super Bowl.

A expressão de Ivan é sombria enquanto ele gira a chave na ignição.

Ele poderia ser o Ivan, como em O Terrível? Posso imaginar agora: O Empalador estava se sentindo solitário, encontrou um homem com um nome quase tão grandioso quanto o seu, transformou-o e iniciaram uma bela amizade.

Com um guincho de pneus, o carro dispara.

— Nós estamos indo para o Presbyterian, certo? —

Pergunto quando engulo meu coração de volta no meu peito.

O Empalador fecha a divisória, nos separando de Ivan. — Sua amiga parecia saber do que estava falando.

Ao me lembrar da conversa a que ele está se referindo, uma onda de calor formigando atinge meu rosto.

Sem prestar muita atenção em mim, ele pega um laptop do assento ao lado e o abre em uma página cheia de linhas elegantes de código.

Seus olhos se estreitam na tela, e aqueles dedos suculentos dançam sobre o teclado com a graça de um pianista.

— Dê-me o telefone que está no modo doador — ele diz sem olhar para cima.

Enquanto entrego a ele meu telefone de trabalho, tenho uma vaga ideia do que ele está fazendo e, por um momento, debato pular do carro.

Depois de alguns minutos digitando, ele conecta o telefone ao USB de seu laptop e tamborila os dedos no trackpad enquanto espera por algo – meu palpite é que o aplicativo seja atualizado.

— Diga alguma coisa se sentir algo — ele diz e clica em um botão na tela, confirmando minha suspeita.

Em algum lugar dentro de mim, o esquilo ganha vida.

— Alguma coisa! — fico vermelha até níveis de lagosta cozida.

Ele acena com aprovação e clica em outra coisa, colocando o esquilo de volta no modo soneca.

— Você consertou o bug que eu encontrei — digo, expressando minha teoria anterior.

— Foi um bom achado. — Ele olha direto para mim enquanto diz isso. — Bom trabalho.

Meu coração bate agradavelmente no meu peito. Se eu sempre fosse elogiada por meus testes dessa maneira, talvez não quisesse passar para o departamento de desenvolvimento.

Corando mais, pego o telefone de sua mão. — Vamos parar no banheiro mais próximo e eu cuido do resto.

— Não. — Ele puxa o dispositivo fora do meu alcance. — Eu fiz algumas pesquisas. Você precisa de um raio-X e supervisão de um médico.

Ele fez pesquisas sobre o que fazer quando sua funcionária tem um objeto preso na bunda?

Alguém atire em mim. Seria uma morte misericordiosa.

O carro para de repente.

— Chegamos — diz ele, inclinando-se para desafivelar meu cinto de segurança.

Meus hormônios estão em alta.

Pare com isso. Ele é seu patrão.

Mas ele cheira tão gostoso.

Agora você parece um canibal. Recomponha-se. Ele...

— Você está bem? — ele pergunta.

— Super. — Isso era preocupação de novo? Mais importante, por quanto tempo estive falando comigo mesma?

— Vamos lá. — Ele me guia para fora. Então, ele e

seu assistente pessoal agarram um cotovelo cada um e me levam para a entrada do pronto-socorro como uma inválida.

Ei, poderia ter sido pior. Ele poderia ter me colocado numa cadeira de rodas. Ou numa maca.

Deixando-me na sala de espera, meu chefe manda Ivan de volta para o carro e vai buscar formulários no balcão de check-in, o que me dá um momento para enviar uma mensagem para Ava para que ela saiba que estou aqui.

Já vou, ela responde. *Espere aí.*

Certo. Eu estava pensando em dar uma volta, mas agora vou esperar.

Voltando com os formulários, o Empalador me ajuda a preenchê-los – como se meus dedos estivessem danificados. No meio do caminho, temos um desentendimento: em vez de me deixar usar o seguro, o mesmo que sua empresa me oferece, ele quer pagar por tudo sozinho.

— Eu fiz você vir aqui — diz ele sobre minhas objeções. — É o mínimo que posso fazer.

Certo. Ele me arrastou até aqui. Deixe-o pagar – e tenho certeza de que a conta será grande o suficiente para lhe ensinar uma lição sobre o livre arbítrio das pessoas.

— Fanny! — Ava está vestindo seu uniforme e sorrindo como uma louca. Seus olhos disparam entre mim e meu chefe.

— Vou entregar os formulários — diz o Empalador, depois de serem apresentados.

Ava espera até que ele esteja (com sorte) fora do alcance da voz antes de pular para cima e para baixo e bater palmas como uma criança em idade pré-escolar.

— Você não me disse que o Empalador era *assim*. E ele trouxe você aqui? Vocês dois...

— Existe uma sala privada onde você possa me esconder? — olho para ver o quão longe está o Empalador – e é uma coisa boa que eu faço, porque ele está voltando.

— Não oficialmente, mas sim — Ava diz. — Primeiro, vou levá-la para fazer um raio-X.

Pegando o fim da frase, o Empalador acena com a cabeça em aprovação.

Ava ergue uma sobrancelha. — Sr. Chortsky, gostaria de esperar aqui, ir para o quarto de Fanny ou vir conosco para o raio-X?

Eu olho para ela. Eu não o quero perto do meu quarto. Ou no meu raio-X.

Ele agarra meu cotovelo novamente – enviando outra onda de arrepios através de mim.

— Vou junto.

Ava pisca para mim antes de ajudá-lo a me levar para o elevador de serviço, que ela abre com sua identificação do hospital.

Um corredor depois, ela me conduz para a sala onde um técnico espera. Lancei um olhar preocupado para ela e o Empalador, que ficam juntos no corredor.

Tenho um mau pressentimento sobre isso, e não apenas porque me deixa com ciúmes. Ava não tem muito filtro quando fala, então, quem sabe que dano ela pode causar?

Como não tenho escolha, faço o meu melhor para tornar o processo de raio-X o mais rápido possível e, quando eu corro para fora da sala, Ava e o Empalador param no meio do que falavam.

Ela parece culpada?

Antes que eu possa confrontar alguém, sou levada a uma enfermaria próxima, onde Ava vira uma tela em nossa direção.

Na tela está um raio-X que mostra o que seria de esperar: uma imagem de uma pélvis de beleza clássica com um contorno fantasmagórico de um esquilo de brinquedo abaixo de um osso de cóccix de belo formato.

Não é à toa que meus pais sempre disseram que sou bonita por dentro.

Eu pego o Empalador olhando para a imagem com uma carranca profunda, e não tenho certeza de como deveria me sentir. Por um lado, ele está vendo dentro de mim – o que é outro nível de constrangimento. Por outro lado, há definitivamente preocupação em seu rosto, e mesmo que seja devido ao medo de responsabilidade, ainda é um sinal de que ele se preocupa.

Ainda assim, gostaria que ele tivesse pago alguns jantares antes de eu mostrar meu sacro.

O que você está dizendo? Ele não pode te pagar jantares. Chefão, lembra-se?

— Diante disso, seu plano deve funcionar — Ava diz ao Empalador.

Eu olho para ela. — Qual plano?

— O app. — Ele acena o telefone. — Eu posso guiar o...

Meu olhar se move para ele. — Você não vai fazer nada. Se alguém vai usar esse aplicativo, sou eu.

Com o rosto ilegível, ele me entrega o telefone. Nossos dedos se tocam novamente, e eu sinto uma sensação de choque que vai direto ao meu núcleo, me lembrando dos orgasmos que experimentei há pouco tempo.

Ava limpa a garganta. — Vamos levá-la para o quarto.

Eu resmungo enquanto eles me levam até lá, mas ninguém me escuta. Quando chegamos, Ava me diz para entrar primeiro para que eu possa colocar um robe.

Eu travo os olhos com o Empalador. — Você vai ficar aqui, e ponto final.

Ele inclina a cabeça. — Como quiser.

Revirando os olhos, entro e me troco.

Ava chega alguns segundos depois e faz um gesto para que eu me deite na cama.

Quando estou na horizontal, ela me entrega uma comadre. — Boa ideia pedir a ele para esperar do lado de fora — ela diz, sorrindo enormemente.

Resmungando maldições ininteligíveis, coloco a comadre embaixo do traseiro.

Com uma piscadela, Ava acena para o desfibrilador próximo. — Você acha que vai conseguir?

Ignorando-a, clico no botão de saída do aplicativo e prendo a respiração.

O esquilo volta à vida mais uma vez e lentamente, quase anticlímax, começa a recuar de seu esconderijo.

Não dói nada, e se não fosse pela indignidade de tudo, eu poderia até achar as sensações associadas um pouco interessantes.

Há um momento de desconforto quando o esquilo segue até a minha abertura, seguido por um barulho alto quando a maldita coisa cai na comadre.

Rindo, Ava coloca um par de luvas de látex, agarra a comadre e despeja seu conteúdo em um saco de risco biológico.

— Sério? — pergunto.

Ela cerimoniosamente estende a bolsa para mim. — Quando removemos as balas, permitimos que as pessoas as guardem também.

Eu pulo da cama e dou alguns passos.

— Sentindo-se animada? — ela pergunta.

Eu pego a sacola, jogo no lixo rotulado "Risco Biológico" e começo a mudar de roupa em um silêncio taciturno.

Ava se recusa a parar de tocar no assunto. — Você quer que eu, pelo menos, envie um e-mail com o raio-X? Ou mande para ele, talvez?

Eu viro para ela. — Faça isso e eu vou sufocá-la durante o sono.

Seus olhos brilham com malícia. — Então você gosta muito dele.

— Shhh! — a silencio, cortando meus olhos em direção à porta. — E se ele estiver bisbilhotando?

Ela se abana dramaticamente. — Que escândalo.

Termino de me vestir e vou em sua direção. Inclinando-me, sussurro: — Ele disse alguma coisa sobre mim quando eu estava fazendo o raio-X?

— Depende do que você quer dizer. Ele basicamente descreveu a solução do aplicativo e perguntou se isso é mais seguro do que o que um médico teria feito. Nenhuma declaração de amor eterno, no entanto.

— Bom, certo — digo, escondendo minha decepção. — Vamos lá.

Eu saio da sala com Ava nos meus calcanhares.

Os olhos azuis profundos do Empalador se concentram em meu rosto. — Funcionou?

A vermelhidão que saiu das minhas bochechas durante o procedimento de remoção do esquilo retorna com força total. — Tudo certo. O hardware está torrado, no entanto. Espero que o povo da Belka possa fornecer outro.

— Não se preocupe com nada disso. — Ele ajusta seus óculos de aro de tartaruga – um gesto teoricamente nada sexy que faz seus dedos de alguma forma ficarem eróticos. — Como você está se sentindo?

— Como se tivesse uma tatuagem na minha bunda esquerda dizendo *Apenas saída* — eu deixo escapar, então, coro dolorosamente.

Sua expressão é ilegível, seu comportamento tão indiferente como sempre. Ava, no entanto, parece positivamente alegre. — Faça disso uma tatuagem.

Eu olho para ela.

— Na verdade, isso pode não funcionar como pretendido — o Empalador diz, seu tom totalmente sério. — Alguns podem encarar isso como um desafio.

Oh. Meu. Deus. Ele percebeu o que acabou de dizer?

Ava faz um som de asfixia enquanto eu corro para o elevador, determinada a esconder meu rosto em chamas.

Descemos em silêncio e, enquanto olho para o rosto implacável do Empalador, uma nova preocupação invade minha mente.

O que acontece agora que o esquilo saiu de mim e a emergência acabou?

Estou prestes a perder meu emprego?

CAPÍTULO OITO

TENTO ANALISAR essa expressão indecifrável dele.

Ele está zangado com o que aconteceu? É por isso que ele me disse para não me preocupar com nada disso? Meus dias testando brinquedos – ou qualquer coisa – acabaram?

É possível. Duvido que qualquer outro funcionário tenha interrompido seu dia assim, e o feito levá-los ao hospital.

Lembrando que minha confusão ajudou a localizar um possível bug em seu código, então, isso é alguma coisa. A menos que ele seja como Britney – sensível às falhas de seu aplicativo.

Ah, bem. Mesmo que ele queira me demitir, aposto que ele não faria isso logo depois de eu ser levada às pressas para um hospital – não pareceria tão bom se eu decidisse processar.

O que eu não faria, mas ele não sabe disso.

As portas do elevador se abrem.

— A gente se vê — Ava diz para mim quando saímos. Voltando-se para o Empalador, ela acrescenta: — Obrigada por cuidar dela. Prazer em conhecê-lo.

Ele inclina a cabeça e ela sai correndo.

Saímos do prédio.

Ivan está esperando dentro do carro.

O Empalador abre uma porta para mim de uma forma cavalheiresca, e eu entro, certificando-me de me sentar no assento oposto ao de seu laptop. Não acho sábio eu sentar ao lado dele depois de tudo isso.

Eu posso morrer de corar.

Antes que ele decida me colocar o cinto novamente, eu mesma faço isso – pelo mesmo motivo.

Ele se senta ao lado de seu laptop, como eu esperava que fizesse, mas, por algum motivo, sinto uma pontada de decepção.

Ivan pisa fundo no acelerador.

O Empalador levanta a divisória entre nós e seu minion, e olha para seu laptop antes de me fixar com um olhar intenso.

Droga. Provavelmente o interrompi de algo importante.

— Então... — Eu me mexo no meu banco desconfortavelmente. — E agora?

Ele inclina a cabeça. — Estamos levando você para casa, é claro.

Já que se passaram minutos inteiros desde a última vez que corei, eu faço isso agora.

— Eu quis dizer, em termos de teste. — Ou dito de outra forma, ainda tenho um emprego?

— Precisa descansar.

Ele é muito bom em fazer declarações que parecem ordens militares. Pelo menos eu não saúdo ou digo "sim, senhor" desta vez.

— Que tal depois que eu descansar? — Atrevo-me a perguntar.

— Você não vai se preocupar com isso agora.

Aquilo novamente. Devo perguntar a ele imediatamente se ainda tenho um emprego? Ou isso apenas colocará a ideia na cabeça dele?

— Você estudou no Brooklyn College, certo? — ele pergunta do nada.

— Sim. — Espere. Como ele sabe? Ele viu isso em meu arquivo quando procurou meu endereço?

— Ótimo programa de ciência da computação — diz ele. — Campus relaxante.

Eu pisco para ele. — Como você sabe? Você é um ex-aluno?

— Culpado. — Algo quase como um sorriso toca os cantos de seus olhos. — Eu me formei oito anos antes de você, então, nossos caminhos nunca se cruzaram.

Hã. Então ele olhou meu arquivo, até a data da minha formatura.

Eu me pergunto como teria sido se nos conhecêssemos na escola e ele não fosse meu chefe.

Você é louca? Quem disse que ele se sente atraído por você? Ele está apenas te dando uma carona para casa, seguida por uma possível demissão.

Eu umedeço meus lábios secos. — Você também se formou em ciência da computação?

Seu olhar foi à minha boca?

— O que mais? — ele pergunta, os cantos de seus lábios se inclinando levemente – um sorriso definitivo, e do tipo de molhar a calcinha.

— História — eu deixo escapar – e, graças a Deus, não acrescento: "Isso seria fácil para você, já que você a viveu".

Seus lábios se estendem em um sorriso aberto. — Não, eu gosto de programação desde sempre. Meu irmão mais velho me meteu nisso. — Ele inclina a cabeça. — E quanto a você? Por que escolheu essa como sua especialização?

— Foi um ato de rebelião no início — eu admito. — Meus pais são do tipo hippie. Eles esperavam que eu me especializasse em algo como música, fotografia ou cinema, nada prático como ciência da computação.

Ele arqueia uma sobrancelha. — Existem outras disciplinas práticas por aí.

— Certo. Eu fiz um monte de cursos introdutórios de Ciências, Tecnologia, Engenharia e Matemárica primeiro, mas algo sobre programação me atraiu. Além disso, um idiota daquela classe não achou que eu, uma garota, pudesse fazer isso, o que me estimulou.

À menção do idiota, o Empalador franze a testa profundamente. Afinal, talvez não fosse o RH por trás da proporção de mulheres para homens?

— A ironia é — eu continuo — desenvolver código parece aquele processo criativo sobre o qual meus pais reclamam o tempo todo.

A carranca relaxa. — Programar pode ser tanto arte quanto ciência.

Eu sorrio. — Só não diga isso aos meus pais.

— Eu nem sonharia com isso — diz ele com falsa seriedade. — Deixe que eles sofram sabendo que sua filha conseguiu um diploma que virtualmente garantirá que ela sempre terá um emprego bem remunerado e que, provavelmente, a estimulará intelectualmente também. Que horror.

Meu sorriso se alarga. — O que *você* gostou na ciência da computação quando a experimentou?

Ele ajusta os óculos novamente. — Gostei da lógica e da certeza disso. Em outras ciências, existem muitas teorias que podem ou não ser a última verdade. Na nossa, a maioria das teorias tem provas, como na matemática. Também gosto da sensação de controle quando codifico. Com os computadores sendo tão predominantes como são, não saber como programar, ou pelo menos como tudo funciona, é um pouco como não saber ler e...

Seu telefone toca, distraindo nós dois, e eu percebo que estava ouvindo-o de boca aberta – em parte porque fui atraída pela paixão em sua voz. Se ser proprietário de uma empresa super rica ficar entediante, ele sempre poderá dar palestras inspiradoras.

Ele olha para a tela de seu telefone, mas não atende. — Onde eu estava?

Caramba. Ele simplesmente ignorou algo

importante por minha causa? — Está tudo bem — digo.
— Você deveria atender.

Ele coloca o telefone no bolso. — Você disse que seus pais gostam de arte. O que eles fazem para viver?

Seu telefone toca novamente.

Ele ignora, seu olhar focado com expectativa em mim.

Seria rude se eu insistisse para que ele entendesse e, portanto, ignorasse a pergunta?

Sentindo minha relutância, ele pega o telefone e o silencia propositalmente.

— Mamãe é uma cantora de ópera — digo depois que o telefone desaparece em seu bolso novamente. — Papai é pintor.

Ele parece fascinado. — Ela se apresenta em algum lugar e ele tem exposições?

— Mamãe, principalmente, ensina, mas papai finalmente ficou famoso o suficiente para poder vender suas obras. Isso aconteceu exatamente quando eu estava me formando na faculdade. Quando eu estava crescendo, nossa renda era muito baixa – auxílio financeiro integral para a faculdade.

— Eu também tive isso — diz ele, para minha surpresa. — Quando chegamos a este país, não tínhamos renda alguma.

Ah, sim, claro. Origem imigrante. — Seus pais devem estar orgulhosos do que você conquistou.

— É mais do que certo. — Ele franze a testa novamente. — Acho que eles sentem que desistiram de suas vidas na Rússia por seus filhos, então, seus padrões para o que é considerado uma realização digna estão fora de controle.

— Bem, pelo menos eles não chamaram você de Fanny quando seu sobrenome é Pack — digo, ansiosa para livrá-lo dessa carranca. — Como você pode imaginar, eu era alvo de muitas piadas. Piadinhas sem graça.

Meu plano maligno funciona. Outro sorriso toca o canto de seus olhos. — Acho que prefiro pais com senso de humor, mesmo que isso signifique que eu acabaria recebendo um nome estranho.

— Isso é porque você não conhece meus pais. Você sabe como os adolescentes ficam constrangidos com os pais? Eu me senti assim durante toda a minha vida. Eles são completamente inadequados. Por exemplo, eles tiveram comigo aquela conversa de 'os pássaros e as abelhinhas' quando eu tinha cinco anos, com diagramas e tudo.

Outro sorriso verdadeiro enfeita seus lábios. — Melhor do que nunca, como foi o meu caso.

Quero traçar a curva desses lábios sensuais com meu dedo. *Não, pare com isso, pervertida. Chefão, lembra?* Com esforço, volto meu foco para a conversa em questão.

— Ainda assim, você nunca foi ao Ensino Médio com meu nome — digo.

Ele não se incomoda. — Meu sobrenome, Chortsky, significa 'de um *chort*', que significa "demônio", em russo. Chort também é um xingamento popular, tipo "maldito".

Hã. Então é oficial, ele *é* mau. Mesmo assim, coitado. Imagino um garotinho com esse nome sendo provocado sem piedade. — Pelo menos seus pais não escolheram esse nome — digo. — Eles sofreram com isso também.

Ele encolhe os ombros. — Eles poderiam ter mudado.

— Tudo bem, você venceu – se é que é uma vitória ter pais piores do que os meus. — inclino minha cabeça. — O que eles fazem?

— No momento, eles têm um restaurante em Brighton Beach. Na Rússia, porém, meu pai era cirurgião e minha mãe, arquiteta.

Antes que eu possa perguntar mais alguma coisa, a limusine para.

Eu olho pela janela.

Uau. Eu nem percebi a viagem para casa.

— Vá descansar — ele diz, seu tom de comando voltando e o sorriso anterior sumiu sem deixar vestígios.

Eu luto contra a vontade de perguntar sobre o teste novamente. Algo me diz que não seria bem-vindo neste momento.

— Tchau — digo enquanto abro a porta da limusine.

— Até mais tarde, Srta. Pack. — Ele faz uma pausa e acrescenta suavemente: — A propósito... você pode querer verificar sua sobrancelha.

CAPÍTULO NOVE

EU IRROMPO em meu banheiro e olho no espelho.

Claro. A sobrancelha que desenhei antes mal aparece, e essa mistura de expressões curiosa, suspeita e cética está em meu rosto com força total.

Ugh. Este dia poderia ter sido pior?

O tempo todo em que estive falando com ele, ele deve ter ficado olhando para aquela sobrancelha. Não admira que tenha havido alguns sorrisos. Ele devia estar morrendo de rir por dentro.

Pego Precioso e peço um lápis permanente de sobrancelha, pó para sobrancelhas e tatuagens temporárias de sobrancelha. Eu até mesmo compro perucas de sobrancelha de cabelo humano na esperança de que uma dessas coisas me deixe parecer humana novamente.

Quando minha mortificação diminui um pouco, verifico meu e-mail do trabalho.

Caixa de entrada vazia.

Nunca fiquei sem receber e-mail antes. Já no meu primeiro dia na Binary Birch, uma mensagem de boas-vindas estava esperando por mim, assim como algo do RH e de Sandra.

Por falar em Sandra, eu ligo para ela.

— Você deveria estar descansando — ela diz em vez de um alô.

— Deveria? — Ela disse isso com firmeza?

— Acabei de falar com o Sr. Chortsky. Ele deixou muito claro.

Eu sinto que estou prestes a cair no chão. — Ele explicou por quê?

— Sr. Chortsky se explica para mim?

Desta vez, eu definitivamente detectei uma nota de aborrecimento – espero que com o Empalador, e não comigo. — Olha, Sandra, sobre o teste que eu estava...

— Isso é outra coisa. — Seu tom é cortante. — Não devemos falar sobre o Projeto Belka ou qualquer tipo de trabalho até que você tenha descansado – e assim que tiver, ele quer que nossas interações ocorram cara a cara.

Cada vez mais estranho... a menos que planejem me despedir, claro. Acho que despedir alguém cara a cara é como normalmente é feito.

— Há mais alguma coisa em que eu possa ajudar? Alguns outros projetos em que posso trabalhar? — pergunto em desespero. — Ficar entediada não vai me ajudar a descansar.

Sandra suspira. — E quanto ao seu aplicativo? Você sempre pode trabalhar nisso. Quanto mais limpo for o código, maior a chance de impressionar as pessoas.

Isso é uma dica? Preciso preparar um currículo e usar esse aplicativo como meu portfólio?

— Você enviou um link do meu código para o departamento de desenvolvimento? — pergunto, procurando por mais dicas sobre meu destino.

—Assim que pude — ela diz.

— E?

— Ainda não tive notícias de ninguém. Tenho certeza que a equipe de desenvolvimento irá revisá-lo no devido tempo.

A menos que eu seja demitida. — Ok, obrigada, Sandra. Que tal eu passar no escritório amanhã, depois de ter descansado pelo resto do dia?

— É isso que você e o Sr. Chortsky discutiram?

— Ele não definiu exatamente a palavra 'descanso' para mim, se é isso que você quer dizer.

Ela solta outro suspiro. — Certo. Contanto que você já tenha descansado, estarei livre às onze amanhã. Está bom para você?

— Sim. Até lá então — digo e desligo antes que ela mude de ideia.

———

DEPOIS DE ALMOÇAR e alimentar Monkey, decido fazer o que Sandra disse – verificar meu repositório de controle de origem do aplicativo.

Uma surpresa está esperando por mim lá.

Pela primeira vez, alguém está colaborando comigo no projeto.

A primeira mensagem é sobre um relatório de bug.

Na verdade, é mais do que isso. É uma crítica indesejada do aplicativo como um todo – repleto de maldade.

Aplicativo simplista. Nada mal para alguém que nunca codificou um dia na vida. Para sua informação, se você apontar o aplicativo para a imagem do rosto de um personagem de desenho animado, o sósia retornado não é o mesmo personagem. Então, por exemplo, eu o usei no Patolino e seu aplicativo decidiu que ele se parece mais com o Pato Donald. Se você pensar sobre isso logicamente, Patolino se parece mais com Patolino.

Hmm. Trago uma foto de *Patolino* no meu telefone do trabalho e uso o Precioso para apontar meu aplicativo para ele. O aplicativo realmente diz que ele se parece com *Donald* em vez de consigo mesmo.

Portanto, esse é um bug legítimo – especialmente se alguém esquecer por um segundo que o aplicativo foi feito para pessoas, não para personagens de desenho animado. Pelo menos um pato se parece com um pato. Se o aplicativo alegasse que *Pato Donald* se parecia com o *Pernalonga*, seria pior.

Eu verifico o usuário – nome de tela CrazyOops. Sem imagem de perfil, mas o nome da tela em si é suficiente para eu adivinhar quem é. A primeira metade deve se referir a *(You Drive Me) Crazy* e a segunda metade a *Oops!... I Did It Again*, ambas músicas de Britney Spears.

Aposto o fígado de Monkey que esta usuária é outra Britney. Tipo, Britney Archibald. Ela deve estar morrendo de vontade de encontrar um bug no meu código para retaliar as inúmeras falhas que encontrei no dela.

Ei, pelo menos isso significa que o departamento de desenvolvimento recebeu o e-mail de Sandra, e alguns deles estão olhando meu código. Talvez os outros sejam menos tendenciosos. Na verdade, já estou vendo algumas outras mensagens.

Primeiro, porém, eu registro o endereço IP do CrazyOops. Se ela fez outras contas para criticar ainda mais o aplicativo, saberei que é ela.

Surpreendentemente, a próxima mensagem não é um relatório de bug. Em vez disso, alguém localizou o motivo pelo qual o aplicativo estava fazendo o que Britney reclamou e corrigiu.

Santo binário. Quem é esse misterioso benfeitor?

O nome da tela é Phantom, e a foto do perfil é do rosto semi-mascarado do *Fantasma da Ópera*.

Isso não diz muito. Talvez ela ou ele seja alguém que goste dos clássicos – mas pode ser muitas pessoas.

Pondo de lado o mistério da identidade dessa pessoa, verifico a próxima mensagem dela.

Não é um relatório de bug ou uma correção dessa vez, apenas uma mensagem direta. Uma longa. Nela, Phantom sugere uma ampla gama de recursos interessantes e divertidos para o aplicativo e inclui referências a projetos e bibliotecas de código aberto que posso usar para implementar esses recursos com relativa facilidade.

Além disso, Phantom sugere uma série de melhorias que "deixariam o aplicativo pronto para uso amplo". O problema que se destaca para eles é que meu banco de dados de fotos de usuários é público no momento, o que causará preocupações com a privacidade dos usuários mais paranoicos. Aqui, também, Phantom sugere referências que posso usar para tornar esse trabalho mais fácil.

Eu verifico o IP. Não é o mesmo de Britney, mas eu poderia ter adivinhado com base no tom de apoio e porque ela nunca terminaria uma mensagem para mim da maneira que Phantom fez:

Seu código é elegante. Acho que você tem talento para isso. Não desista e você irá longe.

Mesmo que eu não tenha ideia de quem é Phantom, tem que ser alguém da equipe de desenvolvimento, o que me faz inchar de orgulho.

Além disso, agora entendo o nome da tela. Quem quer que seja, está agindo como um mentor, o que o *Fantasma da Ópera* foi para *Christine*.

Eu só espero que este Fantasma não seja horrível, ou tenha uma obsessão sombria por mim. Nota para mim mesma: não chame o Fantasma de Anjo do Software e fique de olho em um manequim que se pareça comigo em um vestido de noiva.

Sorrindo, escrevo uma mensagem de agradecimento ao Fantasma do Código e passo o resto do dia me familiarizando com todas as fontes que me forneceu.

Enquanto trabalho, sinto que estou me tornando uma programadora melhor – ou, pelo menos, uma programadora mais confiante.

Quando meus olhos ficam cansados, desligo e alimento a mim e minha porquinha rabugenta. Depois disso, coloco as luvas e a máscara N95 novamente para me livrar da sobrancelha que sobrou. Consigo fazer isso sem deixar a substância tóxica entrar em meus olhos, boca, ouvidos ou qualquer outro orifício.

Sem sobrancelhas, eu examino meu rosto pálido no espelho. Pareço ter feito quimioterapia, mas ainda estou melhor do que quando tinha apenas uma sobrancelha.

Tardiamente, percebi que minhas compras relacionadas à sobrancelha não chegarão a tempo para o meu encontro com Sandra. Bem, vou apenas desenhá-las e ter certeza de redesenhar conforme necessário.

Assim determinada, termino minha rotina noturna e vou dormir.

———

QUANDO CHEGO ao escritório na manhã seguinte, Sandra e eu pegamos a sala de reuniões mais próxima de seu cubículo. Ela parece desconfortável, exatamente como imagino que pareceria se estivesse prestes a me despedir.

Droga. É isso?

— Então — ela diz, juntando os dedos.

Eu me preparo. — Sim?

— Como você está?

— Pronta para trabalhar em algo — digo, fazendo o meu melhor para não soar insubordinada.

Ela se mexe na cadeira. — A ordem é que você deve trabalhar apenas no Projeto Belka.

Eu levanto o pedaço de pele onde desenhei uma das sobrancelhas. — Então, eu posso simplesmente retomar isso?

Sandra limpa a garganta. — Não até que você seja considerada descansada.

— Eu não pareço descansada? — Pego um espelho e certifico-me de que não tenho olheiras e de que as sobrancelhas ainda estão no lugar.

Ela olha furtivamente na vaga direção do escritório do Empalador. — Não sou eu que tenho que decidir.

— Entendo. — Eu tamborilo meus dedos na mesa. — Então, deixe-me ver se entendi: eu não posso trabalhar em nada além do projeto que está em espera até que eu esteja milagrosamente descansada. E, ainda por cima, se quisermos falar sobre o referido projeto, tem que ser cara a cara?

Ela concorda. — Desculpe você ter vindo aqui para nada. Na verdade, esperava que você tivesse uma atualização para mim.

Ah. Ela pode estar um pouco magoada por eu ter interagido diretamente com o chefe dela. Ela não percebe que foi por acidente.

Eu suspiro. — Não foi minha intenção criticar *você*.

Ela me dá um leve sorriso. — Eu sei. Me desculpe novamente por ter colocado você nessa bagunça, em primeiro lugar. Ele queria minha melhor pessoa no projeto e...

— Oh, não se preocupe. E obrigada por passar meu código. Já recebi algum feedback.

— Isso é ótimo — diz ela. — De quem?

— Eles usaram nomes fantasia. Mas talvez você saiba... Há alguém no escritório que gosta um pouco demais do *Fantasma da Ópera*?

Ela esfrega o queixo. — Rose, da contabilidade?

Rose está chegando aos noventa, então se for ela, mais poder para ela.

— Meu palpite é que se trata de alguém do departamento de desenvolvimento — digo a Sandra.

Ela franze a testa. — Ninguém vem à mente.

— Ok, obrigada. — me levanto. — Se isso for tudo, vou pegar um chá e voltar para casa.

— Boa ideia — ela diz. — Minha diretiva oficial para você é descansar.

— Entendi. — Dou a ela a mesma saudação militar nítida que fiz para o Empalador, mas desta vez como uma piada.

Ela sorri e quando saímos da sala, ela diz: — Meu conselho não-oficial é continuar melhorando suas habilidades de codificação.

Essa é outra dica sobre o meu destino? Quase pergunto abertamente, mas não quero colocá-la em dúvida.

Quando chego à copa, pego um pacote de camomila e coloco água quente em um copo.

Antes de mergulhar o saquinho de chá na água, sinto uma presença entrar no pequeno cômodo, criando uma perturbação na *Força* que faz meus sentidos de Aranha formigar.

Quando eu olho para cima, um par de olhos lápis-lazúli capturam meu olhar, fazendo meu estômago revirar.

— Srta. Pack — o Empalador diz, seu sotaque mais forte do que o normal. — Espero não ter te assustado.

— Oi. — A sílaba sai como um sussurro rouco que deveria estar em um livro de regras de RH, arquivado em "impróprio para o ambiente corporativo".

— Como você está se sentindo? — Ele se serve de um copo d'água.

Eu finalmente coloco meu pacote de camomila na água e rezo para que algo sobre o saquinho de chá não esteja prestes a escapar dos meus lábios. — Sinto-me pronta para trabalhar novamente. — Pronto. Posso ser sutil quando me concentro muito, muito duro.

Falando nisso, eu também não deveria dizer a palavra *duro*.

— Pronta para trabalhar?

Deve ser uma superpotência russa para imbuir uma pergunta tão curta com tanto ceticismo.

— Pronta como uma tempestade tropical. — levanto meu queixo. — O Projeto Belka não é urgente? Você disse aquilo...

— Aqui não. — Ele franze a testa na entrada da copa.

Com certeza, Britney está parada lá, seus olhos se estreitaram.

Ela era uma ninja em sua vida passada?

— Entendo — digo.

— Você já almoçou? — ele me pergunta.

Eu balanço minha cabeça, emudecida pela pergunta.

— Nesse caso, é por minha conta.

Tomando minha resposta afirmativa como certa, ele caminha em direção a Britney, cujos olhos são fendas de gato neste momento.

Por um segundo, me pergunto se ele será forçado a enfrentá-la.

Mas não. Ela sai do caminho.

Ao passar correndo por ela, posso sentir uma nuvem de malevolência emanando dela, como vapores venenosos de mercúrio. Eu não tenho a chance de analisar isso, porém, porque estou sobrecarregada ao perceber que vou almoçar com o Empalador.

Eu.

E ele.

Comendo juntos.

Como um encontro?

Não, isso é estúpido. Não é um encontro. É um almoço de trabalho, que pode ser uma manobra para me despedir do escritório para que eu não cause uma cena.

Ainda assim. Eu me sinto tonta, como se estivesse

indo para o baile de formatura – e na verdade, nunca fui ao baile.

Agora, eu gostaria de estar mais bem-vestida e ter aquelas sobrancelhas de cabelo humano premium coladas.

O Empalador para perto do elevador e estou tão preocupada com meus pensamentos que bato em suas costas.

Desgraça. Eu apenas senti alguns músculos muito duros.

Afastando minhas desculpas resmungantes, ele aperta o botão do elevador.

Eu fico lá, *sem* pensar em lamber seu dedo.

Não.

Eu não.

Quando as portas do elevador se abrem, ele gesticula para que eu vá primeiro, então eu vou.

Percebendo que ainda estou segurando meu chá, eu engulo, o calor queimando minhas entranhas. Ele me espelha bebendo a água de uma só vez. Seu pomo de adão balança para cima e para baixo, e eu quero lambê-lo.

Pare de fantasiar sobre lamber partes aleatórias do corpo.

Seu telefone toca.

— Com licença — ele diz e verifica a tela.

Franzindo a testa para qualquer mensagem que acabou de receber, ele digita uma resposta com a velocidade que uma adolescente ficaria orgulhosa.

— Tudo certo? — pergunto quando ele olha para cima.

— Sim, mas eu só tenho cinquenta minutos para o almoço. Tudo bem?

Mesmo se não estivesse tudo bem, o que está, não é como se eu fosse dizer a ele.

— Você é um homem ocupado. Compreendo.

Saímos do prédio e atravessamos a rua, suas longas pernas dando passos largos que tenho que andar rápido para acompanhar.

Antes que eu comece a suar, ele para ao lado de um lugar que eu nunca estive – porque é um dos melhores restaurantes da cidade de Nova York, e talvez do mundo. Ou se não for o melhor, certamente o mais caro.

O Empalador abre a porta de vidro ornamental. — Depois de você.

Engolindo minha descrença temerosa, eu entro. Assim que o host vê o Empalador, ele nos bajula como se fôssemos membros da realeza, conduzindo-nos a uma mesa bem posicionada perto da janela – sem dúvida ao lado de executivos de nível C de todas as grandes corporações do centro da cidade.

Chefão deve ser um cliente regular aqui.

Antes que eu possa dizer "bom estar no topo – um por cento", nossos copos estão cheios de vinho que, sem dúvida, custa mais do que eu ganho em um ano.

— Onde está o menu? — sussurro, não querendo soar como um caipira para os CEOs próximos.

— Eu geralmente peço a escolha do chef — ele responde, combinando com meu tom baixo. — Quer arriscar comigo?

Assentindo, tomo um gole do vinho incrível e vejo a toalha de mesa impecável na minha frente.

Este lugar é chique. Muito extravagante para levar alguém se você quiser despedi-lo. Ou apenas conversar com eles sobre o teste de brinquedos sexuais, a propósito.

Mas então...

Será? Eu estou em um encontro?

CAPÍTULO DEZ

NÃO. Isso não pode ser um encontro.

Este é apenas um lugar que ele gosta – e por que não, se ele pode pagar? Como seus pais são donos de um restaurante, ele provavelmente é um grande apreciador de comida e esnobe para toalhas de mesa e tal.

Sim. Deve ser isso.

Ele examina meu rosto. — Tem certeza de que está bem? Você parece um pouco em estado de choque.

— É este lugar, não o... umm ... incidente de ontem — respondo, minhas bochechas queimando instantaneamente.

Ele olha em volta como se visse o restaurante pela primeira vez. — Podemos ir para outro lugar.

— Não, está tudo bem. Você só tem cinquenta minutos. Quero ir direto ao que interessa.

Ele arqueia sua sobrancelha perfeitamente real.

— Projeto Belka — digo. — Eu queria...

O garçom aparece do nada e pergunta se já decidimos o que pedir.

— Escolha do Chef — dizemos em uníssono.

O garçom faz uma reverência e sai correndo.

— De volta ao assunto em questão. — Eu tomo um gole do vinho, para coragem. — O teste para o Projeto Belka...

— Não é algo que queremos discutir em um local público. — Ele olha para as pessoas ostentosas próximas. — Você não concorda?

Baixei minha taça de vinho com um pouco de força demais. — Não é por isso que estamos aqui?

Ele aponta para as estátuas de gelo e outras decorações. — Estamos aqui porque precisamos comer.

Minhas bochechas ficam vermelhas, mas com raiva em vez de vergonha, para variar. — Não gosto de ter algo assim pairando sobre mim.

Seus lábios sensuais se apertam. — Não precisa.

Isso é uma ameaça? — Então você está me despedindo...

— Demitindo você? — Ele parece genuinamente perplexo. — Dadas as circunstâncias, presumi que você gostaria de desistir do projeto.

Agora eu entendi. Ele não acha que eu posso lidar com isso. Como meu ex idiota, ele provavelmente acha que sou muito puritana e boazinha para brinquedos sexuais.

Estou tão farta disso. Só porque tenho um rosto redondo de bebê que tende a corar, todos fazem essas suposições arrebatadoras sobre mim.

Foda-se isso.

— Eu não estou desistindo de nada. Você teria que arrancar o projeto de mim. Está claro?

— Como cristal. — Diversão toca seus olhos, mas também algo mais – admiração, talvez?

— Eu entendo que não podemos falar em detalhes aqui — digo, mudando para um tom que é muito mais apropriado ao falar com o chefão. — Por favor, escolha um horário e lugar que seja adequado para você. Eu realmente gostaria de continuar com o projeto.

— Combinado. — Ele pega seu telefone e envia uma mensagem. — Que tal agora? Se você vier comigo no meu próximo compromisso, podemos conversar na limusine no caminho.

Próximo compromisso? Antes que eu pudesse pedir mais detalhes, o garçom chega carregando um pratinho com algo que parece um crepe com caviar.

— De Jaeger — diz o garçom. — E *blinis kuznechik*. O chef manda lembranças ao seu pai pela receita.

Então, minha teoria sobre o restaurante dos pais dele ter algo a ver com este almoço estava correta.

Isto não é um encontro.

Que pena. Eu estava gostando da ideia.

— Importa-se de explicar o que é isso para esta pseudo gourmet? — pergunto assim que o garçom sai correndo.

— Prove primeiro — ele sugere.

Sim, e uma explosão de sabor umami atormenta minhas papilas gustativas. — Sutil sabor de nozes — digo em minha melhor imitação de um crítico gastronômico chique —, com o mais leve toque de doce, salgado e com uma nota amadeirada.

— Essa não é uma descrição ruim — diz ele, saboreando sua porção.

— E o que é isso?

Ele aponta para os ovos brancos. — Isso é caviar de caracol. E os *blinis* são um tipo de crepe russo, só que em vez do tradicional trigo sarraceno, são feitos com farinha de grilo, que dá aquele sabor de noz.

O sangue foge do meu rosto.

Para lutar contra meu reflexo de vômito, fico tão silenciosa que você pode ouvir os grilos.

Não. Deve. Pensar. Nos. Grilos.

Ou caracóis. Ou lesmas. Ou o *Blob*. Ou meleca senciente. Ou...

— Esta comida é perfeitamente segura. — O Empalador me lança um olhar preocupado. — Você gostou do gosto, não?

Bem, sim, mas isso foi antes de eu saber que abominação estava comendo.

Ele acena para o garçom, que corre imediatamente.

— A senhora terá a amostra do chef do menu infantil — declara meu chefe.

O menu infantil? Então agora ele pensa que eu não sou apenas pouco aventureira sexualmente, mas também quando se trata de comida.

— Não — revido. — A senhora ficará com a escolha do chef.

Os cantos da boca do Empalador se inclinam

ligeiramente quando ele pergunta ao garçom: — O que vem a seguir?

— Balut Benedict — responde o garçom.

Eu nervosamente bebo meu vinho. — Isso não parece tão ruim.

— *Balut* é um ovo de pato no qual o feto teve a chance de se desenvolver em um passarinho — explica o Empalador. — Esse molho holandês geralmente é feito com ovos de pato também.

— Fermentado — acrescenta o garçom, prestativo.

Fermentado.

Claro.

Não achei que meu rosto pudesse ficar mais branco, mas aí está.

— Ainda estou dentro — eu me choco ao dizer. — O que vem depois dos ovos?

— Sopa de Huitlacoche — diz o garçom, e acho que ele está começando a se divertir às minhas custas.

O Empalador sorri totalmente. — *Huitlacoche* também é conhecido como ferrugem do milho – um fungo que costumava destruir as plantações de milho, mas hoje em dia é uma iguaria.

— Mesmo? — olho para o garçom.

Ele concorda.

— Eu sinto que estou na versão de câmera oculta de *Fear Factor* — digo.

— Quer saber, eu vou de menu infantil — diz o Empalador ao garçom. Seus olhos brilham por trás das lentes dos óculos quando ele me pergunta: — Quer se juntar a mim?

Eu suspiro em derrota. — Você não precisa fazer isso.

— Eu insisto. Nunca experimentei o menu infantil, por isso vou fazer hoje.

— Certo. — tomo um pequeno gole da minha água, principalmente para manter os grilos e os ovos de caracol na barriga. — Também pedirei o menu infantil.

O garçom sai.

O Empalador, com razão, presume que o resto dos crepes são todos dele, então, ele os termina enquanto eu me sento lá, tentando pensar em como posso salvar minha cara depois de tudo isso.

Ou, pelo menos, iniciar algum tipo de conversa.

Meu telefone vibra.

É uma mensagem de Ava.

Ainda com Empalador? Seguido por um emoji de seringa e uma berinjela.

É como se ela farejasse este talvez-encontro.

Uma explosão de irritação com o mundo em geral se cristaliza em algo mais específico, ou seja, aborrecimento com Ava. Eu deixo escapar em voz alta: — Quem você acha que ganharia em uma luta: *Branca de Neve* ou *Bela,* de *A Bela e a Fera?*

Pronto. É mais civilizado do que perguntar a ele se ele acha que eu teria sucesso em esmurrar Ava no chão.

O Empalador engole a última mordida de seu duvidoso aperitivo, com a testa franzida em pensamento. — Seria um encontro aleatório em um local neutro?

— Por que não? — Eu bebo meu vinho, lutando

contra a vontade de empurrar para trás aquela mecha de cabelo rebelde que continua caindo sobre sua testa.

Realmente, realmente não seria apropriado.

O sulco sob a mecha de cabelo se aprofunda. — Estamos falando de versões padrão desses personagens?

— Existem versões?

— Claro. A história original de *A Bela e a Fera* era francesa, mas também há uma russa, que tem até um desenho animado muito melhor do que o da *Disney* – pelo menos na minha opinião. Por outro lado, *Branca de Neve* era originalmente uma história dos Irmãos Grimm. Também possui uma versão em russo. Ela atende por *Snowdrop* e vive com sete *bogatyrs,* em vez de anões.

Eu baixo minha voz. — Os *bogatyrs* são algo nojento que servem neste restaurante?

Ele ajusta os óculos. — Um *bogatyr* é um guerreiro das lendas russas.

Eu inclino minha cabeça. — Então, essa *Branca de Neve* russa vive com sete caras guerreiros?

Ele concorda.

— Isso soa como um romance de harém reverso.

Diversão brilha nas profundidades azuis de seus olhos. — Acho que ela permanece pura pelo seu príncipe – que não é um dos 'caras'. Além disso, a versão da *Disney* também pode ser vista como um harém reverso, se sua mente estiver suja o suficiente.

Como alguém cuja mente nunca está longe da

sarjeta, fico vermelha ao imaginar *Espirro, Zangado, Dunga e Soneca* em um *gang bang* com *Branca de Neve.*

— Que tal ficarmos com as versões da *Disney*? — digo.

— Nesse caso, *Bela* venceria. — Ele parece tão sério como se estivéssemos falando sobre os relatórios trimestrais. — Das duas, *Bela* é mais aventureira. Ela lutou pela *Fera* no final e teve mais profundidade quando se tratou de seus motivos para se apaixonar. Em contraste, *Branca de Neve* é uma donzela estereotipada em perigo que provavelmente pediria ao Príncipe Encantado para lutar com *Bela* em seu lugar.

Droga, ele está certo. Eu não consegui vencer nem mesmo nessa batalha alegórica – e o que é pior, ele apenas chamou minha sósia alegórica de aventureira.

O garçom volta com uma bandeja cheia de pratos.

Tudo parece seguro, mas espero que ele explique o que é.

— Batatas fritas de mandioca e inhame com molho bechamel — diz ele, apontando para o prato em questão. — Palitos de atum rabilho. Pepitas de codorniz. *Beaufort D'Été* quesadillas.

Eu sorrio para o garçom em alívio. — Tudo parece delicioso.

Quando ele sai, eu me inclino em direção ao Empalador. — Esse é o menu infantil? Eles ao menos permitem crianças neste lugar?

Outra sugestão de sorriso. — Nunca vi uma, e sou assíduo.

Vai entender.

Pego uma das batatas fritas e ele deve ter tido a mesma ideia porque nossos dedos se tocam.

De repente, sinto uma fome que não tem nada a ver com comida.

— Depois de você. — Ele aponta para as batatas fritas.

Pego algumas e as coloco na boca.

Uau.

Não tenho certeza se peguei mandioca ou inhame, mas é uma delícia. O palito que experimento em seguida é o melhor que já provei, a pepita também é incrível e quando mordo a quesadilla, quase gemo de prazer.

Então eu noto algo. Ele está usando um garfo e uma faca para os itens que acabei de comer com os dedos, como uma mulher das cavernas.

Eu pego a próxima pepita com um garfo. — Isso é muito melhor do que ovos de caracol.

— Estou feliz, Srta. Pack. Eu não gostaria que você se arrependesse de minha escolha deste restaurante.

Eu mastigo a pepita, debatendo se devo perguntar isso a ele ou não. Finalmente, decido ir em frente.

— Olha, depois da coisa do hospital e deste almoço, você se importaria de me chamar de Fanny?

Dessa forma, poderei parar de pensar em coisas redondas e famintas e, mais importante, posso esquecer por um momento que estou desejando o chefe da minha chefe.

Seus lábios sensuais se curvam. — Fanny — ele murmura, e ouvir meu nome com aquele sotaque me faz gostar dele pela primeira vez na vida. — Me chame de Vlad, então.

Meu batimento cardíaco acelera. — Vlad — repito obedientemente.

Espere, isso soou muito rouco? Porque eu realmente gosto do som de seu nome em meus lábios. Chega de chefão ou o negócio de Empalador para mim. Eu o estou chamando de Vlad sempre que posso.

Outro sorriso curva seus lábios. — Mas sem diminutivos, ok?

Eu pisco para ele. — Vlad já não é uma forma diminuta de Vladimir?

Ele parece impressionado. — Eu chamaria de forma abreviada, mas é muito bom para um não-russo.

Um brilho caloroso se espalha por mim com seu elogio. — Eu aprendi algumas coisas no Brooklyn College. Uma alta porcentagem dos alunos de ciência da computação compartilham sua formação. Um cara me chamou de Fan'ka, então investiguei isso.

Um brilho sombrio aparece em seus olhos – isso ou minha imaginação está correndo solta. — Fan'ka parece algo que você chamaria de criança travessa. A versão afetuosa seria Fannychka.

Fannychka. Eu gosto disso. Fannychka Pack não soa mais como uma pochete.

Nem Fanny Chortsky, por falar nisso.

Ele estreita os olhos. — Aquele sorriso travesso... Se você estava pensando em me chamar de algo como Vovochka, não faça isso. Acontece que é um personagem que é o alvo de muitas piadas russas.

Hã. Eu não tinha intenção de fazer isso, mas isso é interessante. E graças a Deus ele não é um vampiro de verdade e não consegue ler mentes. — Combinado — digo. — Mas você tem que me contar uma dessas piadas.

Ele franze a testa. — Elas não traduzem bem.

— Isso é bom. Ainda quero ouvir uma.

— Ok. Lembre-se de que Vovochka geralmente é uma criança que se comporta mal. Pense em *Dennis, o Pimentinha*. Além disso, o humor russo pode ser bem sombrio.

— Agora eu realmente quero ouvir uma. — pego minha taça de vinho.

— Aqui vai: Em uma manhã ensolarada de domingo, Vovochka corre para sua mãe:'Mãe, rápido, papai se enforcou na sala de estar!'. A mãe quase tem um ataque cardíaco enquanto corre para a sala, apenas para encontrá-la vazia. 'Dia da Mentira', mãe!', Vovochka diz. 'Papai está pendurado no banheiro.'

Quase engasgo com o vinho.

O telefone de Vlad apita com uma mensagem.

Ele olha para baixo, então, olha para mim se desculpando. — A limusine está lá fora. Tenho que ir em breve. Você vem?

Limpo o nariz e dou uma espiada, nada de vinho. — É longe?

— Não, apenas uma curta distância de carro.

Estou prestes a perguntar mais, mas ele coloca uma porção enorme de pepitas no meu prato. — Vamos terminar isso rápido. Não temos muito tempo.

Atacamos a comida como se estivéssemos em uma competição de comer cachorro-quente, o que não me impede de ter alguns gases. Infelizmente, seu telefone começa a tocar cedo demais, então, deixamos algumas coisas deliciosas intocadas e nos levantamos.

Ele deixa uma fortuna em dinheiro na mesa e me leva até o carro. Quando ele abre a porta para mim, vejo Britney do outro lado da rua. Ela está parada ali, olhando para nós.

Muito stalker?

Ignorando-a, eu entro e sento ao lado de onde ele deixou seu laptop na esperança de que ele se sente ao meu lado.

Eu sou um gênio maquiavélico.

Vlad se senta bem ao meu lado, e seus olhos lápis-lazúli encontram os meus.

Minha respiração fica presa na minha garganta com o calor sombrio em seu olhar. O ar no carro de repente parece carregado com tanta eletricidade que quase sinto o cheiro de ozônio.

Seus olhos caem para os meus lábios e, como se puxado por um ímã, ele lentamente se inclina em minha direção.

Santa Vaca Kobe.

Vlad está prestes a me beijar?

CAPÍTULO ONZE

MEU CORAÇÃO BATE um hino de batalha em meu peito, e minha pele parece que está queimando. Tudo o que posso ver são seus lábios, de forma tão bonita, de aparência tão suave. Tudo o que posso pensar é inclinar-me para frente e diminuir a pequena distância restante para que...

O carro avança, tirando-nos do momento.

— Aperte o cinto — Vlad diz, sua voz rouca enquanto ele se afasta alguns centímetros.

Movendo-me como um zumbi, coloco o cinto de segurança enquanto ele fala algo para Ivan em russo.

O carro diminui a velocidade.

Vlad levanta a divisória e se vira para mim. — Então, você queria conversar.

Respiro fundo e reúno minha coragem. — Como eu disse antes, vou fazer o teste e você não pode me impedir.

A diversão que tocou seus olhos da última vez que dei esse ultimato está lá novamente.

—Você não tinha outra pessoa escalada para esse teste originalmente? Sandra mencionou algo nesse sentido.

Eu balancei minha cabeça. — Ela se foi. — Não há nenhuma maneira de eu contar-lhe todo o desastre da succubus que virou freira.

Ele suspira. — Tudo bem então. Teste você mesmo, se isso significa tanto para você.

Eu o encaro para ter certeza de que ele não está brincando. — É assim? Você está bem com isso?

Ele cruza os braços sobre o peito largo. — Você terá que me convencer de que pode fazer isso com segurança, é claro.

Minhas bochechas queimam. — Eu posso estar segura. Aquela coisa do esquilo foi um erro. Daqui para frente, vou fazer mais devidas diligências e aprender sobre o... err... hardware antes de usá-lo. Meu plano é dividir tudo em lotes masculino e feminino e, obviamente, vou me certificar de testar apenas os brinquedos femininos de agora em diante.

Ele inclina a cabeça. — Quem vai testar o lote masculino? Ou ele se foi também?

— Era o namorado da mulher, então sim, eu o perdi ao perdê-la. Meu novo plano é criar um anúncio no Craigslist ou no Tinder...

— Absolutamente não. — A expressão trovejante em seu rosto deve ser o que deu a alguém a ideia de chamar este homem de Empalador.

Meu coração pula uma batida, mas, ao mesmo tempo, sinto minha raiva aumentando.

— Não?

O carro para.

— Chegamos — Vlad diz entredentes. — Quer me esperar no carro ou gostaria de ver o escritório de uma empresa de videogame?

— O último — digo, principalmente para mostrar que não estava intimidada.

Em um silêncio taciturno, ele segura a porta da limusine para mim, então, me leva para um prédio alto, passando pela segurança (onde eu descubro que ele é um consultor da empresa de videogame que estamos prestes a visitar) e para o elevador.

— Veja. — Seu tom se torna conciliador quando o elevador começa a se mover. — Escolher um cara qualquer por aí é extremamente perigoso. Não quero que você seja encontrada no Porto de Nova York por causa desse trabalho.

Ele tem um argumento válido aqui.

Antes que eu possa responder, as portas se abrem e ele gesticula para que eu saia.

— Continuamos depois — Digo e saio.

Ele nos faz entrar com sua identificação, e eu fico olhando para a decoração ao nosso redor com curiosidade descarada.

A placa na parede tem uma fonte divertida que lembra histórias em quadrinhos. Diz com orgulho: *1000 Devils.*

Isso soa vagamente familiar. Acho que joguei um jogo que eles fizeram, talvez até dois.

Em contraste com o nome bastante sinistro da empresa, há cores brilhantes por toda parte, e as risadas distantes fazem com que pareça um parquinho infantil.

Esta é uma corporação? Quase parece que alguém tentou projetar o oposto exato dos tons de cinza opressivamente enfadonhos de nosso escritório silencioso como uma tumba.

— Primeiramente — Vlad me leva a um closet ao lado —, prepare-se.

Hã?

Não há roupas aqui, apenas armas Nerf.

Muitas armas Nerf.

Está bem então. Vamos à guerra.

Vlad pega dois rifles, abre seu sobretudo e enfia um brinquedo em forma de revólver no cinto de suas calças.

Arma da sorte.

Dando de ombros, pego um blaster branco e laranja, que se segura com duas mãos, e me lembra a Tommy Gun que eles mostram em filmes de gângster antigos.

— Fique nas minhas costas — Vlad diz, sem nenhum indício de um sorriso no rosto.

Eu faço o que ele diz, mas quando nossas costas se tocam, meus hormônios ficam descontrolados.

Aposto que há um sorriso babando no meu rosto.

Caminhamos assim para o andar principal, como dois policiais invadindo um esconderijo de mafiosos.

De repente, um projétil laranja atinge minha sobrancelha falsa.

— Ei! — Esfrego a mancha antes de lembrar que preciso ter cuidado para não manchar o desenho. — No rosto não.

— Desculpe — alguém diz.

Eu localizo o agressor – um cara ruivo de quarenta e poucos anos com uma barriga de cerveja – e aperto o gatilho para lançar uma nuvem de dardos em seu peito.

Alguém salta do canto.

Vlad se lança na minha frente e acerta o próximo dardo no peito.

Desta vez, a atiradora é uma senhora um pouco mais velha que Sandra, mas não deixo que isso me impeça de descarregar o resto dos meus dardos em seu torso.

Mais dois atacantes entram na briga.

Vlad está sem dardos, e eu também.

Largando suas armas, Vlad me conduz contra a parede, de modo que o enxame de projéteis que foram feitos para mim se chocam contra suas costas.

Uau.

Ele está bem contra mim e é inebriante. Posso sentir o cheiro das notas sensuais de bergamota e frutas cítricas e sentir o calor saindo de seu grande corpo.

Ele olha para baixo e nossos olhos se encontram. Suas pupilas estão dilatadas, suas maçãs do rosto salientes com um toque de rubor. Lentamente, ele inclina a cabeça e...

— Deixem meu irmão em paz — uma voz fala sobre os sons dos disparos de armas Nerf. — Ele está aqui para ajudar.

CAPÍTULO DOZE

IRMÃO?

Meu cérebro sobrecarregado de hormônios se lembra de uma menção a um irmão que inspirou Vlad a entrar na ciência da computação.

Vlad se afasta de mim, contornando o recém-chegado que vestia uma camisa da Rússia.

Agora que não há músculos deliciosos bloqueando minha visão, examino quem falou.

Sim. Tem que ser irmão. Eles são tão parecidos que poderiam passar pela mesma pessoa – exceto que o irmão mais velho é uma versão desleixada e despojada dos dois.

— Esta é Fanny — Vlad diz, voltando para o inglês. — Trabalhamos juntos na Binary Birch.

Trabalhar juntos – é um bom eufemismo. Ele poderia ter dito "está abaixo de mim". Não, espere, isso me faria parecer uma mulher barata.

O irmão estende a mão. — Alex.

Não há Sr. Chortsky aqui, interessante. Ah, e agora percebo a referência dos 1000 Devils – parece que Alex é o dono do sobrenome.

— Prazer em conhecê-lo — digo enquanto dou um aperto profissional em sua mão.

— Entre na sala de Guerra — Alex diz e leva Vlad e eu a uma grande sala de conferências com vista para o Central Park.

Um monte de gente já está aqui e, ao contrário dos exuberantes colegas armados que deixamos de fora, eles parecem abatidos, desanimados até.

— Temos um problema com o Simulatow de Esquiwwel — diz Alex, mas ele faz parecer que há um duplo "w" no Esquirrel (esquilo) e outro no final de Simulator (simulador).

Esquisito. Ele disse 'sala de guerra' sem trocar as letras, então não pode ser um problema de fala.

— Novamente? — Vlad franze a testa e explica para mim: — 1000 Devils acaba de lançar uma correção para uma falha importante naquele jogo.

Então, o Simulator Squirrel é um jogo. Eu deveria ter adivinhado isso.

— É como o simulador de cabra, mas com um esquilo? — pergunto.

— Muito mais divertido. — O peito de Alex se expande de orgulho. — Um esquilo é menor, então, pode entrar em lugares nos quais uma cabra nem sonha.

Vlad me lança um olhar rápido e pergunta: — A falha não foi corrigida?

Eu coro. Aquele olhar foi em referência ao comentário "o esquilo pode chegar a qualquer lugar"? Pode ser, já que no meu caso, um tipo de esquilo estava na minha bunda – e isso não foi muito divertido. Pelo menos, não para mim

— A última falha acabou, mas acho que a grande atualização com a correção introduziu esse novo problema. — Alex pega um controle remoto e o YouTube aparece na tela à nossa frente.

Um vídeo começa a ser reproduzido com um esquilo fofo correndo para debaixo de um banco de parque. De repente, a criatura peluda expele fumaça de sua boca, o que mexe no pixel – fazendo o esquilo parecer um demônio dos círculos mais profundos do inferno.

Vlad franze a testa. — Isso me lembra aquela falha no *Sims*, aquela que fazia os bebês parecerem monstros.

— É assustador — digo, olhando para as distorções na imagem que parecem garras e tentáculos. — Quase como se você tivesse feito de propósito para assustar as pessoas.

— Exatamente. — Alex abre um laptop na mesa de conferência e olha para seu irmão. — Você pode verificar se fomos hackeados?

Vlad se senta na frente do laptop e começa a digitar.

— Você sabia que a segurança cibernética é mais um dos talentos do meu irmão mais novo? — Alex me pergunta com um sorriso largo.

— Não. — lanço um olhar faminto para Vlad.

Vendo que o irmão pode perceber, eu limpo minha garganta e pergunto: — Você já foi hackeado antes?

— Nunca, e pelo mesmo motivo. Vlad configurou a segurança.

— Você já encontrou o bug no código? — pergunto.

— Não. A equipe de desenvolvimento está trabalhando nisso, mas está difícil até agora porque temos tido problemas para replicar o problema aqui no escritório. A única razão pela qual sei que o vídeo não é uma farsa são as críticas de uma estrela de pais zangados cujos filhos não conseguiam dormir depois de ver essa falha.

— Se importa se eu der uma olhada no jogo? — pergunto. — Em que plataforma está?

— Está disponível em todos os lugares — diz Alex. — Telefones, PCs, consoles, você escolhe.

Assentindo, pego Precioso e procuro na app store por Simulator Squirrel, feito por 1000 Devils.

Não encontro, mas vejo Squiwwel Simulatow.

Ok, então. É *realmente* para crianças. Isso explica por que Alex pronunciou o nome dessa maneira.

Eu inicio o download do jogo e, enquanto espero, pergunto: — Qual foi o problema que você acabou de consertar?

Estremecendo, Alex puxa outro vídeo do YouTube. Nele, a versão ainda super fofa do esquilo se aproxima de um garoto de aparência agressiva que está segurando um taco de beisebol.

O esquilo para.

O garoto acerta o taco na criatura peluda.

O esquilo levanta voo, e voa e voa até que a paisagem urbana embaixo dele quase não seja visível.

Então começa a descida.

— Acho que isso não deveria acontecer? — pergunto.

— Bug no motor de física — diz Alex, parecendo na defensiva. — Não somos os primeiros a ter algo assim acontecendo. Os gigantes em *Skyrim* enviam pessoas voando para o céu até hoje.

— É por isso que não podemos deixar para lá — Vlad entra na conversa, seus dedos ainda dançando no teclado.

Alex encolhe os ombros. — Estávamos recebendo centenas de críticas negativas por isso, sem mencionar os e-mails de pais chateados.

Percebendo que meu download foi feito, eu abro o jogo.

Legal. Eu posso escolher minha aparência. Eu escolho o laranja, comprimento máximo da cauda e barriga branca – principalmente porque é assim que o esquilo demônio do vídeo parecia antes da terrível transformação começar.

O jogo começa com um tutorial. Aprendo fatos importantes, como que meus dentes nunca param de crescer e, portanto, tenho que roer coisas constantemente para me manter saudável. Também me ensina como ziguezaguear ao fugir de cães e outros inimigos, como enterrar nozes para que um outro esquilo não as roube – às vezes até mesmo fingindo que o processo de enterro bagunça as mentes dos esquilos de IA – e como usar minha cauda para me equilibrar, e como para-quedas durante uma queda, ou guarda-chuva em dias de neve.

Pelo menos o realismo não é cem por cento. Tenho certeza de que os pais reclamantes não gostariam que seus filhos soubessem que existe um tipo de esquilo que tem genitália gigante – pelo menos para um esquilo. Meu ex me contou sobre eles. Seus pênis têm quarenta por cento do comprimento de seu corpo, e as joias de família têm cerca de metade disso. Meu ex estava claramente com inveja, especialmente do outro factóide: durante a masturbação, esses esquilos podem se curvar e enfiar o pênis na própria boca. Além disso, a maioria dos esquilos fêmeas tem múltiplos parceiros masculinos quando estão no cio – eu já vi essa orgia algumas vezes no parque.

Quando o tutorial é concluído, dirijo meu corpo peludo para correr até o parque próximo, que se parece com o cenário do vídeo do YouTube. Acho que, com minha experiência de controle de qualidade, tenho tantas chances de replicar esse bug quanto o próximo drone corporativo.

Eu subo em todas as árvores da vizinhança, como algumas nozes, sementes e alguns ovos de um ninho de pássaro abandonado – mas pareço fofo e encantador.

Esconder nozes não ajuda, nem esconder coisas inadequadas, como o pirulito que roubo de uma criança.

Estou prestes a desistir quando vejo algo que,

estritamente falando, nem deveria estar neste jogo – uma bituca de cigarro embaixo de um dos bancos.

Eu entendo que eles estão em toda parte na realidade, mas este é um jogo infantil.

Também me lembro de algo que li uma vez: esquilos são viciados em nicotina, por comerem restos das bitucas, e também cafeína, por lamberem copos descartados de Starbucks.

O jogo me deixaria comer uma bituca de cigarro?

Saltando até ela, eu a agarro com minhas patas peludas.

Antes que eu possa colocar a coisa nojenta na minha boca, a voz de Vlad me tira do jogo.

— É difícil provar uma negativa — diz ele. — Mas, pelo que posso dizer, você não foi hackeado.

Ignorando a resposta de Alex, coloco a ponta do cigarro na boca como se fosse uma bolota suculenta.

Eureka.

Em vez de comer a coisa, o jogo corta para fumaça saindo da minha boca – o que, pensando bem, era uma pista – e eu me torno demoníaco, assim como no vídeo.

— Eu reproduzi — digo.

Todo mundo ri.

Vlad revira os olhos. — Crianças.

— Como estava tentando dizer, consegui reproduzir o problema. — mostro a tela.

Vlad se levanta e se aproxima, invadindo meu espaço pessoal. — Como?

Embora seja difícil pensar assim, explico sobre a bituca de cigarro.

Suas sobrancelhas franzem. Em seguida, ele corre de volta para o assento e digita no laptop novamente.

Alex e eu assistimos por cima de seu ombro.

C ++ cobre a tela e Vlad murmura algo enquanto ele passa os olhos pelo código.

— Aha — ele diz e minimiza a janela de código. Ele brinca no repositório de controle de origem até ter um envio de código na tela. Um que, provavelmente, introduziu o problema.

— Foi isso que aconteceu — diz ele, confirmando minha suspeita. — Fale com Johnny Kove. Se ele fez isso intencionalmente – o que parece ser o caso – demita-o.

Ele também é dono desta empresa? Parece que sim.

Alex parece chateado. — Ele é um dos meus melhores desenvolvedores.

— *Você* é um dos seus melhores desenvolvedores — retruca Vlad. Ele me explica: — Alex desenvolveu originalmente este jogo, bem como alguns outros mega-sucessos.

— Ele está sendo muito modesto — diz Alex. — Nós desenvolvemos juntos, mas agora que ele está tão ocupado com projetos da Binary Birch, eu trabalho nisso com minha equipe de desenvolvimento.

— Bem, a decisão é sua — Vlad diz, mas seu tom não corresponde às suas palavras. — Lembre-se, porém, se o cara fizer algo assim de novo, não irei ajudá-lo.

Alex diz algo em russo. Parece conciliador, mas pode ser minha imaginação.

Vlad responde severamente, e eles vão e voltam assim por um tempo. Algo me diz que o assunto mudou de jogos para algo mais pessoal.

— Obrigado a ambos — diz Alex quando a briga entre irmãos chega ao fim. — Vou acompanhá-los.

Isso nos salva do ataque com arma de fogo Nerf. Quando o elevador abre, Alex olha para o irmão com uma expressão travessa, depois me encara.

— Fanny, vamos dar uma grande festa de aniversário do 1000 Devils no restaurante dos meus pais na próxima semana. Posso pedir que você arraste Vlad até lá? Isso significaria o mundo para a família.

— Você não precisa nem se dar ao trabalho de responder — Vlad rosna.

Já que Vlad, em última análise, paga meu salário, entendo isso como uma dica para ficar em silêncio.

As portas do elevador se fecham e Vlad aperta o botão do saguão. — De volta à nossa conversa anterior — ele diz enquanto descemos. — Você pensou em uma maneira segura de testar o lote masculino do hardware?

Sim, na verdade. Andar por aí como um esquilo é muito propício para traçar más ações, bem como para testar procedimentos. O problema é que não sei se tenho coragem suficiente para expressar minha ideia insana em voz alta.

— Olha — ele diz suavemente. —, se você quiser parar com o projeto, eu entendo.

Isso de novo? Ele acha que eu me acovardei? Que minha natureza pudica venceu?

Eu endireito minha espinha. — Na verdade, eu tenho o homem perfeito em mente para o teste. Alguém que você achará seguro, com certeza.

Seus lábios se estreitam em uma linha de raiva. — Quem?

Respiro fundo e invoco toda a minha coragem. — Você.

CAPÍTULO TREZE

— EU? — Com os olhos arregalados, ele dá um passo para trás.

Agora que comecei, vou em frente. — Faz sentido. Presumo que você confie em si mesmo para não me jogar no porto. A privacidade do projeto não é comprometida. E, bem — eu coro horrivelmente —, você tem as ferramentas certas para isso.

Espontaneamente, meus olhos caem para essas partes, e eu rapidamente olho para cima.

As portas do elevador se abrem.

— Vamos continuar com isso no carro — diz ele, sua expressão se tornando ilegível.

Merda, merda, merda. Ele odiou a ideia? Me odeia por sugerir isso? Ugh, quão estranho será se ele disser não?

Estou prestes a ser demitida por dar em cima do chefão?

Entramos na limusine novamente, sentados um em frente ao outro desta vez.

Ele faz a divisória subir. — Só para esclarecer: eu testo o lote masculino, atuando tanto como doador quanto como receptor, certo? Na verdade, eu já testei uma das peças em mim mesmo depois de desenvolver o aplicativo, então poderia, em teoria, fazer o mesmo com o resto delas.

Sim! Ele está realmente considerando isso. Quero dar pulinhos, mesmo quando o rubor que havia diminuído ligeiramente na caminhada desde o elevador retorna em toda a sua glória.

— Isso não seria um bom teste de ponta a ponta, e você sabe disso. Você escreveu o código; isso o torna tendencioso.

Suas narinas dilatam. — Então como?

Até meus pés estão corando neste momento. — Você apenas age como o receptor. Eu atuo como o doador e registro os dados do teste. É a maneira correta de fazer essas coisas.

Suas sobrancelhas se erguem. — Isso está esticando a definição da palavra 'adequada' para fora da zona de conforto.

— Veja — Tento imitar seu sotaque o melhor que posso —, se você quiser largar, eu entendo.

Um sorriso lento e sensual curva seus lábios. — Eu não fujo de desafios.

Minha calcinha pode realmente derreter ou isso é apenas um ditado? Fazendo o meu melhor para parecer calma, levanto minha sobrancelha falsa. — Isso é um sim, certo?

— Sim. Como você vê isso funcionando, logisticamente?

Santo guacamole. Ele está dentro. Eu fiz com que ele se comprometesse.

Mas, e agora?

Em algum nível, eu não esperava que ele realmente concordasse com essa loucura, e agora que ele concordou, estou diante da logística de usar brinquedos sexuais no chefão. Logística que incluirá fazê-lo gozar – e registrar a velocidade em uma planilha.

Ou pior, registrar que eu *não pude* fazê-lo gozar.

C ++ me ajude, há logística pior do que isso. Por exemplo, a maioria dos brinquedos masculinos não requer um pênis ereto para entrar em alguns dos brinquedos? Como posso ter certeza de que ele está pronto para o teste... logisticamente?

— Você não tem que decidir tudo isso agora — diz ele, mais uma vez, aparentemente, lendo minha mente.

— Certo. — Limpo minha garganta e procuro meu analista de controle de qualidade interno. — Pensando bem, seria melhor usar o aplicativo o mais próximo possível de como ele foi projetado. Significando remotamente. — Tipo, eu não quero estar ao lado dele para a parte "preparar o pênis" dessa logística.

Ou, talvez eu queira?

Não. Devo, pelo menos, fingir ser profissional. Ou o que passa por profissional nas circunstâncias.

— Sim, fazer isso remotamente faz sentido. — Essa decepção está escondida por trás da expressão indecifrável em seu rosto? — Quando você quer começar?

— Estou livre esta noite — deixo escapar.

Porcaria. Isso não foi bom. Eu pareço uma perdedora que não tem vida?

Relembrando o cheiro de perfume na folha de teste e dentro da mala, eu rapidamente adiciono: — Presumindo que você não tenha um encontro na sexta à noite, claro.

Ele pega seu telefone e envia algumas mensagens rapidamente. — Minha programação noturna agora está limpa. Isto é muito importante.

— Por que isso é tão importante? — pergunto.

O que realmente quero saber é se tem a ver com alguém que usa perfume um pouco demais.

Ele franze a testa. — Pensei ter explicado isso antes. Há uma chance de demonstrar o produto final para os editores da *Cosmo* em duas semanas.

E isso é importante para a empresa Belka, mas não porque é importante para *ele*. Ah, bem. Eu acho que ele não quer me dizer o verdadeiro motivo – o que pode significar que tem algo a ver com a senhora misteriosa perfumada (ou possivelmente o cavalheiro – por que não manter a mente aberta?).

Se eu precisasse de outro motivo para manter as coisas profissionais entre nós, aqui está: Vlad já pode ter alguém.

Quem é ela?, o monstro verde do ciúme exige.

Como eu iria saber?

Descubra e diga a ela que você transou com um brinquedo sexual no homem dela.

Belka é provavelmente a empresa para a qual ela trabalha, então, ela pode não se importar.

Plano B: mate-a.

O carro para totalmente e, com uma mistura de alívio e decepção, percebo que estou em casa.

— Então... vejo você hoje à noite? — solto meu cinto de segurança.

Ele sai do carro e abre a porta para mim. — A menos que você mude de ideia – o que não seria um problema.

A menos que eu me acovarde, ele quer dizer.

Não. Não vai acontecer.

Esperançosamente.

— Vá em segurança — deixo escapar.

Ele está olhando para os meus lábios?

Eu estou olhando para ele?

Um leve sorriso toca aqueles lábios. — Você também.

— Obrigada. — faço um esforço concentrado para não tropeçar em algo enquanto corro para a minha porta.

Quando entro em meu prédio, pego um vislumbre dele ainda parado perto da limusine, me observando.

Correndo para dentro do meu apartamento, eu me inclino de costas para a porta, me abanando.

Monkey espreita para fora de sua casinha.

— Eu sei — digo. — No que eu acabei de me meter?

———

DEPOIS QUE MONKEY e eu enchemos a barriga, encontro maneiras criativas de não me preocupar com os próximos testes – e o que funciona melhor é olhar meu código.

Implemento algumas das ideias mais fáceis que Phantom sugeriu e, em seguida, verifico se ele escreveu para mim novamente.

Ele escreveu – além de fazer uma mudança no meu código.

Espero que você não se ofenda, mas renomei todas as variáveis de contador para usar a palavra "contagem", que é o padrão Binary Birch. Embora eu entenda que sua variação – Chocula – era uma piada, ela tirou a gravidade de seu código elegante. Você pode, é claro, reverter essa alteração.

Hã. Eu também sinto vontade de mudar o código que não gosto quando o vejo. Especialmente quando vejo o tipo de atrocidades que vi no trabalho de Britney.

Já que Phantom tem um bom argumento, eu não reverto a mudança. Por mais que eu goste do Conde Chocula – e gosto muito mesmo – a última coisa que quero é que a equipe de desenvolvimento pense que eu não levo a codificação a sério. Por falar nisso, não é bom divulgar meu vício em cereais tão amplamente, especialmente agora que tenho um novo vampiro delicioso em minha vida – Vlad.

Falando no diabo, está quase na hora do teste.

À medida que redesenho minhas sobrancelhas e, de

modo geral, fico mais apresentável, pondero se o teste deve ser feito no meu quarto ou na sala de estar. Já que a sala de estar parece um pouco mais profissional, arrumo-a e corro para o quarto para pegar a mala com os brinquedos. Voltando, fico ao lado do meu sofá.

O que devemos testar?

Abro a mala, examino os brinquedos masculinos e escolho o que me parece menos intimidante. Ainda assim, prossigo em Precioso e pesquiso como usar a coisa – chega de viagens hospitalares relacionadas a brinquedos, muito obrigada.

O brinquedo é comprido como uma manga de camisa, e seu uso geralmente é bastante simples: lubrifique-o e coloque um pau nele. A partir daqui, o usuário normalmente deslizaria para cima e para baixo com a mão, mas o modelo Belka é de alta tecnologia e fará o deslizamento para cima e para baixo sozinho. Também vibrará, se desejar.

Determinada a estar pronta para qualquer eventualidade, eu lubrifico o meu e coloco o dedo nele.

Depois dois.

Interessante.

Eu nunca coloquei os dedos dentro de outra mulher – apenas em mim – mas isso é assustadoramente semelhante, exceto que parece frio. Mais como uma mulher morta, eu acho.

Quão elástica é essa coisa?

Eu coloco outro dedo

Sem problemas.

Coloco um quarto.

Ainda não há problema.

Fecho o punho com força e ele desliza para dentro.

Ótimo, estou com o punho na vagina da pobre mulher-morta-gelatinosa.

Voltando aos dois dedos, eu abro o aplicativo com a outra mão para ver as opções que vou precisar usar mais tarde.

Os botões principais são "Afagar" e "Vibrar".

Eu clico em Afagar, e a manga tenta engolir meus dedos como uma água-viva faminta.

Uau. Como eles conseguem se mover assim?

Eu pressiono Vibrar em seguida – e agora parece que aquela água-viva está tentando engolir meus dedos durante um terremoto.

Ao longo deste exercício, faço o possível para não pensar em Vlad.

Ou no seu pau.

Ou...

Precioso apita com uma mensagem de texto.

Porcaria. Está na hora.

Corro para a cozinha, jogo o aparelho na pia e limpo o lubrificante dos dedos com uma toalha de papel.

Voltando para o sofá, verifico meu telefone.

Certo. É a mensagem que vinculará meu aplicativo ao de Vlad.

Assim que configuro, a parte de videoconferência do aplicativo ganha vida.

Atendendo a ligação, tento parecer normal, e não corar. Isso é trabalho. Não há motivo para pânico.

Então, vejo seus olhos lápis-lazúli brilhando por trás das lentes, e todo profissionalismo vai por água abaixo.

Minhas bochechas queimam como se tivessem sido picadas pela mesma água-viva faminta.

— Oi, Fanny — ele diz, seu sotaque mais forte do que o normal.

— Olá, senhor. — luto contra a vontade de saudá-lo.

Os cantos de seus lábios se contraem. — Você pode me chamar de Vlad, lembra?

— Certo. Vlad. Eu escolhi o brinquedo para hoje. O comprido. É o...

— Sei qual é. — Ele desaparece da vista da câmera e eu o ouço remexendo no que presumo ser sua própria mala.

Quando ele reaparece, ele está segurando o brinquedo em questão.

Impossivelmente, meu rubor aumenta. — Sim, esse.

— Boa escolha. — Ele passa a ponta do dedo em torno da entrada do brinquedo – deixando minha 'senhora' com um ciúme insano. — Este é o mesmo que usei para o meu próprio teste.

— Ótimo. — É preciso esforço para manter o telefone estável. — Então... imagino que você testou isso?

Ecos de meus pensamentos logísticos anteriores zumbem em minha cabeça.

Ele precisa estar duro para isso. É problema meu? Certamente não.

— Você precisa de um minuto? — Eu nervosamente lambo meus lábios. — Para assistir a um vídeo adulto ou...

— Estou pronto. — Seu olhar parece estar na minha boca. — Para onde você quer que eu aponte a câmera? Eu preferiria que fosse no meu rosto, mas se...

— No seu rosto está bom. — As palavras saem como o coaxar de dor de um sapo atropelado por um caminhão de sorvete.

Quero dizer, eu sou apenas humana, então, eu realmente gostaria que a câmera apontasse para baixo, mas não há nenhuma razão de controle de qualidade para isso que eu possa pensar, a menos que eu tivesse feito o brinquedo e quisesse ter certeza de que se encaixa perfeitamente nele...

— Estou dentro — ele murmura.

Está bem então.

Isso significa que é minha vez... de fazê-lo gozar.

CAPÍTULO CATORZE

SEJA PROFISSIONAL.

Clínica.

De alguma forma.

— Vou testar o botão de Afagar primeiro — digo, e rezo para não sofrer de um golpe desse.

Ele concorda.

Eu pressiono o botão.

Suas pupilas dilatam.

Um botão de intensidade aparece na minha tela.

— Vou aumentar a velocidade. — Minha voz saiu rouca? Tenho que parar com isso.

Ele morde o lábio e acena com a cabeça.

Eu lentamente o levo para a intensidade de cinquenta por cento.

Os músculos de sua mandíbula ficam tensos e suas pupilas dilatam ainda mais enquanto seus olhos percorrem meu rosto com a fome de um predador.

Eu gosto disso. Um pouco demais. Eu tusso

nervosamente em meu punho. — Diga-me se for demais.

— Isso é bom. — Sua respiração está claramente irregular.

Droga, isso é sexy.

Muito, muito sexy para ser profissional.

Eu nunca teria imaginado o quanto eu gostaria disso. Tenho que lutar constantemente contra o desejo de enfiar minha mão lá embaixo para me juntar a ele na diversão.

— Estou adicionando vibração. Ok?

Eu interpreto o grunhido de sua resposta como um sim e clico no botão.

Ele geme e os músculos do pescoço ficam tensos. Então, ele exala alto, relaxando.

Enquanto vejo seu rosto orgásmico na minha tela, quase tenho aquele derrame.

É oficial.

Eu levei o chefão ao orgasmo.

Sim. Isso aconteceu.

Pelo menos, acho que ele teve um orgasmo.

Melhor verificar.

— Você terminou? — pergunto, minha voz quase um sussurro. — Eu preciso saber para a documentação.

Pronto. Isso soa semiprofissional – especialmente se eu fosse uma cortesã.

— Sim. Foi intenso. — Sua voz está mais áspera do que o normal. — Quando eu usei o mesmo brinquedo em mim, parecia muito menos.

— Huh — é tudo que posso dizer a princípio. —

Deve ser como fazer cócegas em si mesmo. Eu me pergunto se meu teste anterior não foi válido, já que eu também fiz em mim mesma.

O que estou dizendo? Por que disse isso?

Provavelmente porque eu quero que ele me faça gozar mais do que tudo no mundo.

Ele inclina a cabeça, os olhos fixos em mim intensamente. — Se você quiser testar novamente, eu posso ajudar.

— Certo — eu me ouço dizendo como se estivesse à distância. Meu coração bate forte no peito. — Boa ideia.

O quê?, uma parte de mim grita. *Você está com tanto tesão que seu cérebro parou de funcionar?*

— É melhor eu desligar agora — diz ele. — Tenho que me limpar.

Limpar. Certo. Porque eu o fiz gozar. Meu rosto fica brilhante de novo, mesmo enquanto a decepção me invade.

Não estou pronta para isso acabar.

— Quando devemos retomar? — pergunto, tentando manter meu tom calmo. Profissional, como convém a uma interação entre um funcionário e o chefe. — Amanhã?

Seus olhos brilham. — Agradeço seu entusiasmo, mas não gostaria de fazer você trabalhar no fim de semana.

Ah, certo.

É sexta à noite.

Eu esqueci disso – junto com meu nome.

— Fim de semana não é problema — consigo dizer.
— Já descansei. Isso não vai consumir meu dia inteiro,
de qualquer maneira. Faremos apenas mais uma peça
de hardware. Você disse que isso era importante.

Eu pareço ansiosa demais?

Estou ansiosa demais?

— Que tal amanhã às oito da noite? — ele pergunta.
— A menos que você tenha planos?

Então, ele e a perfumista também não se encontrarão
no sábado à noite. Isso aumenta as chances de que não
haja nada acontecendo entre eles – a menos que seja o que
for que esteja acontecendo não exija encontros formais.

Eu respiro fundo. — Minha programação noturna
estará livre.

— Até então — ele diz e desliga.

Eu me certifico de que ele realmente desligou, em
seguida, pego um brinquedo feminino aleatoriamente e
me masturbo para recuperar uma aparência de
sanidade.

Tonta de alívio, documentei os testes de hoje,
termino minha rotina diária e vou dormir.

———

O DIA seguinte passa como uma névoa.

Eu codifico mais sugestões do Phantom, brinco
com Monkey e, em geral, tento manter minha mente
longe do grande evento que vai acontecer às oito.

Um pacote da UPS chega à tarde, cheio de

parafernália de sobrancelha. Demoro um pouco para experimentar o lápis de sobrancelha permanente, o pó para sobrancelhas e as tatuagens temporárias, mas o visual vencedor acabou sendo as perucas de sobrancelha de cabelo humano colante, provando mais uma vez que você consegue o que paga.

Fazendo o possível para não pensar de onde aquele cabelo humano realmente veio, continuo meu dia até que recebo um telefonema de Ava.

— Você tem me evitado? — ela pergunta em vez de um olá.

— Não — digo.

Ela bufa. — Você não respondeu a nenhuma das minhas mensagens.

— Tudo bem, talvez. Apenas tinha muita coisa acontecendo.

Há um silêncio prolongado do outro lado da linha.
— É relacionado ao Empalador?

— Sim. — conto a ela o que aconteceu.

— OMD — ela grita quando eu termino. — Você é uma vadia. Eu amo isso!

— Não sou. Estamos mantendo as coisas estritamente profissionais.

— Aham. Negue daqui até o Egito.

Eu reviro meus olhos. — Ele pode ter alguém. Nós trabalhamos juntos. Eu...

— Para os testes de hoje à noite, escolha aquele brinquedo de próstata — diz ela, e quase posso ouvi-la sorrindo. — Caras podem ser sensíveis sobre seus cus, então, se ele deixar você enfiar algo aí, ele está afim de você, com certeza.

Meu rosto queima como a superfície do sol. — Estamos testando remotamente, então, qualquer coisa dentro será feita por ele mesmo.

— Tanto faz. Resultado final: brinquedo no cu.

— Bem, ele concordou em testar todos os brinquedos masculinos. — luto contra a vontade de coçar minhas mechas de cabelo humano. — Suponho que ele percebeu que o esquilo estava naquela lista.

— Confie em mim. Ele pode não ter conectado os pontos até o próprio reto. Se ele não desistir quando você tocar no assunto, isso significa algo. No mínimo, dedicação séria ao trabalho, mas provavelmente a prova de que ele realmente gosta de você.

Afinal, coço a sobrancelha. — Pode ser. Não acho que possa doer.

— Isso pode doer — diz ela com uma risadinha. — Certifique-se de usar muito lubrificante e enfiá-lo devagar. Quando faço esse tipo de coisa, gosto de começar com um pouco de...

— Muita informação — eu grito e começo a cantar 'Feliz Aniversário' o mais alto que posso.

— Tudo bem — diz ela. — É melhor eu ir verificar meu paciente, de qualquer maneira.

Sinto uma pontada de culpa. Eu nem sequer perguntei onde ela estava. — Eles vão fazer você trabalhar mais um fim de semana?

— Estou acostumada com isso — diz ela. — Mantenha-me informada. Tchau.

— Tchau. — desligo.

Durante o resto do dia, pesquiso cada brinquedo da mala e pondero uma questão importante: qual brinquedo devo deixá-lo testar novamente em mim?

Depois de uma longa deliberação, eu decido pelo vibrador de clitóris. Minha própria sessão com ele foi super rápida, o que pode ser bom pela primeira vez com Vlad.

Primeira vez.

Haverá uma segunda. E uma terceira.

Meu batimento cardíaco dispara e eu começo a hiperventilar – mas, então, a parte de videoconferência do aplicativo ganha vida, respiro fundo e aceito sua ligação.

Droga. Quase esqueci o quão sexy ele é, com aquelas feições esculpidas e lábios perigosamente beijáveis. E aquela mecha de cabelo está de volta, me provocando, fazendo meus dedos coçarem para tocá-la.

— Oi — digo, tentando não me afogar em seu olhar intensamente azul.

— Como está seu fim de semana até agora? — ele murmura.

— Mantendo-me ocupada — digo no piloto automático. — E quanto a você? Fez algo diferente?

Ele parece considerar seriamente a questão – como alguém que nunca bateu papo antes.

— Levei a Oracle a um especialista em roedores — ele finalmente diz. — Isso não acontece com frequência.

Eu pisco para aquela frase sem sentido, então sorrio enquanto decifro seu significado.

— Presumo que o Oracle seja um roedor? Caso contrário, o especialista ficaria muito confuso.

Ele retribui meu sorriso. — Oracle é meu porco-do-mar.

Eu arqueei um fio de cabelo humano. — Porco-do-mar? Não aquelas criaturas pepino-do-mar de aparência horrível com sete pernas que se escondem nas profundezas do oceano, espero? Esses não são roedores. Mais como monstros *Lovecraftianos* em miniatura.

Seu sorriso se alarga. — Desculpe, sempre confundo as palavras nesse idioma. Eu quis dizer porco-da-índia. Porco-do-mar é uma tradução literal do termo russo. E a outra parte com 'guiné' no nome deles nunca fez sentido para mim. Os animais são das montanhas dos Andes, no Peru, então ...

— Espere, você tem um porquinho-da-índia? — Eu grito a pergunta, quase como um porco normal.

— Sim. Por quê?

— Eu também tenho um — digo com orgulho. — O nome dela é Monkey.

— Mesmo? — O sorriso é um sorriso aberto agora. — Mostre-me.

— Eu vou te mostrar o meu se você me mostrar o seu — digo, e coro instantaneamente quando percebo como saiu.

A câmera fica embaçada quando ele se levanta. Vislumbro uma sala do tamanho da minha sala de estar, mas cheia de rampas, brinquedos, feno e outras coisas boas para porquinhos. No meio de tudo isso está uma criatura fofa e laranja com pelo que vai até os pés.

— Essa é Oracle — diz ele. — Ela é uma *Coronet*.

Hã. Agora me sinto uma péssima mãe-porquinha. Eu nem sei que variedade de porquinho-da-índia Monkey é. Nunca a levei a um especialista em roedores. Achei que um veterinário regular seria suficiente.

Ei, pelo menos eu não a chamei de Oracle, o que presumo é uma referência à empresa de banco de dados.

Poderia ter sido pior.

Ele poderia tê-la chamado de Microsoft.

Percebendo que estamos no estágio "Eu mostro a ele o meu" dos procedimentos, pego uma uva sem sementes para atrair Monkey e aponto uma câmera para ela quando ela começa a mastigar.

— Tão fofa — ele diz. — Parece uma raça americana.

— Não se preocupe, a sua é quase tão fofa — eu digo.

Mentira. A dele é mais fofa, mas não posso dizer isso na frente de Monkey. Ela nunca vai me perdoar.

Ele volta para onde estava sentado antes. — Devíamos organizar um encontro. Oracle não mostra nenhum sinal de solidão, mas às vezes me preocupo com ela. E eu ouvi que duas mulheres podem se dar bem.

— Um encontro? — olho para Monkey em busca de

feedback, mas não recebo nenhum. — Mas Oracle está doente? Você disse que a levou a um especialista...

— Não, isso foi profilático. Ela tem um atestado de saúde limpo.

Devo levar Monkey a um veterinário profilaticamente? Em minha defesa, não faço exames anuais nem para mim.

— Monkey pode gostar de um encontro — admito. — Como isso funcionaria, logisticamente?

Seu rosto se suaviza, assumindo sua expressão característica ilegível. — Deixe-me olhar minha programação depois que terminarmos. Vou mandar uma mensagem com os detalhes.

Depois que terminarmos.

Quase esqueci por que estamos aqui.

Meu pulso está acelerando, eu volto para o meu lugar no sofá. — De volta aos negócios?

Ele concorda. — O que está na agenda hoje?

— Hmm. Eu escolhi o hardware, mas não decidi quem deve ir primeiro.

Seus olhos brilham por trás das lentes dos óculos. — Que tal damas primeiro? Ou a idade deve ir antes da beleza?

No caso dele, a idade não o impede de ter mais beleza, mas fico de boca fechada. Não quero que ele pense que estou flertando. — Eu vou primeiro, e vou manter a câmera no meu rosto, como você fez.

— É claro — ele diz. — Qual brinquedo você está prestes a usar?

Corando, eu vasculho a mala aos meus pés e retiro o vibrador de clitóris.

Suas narinas se alargam.

Ele totalmente acabou de me imaginar usando isso.

— Diga-me quando estiver pronta. — Suas palavras soam tensas.

— Me dê um segundo. — Com os olhos fixos nos dele, deslizo para baixo minha calcinha com a mão livre.

Agora seus olhos se arregalam.

Aposto que ele sabe o que acabei de fazer fora de sua visão.

Minhas bochechas queimam terrivelmente, mas algo sobre o cenário é mais excitante do que constrangedor, o que é constrangedor por si só.

Sem a roupa íntima, pressiono o brinquedo no meu clitóris.

CAPÍTULO QUINZE

— PRONTO — eu sussurro. — Mas vá com calma com a intensidade.

Seu dedo fica grande na minha tela enquanto ele pressiona o botão "Ligar".

A vibração mais minuciosa começa.

Uau.

Eu já estou no limite.

Seus olhos percorrem meu rosto.

A vibração se intensifica.

O calor se espalha pelo meu núcleo.

Não. Devo. Gemer.

A velocidade diminui.

Que diabos? O orgasmo que estava quase lá começa a escapar.

Ele está me provocando?

A velocidade aumenta novamente.

Em seguida, diminui.

Em seguida, acelera.

— Não pare — minha boca diz sem minha permissão consciente.

Ele dá um sorriso satisfeito? Minha visão fica embaçada porque a velocidade dispara.

Eu não posso deixar de gemer. E gemo novamente.

A velocidade aumenta mais uma vez e me leva ao limite, e é quando eu grito de prazer.

Ei, pelo menos eu não gritei o nome dele.

Sentindo tremores secundários, afasto o brinquedo e tento recuperar o fôlego.

— Aquilo foi definitivamente mais intenso do que quando fiz sozinha.

— Eu te disse — ele murmura, parecendo um pouco presunçoso. — Agora, você quer dar o dia por encerrado?

— Boa tentativa. Sua vez agora.

Ele arqueia uma sobrancelha – uma sobrancelha de verdade, o que me deixa com ciúme.

— Qual brinquedo?

Até agora, eu não tinha certeza se faria o que Ava sugeriu, mas como ele brincou com a velocidade, me fazendo gemer como uma estrela pornô, decidi ir em frente.

— Como estamos no modo de novo teste, eu estava pensando no esquilo.

A sugestão de presunção desaparece de seu rosto, substituída por sua expressão indecifrável de costume. Ele vasculha em algum lugar e mostra o brinquedo para a câmera.

Meu esfíncter se aperta nervosamente. Pode ser EPT.

— Isso. — Espere, eu estava tentando parecer sensual? — A menos que você queira oficialmente se acovardar?

— Por que eu teria medo? — ele pergunta calmamente. Se ele se importa com isso, ele esconde bem.

— Nenhum motivo. Diga-me quando estiver pronto.

Enquanto ele lubrifica o brinquedo, faço o possível para manter a cara normal.

Uma de suas mãos desaparece da minha vista e luto contra a vontade de rir.

Eu não posso acreditar que ele está realmente fazendo isso.

Ele está colocando...

Ele estremece ligeiramente. — Pronto.

Ele parece hesitante? Eu me importo?

Um profissional não se importaria.

Afinal, isso é apenas um teste.

O botão familiar "Estimulação do ponto P" aparece no meu lado do aplicativo. Sentindo-me desproporcionalmente desobediente, considerando que estou apenas pressionando a tela do meu telefone, aciono o esquilo.

Ele parece pensativo enquanto o brinquedo procura sua próstata.

Eu prendo minha respiração.

Se ainda houver um bug em seu código, o

brinquedo pode não ver a próstata e teremos outra visita ao hospital em nossas mãos.

Não.

A tela me informa que o esquilo chegou à terra prometida que é a próstata de Vlad.

Eu limpo minha garganta. — Última chance de desistir.

— Eu estou bem. — As palavras não correspondem à sua expressão, mas eu as considero pelo seu valor nominal e aperto o botão "Ligar".

Um painel de controle de intensidade é exibido. Sentindo-me misericordiosa, coloco a vibração em seu nível mínimo.

Seus olhos se arregalam.

Isso é um bom sinal? Eu nunca brinquei com essas coisas antes, então, é difícil dizer.

Cautelosamente, aumento um pouco a velocidade.

Sua respiração fica irregular e as veias de seu pescoço saltam.

Ele está gostando, certo? Precisamos de uma palavra segura para isso?

Imaginando que ele diria para parar, se necessário, aumento um pouco mais a velocidade.

— Fanny! — ele grunhe.

Fanny, acelere ou pare? Eu mantenho a mesma velocidade.

Ele grunhe de novo, desta vez claramente de prazer, mas a cara orgásmica está diferente hoje... quase tão confusa quanto extasiada.

Eu paro a vibração.

Ele se senta lá, respirando pesadamente.

— Aconteceu, certo? — luto contra a vontade de acrescentar: *Foi bom para você?*

— Oh, aconteceu. — Sua voz está rouca. — Foi muito diferente, no entanto. Já ouvi falar de orgasmos sem estimulação peniana, mas...

Ele para de falar, sem dúvida percebendo o profissionalismo questionável do "peniano".

Soltando um suspiro que não percebi que estava segurando, ordeno ao esquilo que saia dele.

— Você está bem? — pergunto quando o vejo estremecer novamente.

— Tudo bem — diz ele. — Mas eu tenho que ir agora.

Eu mordo meu lábio. — Entraremos em contato amanhã?

— Mando uma mensagem — ele diz e desliga.

Eu fico olhando para o telefone em branco.

Bem, isso simplesmente aconteceu. Eu violei meu chefe. Dei a ele uma experiência sexual que ele nunca teve antes, um novo tipo de orgasmo, na verdade.

Mas foi sua vontade de fazer a prova de que ele gosta de mim, como Ava sugeriu?

Nah. Aposto que ele disse sim porque é muito dedicado a esse projeto e/ou tem a mente aberta. O que me faz pensar se ele me deixaria...

Não. Pare com isso.

Eu me levanto, me limpo, faço um lanche e caio na cama.

Durante toda a noite, meu sono é agitado e os sonhos são do tipo úmido.

CAPÍTULO DEZESSEIS

UMA MENSAGEM de Vlad está esperando no meu telefone logo de manhã:

Desculpe se o fim do teste foi um pouco abrupto na noite passada.

Hã. Eu nem pensei nisso. Agora que ele apontou, é compreensível. Se eu fosse aquela com um brinquedo na bunda, teria desligado ainda mais rápido do que ele.

Sem problema, eu respondo e até adiciono um emoji sorridente.

Uma nova mensagem chega instantaneamente:

Como está a programação de Monkey? Achei que deveria apresentá-la a Oracle hoje, e se elas se gostarem, podemos marcar a data.

Apresentar as porquinhas? Como seria se elas gostassem ou não uma da outra?

Visto que acho adorável a ideia do encontro, respondo com:

Monkey está disponível hoje.

Espere, acabei de fazer Monkey parecer uma vagabunda?

Às onze está bom?, ele pergunta.

Eu verifico o relógio. Ainda faltam algumas horas, então, eu concordo com isso também, um pouco mais hesitante desta vez. A logística das apresentações está um pouco confusa na minha cabeça. Faremos isso por videoconferência ou...

Ótimo. Oracle e eu estaremos aí às onze.

Aí? Tipo, na minha casa? Eu sabia que algo sobre esse negócio de apresentação era duvidoso.

Bem, é tarde demais para desistir agora. Além disso, uma parte de mim adora a ideia de ver Vlad pessoalmente.

Vejo você às onze, mando uma mensagem para ele e entro em um frenesi de limpeza.

Por volta das dez e cinquenta e cinco, minha casa está mais limpa do que nunca, e estou usando meu vestido casual mais bonito, além das sobrancelhas premium.

— Você está prestes a fazer uma amiga — digo a Monkey.

A campainha toca.

Meu coração salta na minha garganta. Ele está um pouco adiantado. Corro até a porta e abro.

Vlad está carrancudo do outro lado. — Você não tem um olho mágico, mas não perguntou quem era.

Eu apenas fico olhando para ele.

Ele está usando seu sobretudo preto de costume, mas a camisa azul por baixo é mais casual do que as escuras e engomadas que ele usa no escritório – embora não muito.

— E se eu fosse algum criminoso? — Os profundos olhos azuis estão olhando para mim com desaprovação, e eu finalmente percebo o que ele disse.

— Você me disse que chegaria às onze. — Tento não soar na defensiva. — Quais são as chances de um criminoso vir me matar neste exato momento?

— Ainda assim, eu…

— Essa é Oracle? — Eu aponto para a criatura no carregador que ele está segurando. — Ela é ainda mais fofa pessoalmente.

Sua expressão severa se amolece enquanto ele segue meu olhar. — Eu espero que isso funcione. Vai ser divertido vê-la brincar com uma colega.

— Bem, entre e vamos fazer isso — digo, gesticulando em direção à sala de estar.

Ele tira os sapatos – provavelmente uma coisa russa – depois, vai até a sala de estar e onde Monkey se esconde.

Quando ele passa por mim, eu detecto uma leve sugestão do perfume da mesma mulher que senti antes.

Merda. Ele estava com ela, seja ela quem for?

Perguntar seria extremamente inapropriado; devemos agir como colegas, não como amantes ciumentos.

Quebre alguma coisa, exige o monstro verde.

Agora você parece o Hulk.

Quebre a cabeça dela.

Correção, você parece um maníaco homicida.

— Oi, Monkey — Vlad diz em um tom que soa suspeitamente como conversa de bebê.

Monkey o observa com interesse incomum.

Ele coloca seu carregador ao lado da casa de Monkey e espera.

— O que está acontecendo? — pergunto, tirando a questão do perfume da minha mente por enquanto.

Não vou ceder ao monstro verde. Eu me recuso.

— Isso é para que elas possam ver e cheirar uma a outra, mas não se tocar — explica ele.

Monkey corre mais perto da borda de sua jaula e, quando ela avista Oracle, ela chia.

Não sou um grande especialista, mas parece um guincho feliz.

O guincho de resposta de Oracle é semelhante, e ela também está no limite do carregador. Seus narizes estão agora a apenas alguns centímetros de distância.

— Isso é fofo — digo quando elas começam a cheirar uma a outra – o que parece um beijo no ar.

De repente, Monkey salta no ar, do jeito que eu a vi fazer quando acho que ela está feliz.

Oracle faz o mesmo.

— Isso se chama "pipocar" — diz Vlad, seu olhar não deixando os animais de estimação. — Sinal muito positivo, e inesperadamente cedo.

— Interessante. Qual é o próximo?

— Não tenho certeza. Minha pesquisa diz para mantê-las separadas por um tempo, mas dada essa reação, podemos arriscar colocá-las juntos imediatamente – supondo que você esteja pronta para isso.

— Vamos em frente.

Ele pega o telefone e envia uma mensagem de texto para alguém.

O monstro verde se agita. Ele acabou de ligar para a usuária do perfume?

Alguns segundos depois, a campainha toca.

— É Ivan — disse Vlad. — Mas pergunte quem é antes de abrir.

— Sim, mãe — digo e corro para a porta, Vlad nos meus calcanhares.

— Quem é? — digo.

— Ivan — diz uma voz com forte sotaque.

— Posso abrir agora? — pergunto a Vlad.

Ele concorda. — Agora é seguro.

Quando abro a porta, Ivan está parado com um enorme aquário em suas mãos carnudas. O chão do recinto está repleto de brinquedos, vegetais e outras coisas que Monkey enlouqueceria.

— Tudo novo — Vlad diz, percebendo minha confusão.

— Por quê?

Ele sorri. — Dá à primeira reunião um espaço neutro. Menos chance de alguém se sentir territorial.

— Certo. — Faço um gesto para que Ivan entre.

O homenzarrão também tira os sapatos e, em seguida, deposita o aquário perto da casa de Monkey. Quando ela o vê, mostra os dentes para ele, como sempre fazia com meu ex.

— Monkey, sua porca, não seja má com Ivan — digo severamente.

— Está bem. — Vlad encara Ivan como se o grande homem tivesse provocado os dentes à mostra de alguma forma. — Ivan estava saindo.

Com uma bufada, Ivan sai pisando forte do apartamento.

— Oracle também não gosta dele. — Vlad tira sua porquinha-da-índia do carregador e a segura em seu rosto. — Não é mesmo, garota?

Uau. Sua porquinha esfrega o nariz com ele. Monkey nunca faz isso comigo.

Vlad deposita seu animal de estimação no chão do aquário. — Você se importa se eu colocar Monkey lá também? — ele pergunta. — Como ela se sente em relação a estranhos?

— Ela não mostrou os dentes para você — digo. — Então, vá em frente.

Ele gentilmente alcança a casa de Monkey. Para minha surpresa, ela salta em suas mãos. Mais louco ainda, quando levanta Monkey na cara dele, a criatura traiçoeira esfrega o nariz nele também.

Sinto-me duplamente ciumenta. Isso deveria ser eu esfregando o nariz com ele, ou, pelo menos, deveria ser eu que meu animal de estimação esfregasse o nariz.

— Você é um encantador de porquinho-da-índia — murmuro enquanto ele gentilmente coloca Monkey no aquário.

É isso, ou ele tem aqueles poderes vampíricos afinal,

aqueles que permitem que ele transforme os animais em suas servas.

— Monkey provavelmente sentiu o cheiro de Oracle em mim — diz ele. — Elas são claramente almas gêmeas.

Aww. Ele tem razão. As duas porquinhas começam a correr como duas crianças felizes, gritando animadamente, esfregando o nariz, cheirando todos os brinquedos e comendo todos os vegetais. Nenhuma vez elas se escondem nas casinhas disponíveis nos cantos do recinto.

— Você sabe, isso parece uma dança de acasalamento de porquinho — digo, observando suas travessuras. — Eu vi no YouTube. Você tem certeza de que Oracle é uma menina?

Ele vira na minha direção. — Tem certeza de que Monkey é uma menina?

Eu sorrio amplamente. — Tudo o que estou dizendo é que Monkey não toma pílula.

Ele finge seriedade. — Se houver filhotes, eu os levo.

— Se houver filhotes, você vai pagar pensão alimentícia — rebato.

As porquinhas param a dança, sentam-se e começam a se escovar.

Duplo *aww*. — Adorável.

Ele levanta os olhos dos porcos e examina meu rosto, os olhos brilhando.

— Adorável, de fato.

CAPÍTULO DEZESSETE

PELA PRIMEIRA VEZ desde que ele veio, processo totalmente o fato de que o tenho aqui, em minha casa.

Ele parece bem aqui.

Como se ele pertencesse.

Gostaria de poder ficar com ele.

— Quanto tempo deve durar essa introdução? — Minha pergunta sai um pouco sem fôlego.

Seus olhos lápis-lazúli capturam meu olhar. — A introdução está praticamente terminada e é um sucesso retumbante. Estamos prontos para um encontro. Quando você e Monkey estarão livres em um futuro próximo?

Eu sorrio. — Minha agenda de trabalho está bem tranquila, então, qualquer dia deve funcionar.

— Falando em trabalho... — Ele dá um passo em minha direção. — Você está pronta para mais testes esta noite?

Esta noite? Estou pronta para alguns agora. A mãe

de todos os rubores adorna minhas bochechas quando eu assinto.

— Que tal às oito da noite?

Assinto novamente.

Ele dá mais um passo em minha direção. Agora, estamos perto o suficiente para eu sentir seu cheiro quente e sensual, mas também aquele leve tom de perfume.

Ele encara meus lábios.

Caralho. Vou perguntar a ele sobre o perfume.

A qualquer segundo agora.

Só preciso emitir as palavras, isso é tudo.

A campainha toca.

Ele recua. — Você está esperando alguém?

Ainda muda, eu balanço minha cabeça.

— Quem poderia ser? — ele pergunta. — Seus pais? Ava?

Eu forço minhas cordas vocais a funcionar. — Ava está no hospital. Meus pais têm as chaves deste lugar e, infelizmente, acabam entrando direto.

Ele pega seu telefone e envia uma mensagem.

— Será que é Ivan? — pergunto.

Seu telefone toca. — Não é Ivan. Um cara. Loiro, magro, com...

Eu franzo as perucas de sobrancelha de cabelo humano. — Isso soa como meu ex.

As sobrancelhas reais de Vlad se juntam. — Ex-namorado?

— Ele vive encontrando desculpas para me visitar de vez em quando. — Não sei por que tanta defensiva em minha voz. — Um mês atrás, ele 'percebeu' que esqueceu um jogo do Xbox. Dois meses antes disso, era um moletom.

— Ele simplesmente vem sem avisar?

A campainha toca novamente.

— Deixe-me ver se é realmente ele. — vou até a porta.

Vlad me segue, e eu me sinto um pouco tonta com a perspectiva de Bob ver um cara tão gostoso no meu apartamento – e chegar a conclusões.

— Quem é? — grito na porta.

— Fanny, é Bob — diz a pessoa na voz daquele que não deveria ser nomeado.

Eu abro a porta.

Bob sorri para mim – um sorriso que desaparece quando ele avista Vlad.

— Eu estava... err... na vizinhança — ele gagueja. — Percebi que esqueci minha cópia do *GEB* em sua casa. Alguma chance de você me devolver?

Eu olho por cima do ombro para Vlad. — *GEB* é *Gödel, Escher, Bach*.

O rosto de Vlad está frio como um vampiro. Talvez até mesmo frio de nitrogênio líquido.

— Certo. O livro de Douglas Hofstadter. Eu li. É ótimo.

Isso faz sentido; muitas pessoas em nossa indústria gostam desse livro.

— Você é Bob, certo? — Vlad diz em uma voz mais fria do que a de um vampiro após seu banho diário de nitrogênio líquido.

Com um gole perceptível, Bob concorda.

— Eu quero que você pense muito sobre qualquer outro objeto que você possa ter esquecido aqui — Vlad diz, praticamente exalando ameaça. — Esta é sua última chance de conseguir.

Isso foi uma ameaça? Pelo rosto de Bob, definitivamente parece que ele entendeu assim.

O que devo fazer?

— Só v-vim p-pegar o livro — diz Bob, com uma gagueira que nunca teve enquanto namorávamos. — Não c-consigo pensar em mais nada.

Vlad coloca uma mão possessiva no meu ombro. — Fanny, você sabe onde está o livro?

— Claro. — deixo minha voz alegre, principalmente para cortar a tensão para níveis de balão prestes a explodir. — Eu vou pegar.

Enquanto deixo os dois homens para trás, me pergunto se haverá apenas Vlad quando eu voltar, além de uma casca sangrenta.

Localizando o livro, volto correndo.

Bob parece mais branco do que um vaso sanitário de porcelana novo, enquanto os olhos de Vlad são como pingentes de gelo enquanto ele encara meu ex.

— Aqui. — empurro *GEB* nas mãos perceptivelmente trêmulas de Bob.

— Obrigado — ele murmura.

— Você pensou em mais alguma coisa que vai precisar? — O tom de Vlad poderia cortar vidro. — Falo sério. Esta é a sua última chance.

— N-não. N-nunca mais voltarei aqui. — As

palavras saem como um juramento gaguejado. Então, Bob se vira e sai correndo como se mil demônios o estivessem perseguindo.

É oficial. Meu ex acabou de ser empalado pelo Empalador.

— O que você disse a ele enquanto eu estava fora? — pergunto, fechando a porta.

— Nada de mais — Vlad diz calmamente. — Agora, eu tenho um almoço.

Antes que eu possa pedir detalhes, ele caminha de volta para a sala, gentilmente pega Oracle do aquário e o coloca no carregador.

— Você pode manter o espaço de jogo neutro aqui — digo. — Assim, estará pronto para o encontro.

Supondo que a data do encontro ainda seja marcada. Ele parece tempestuoso o suficiente para cancelar.

— Tem certeza que não atrapalharia? — ele pergunta, sua expressão esquentando em um ou dois graus.

Eu aceno minha mão com desdém. — Pode deixar.

— Obrigado — ele diz. — Mas seria melhor colocar Monkey de volta em seu habitat antes do encontro.

— Eu entendo — digo com uma risada. — O famoso territorialismo do porquinho-da-índia. — É quase tão ruim quanto o de um proprietário de empresa sobre sua funcionária de teste.

Seu sorriso de resposta não atinge seus olhos.

Eu o conduzo até a porta e seguro o carregador de Oracle enquanto ele calça os sapatos. Entregando-lhe o carregador, pergunto: — Ainda vamos trabalhar às oito, certo?

Seus olhos se estreitam. — Por que não?

— Sem motivo — minto. — Vejo você logo mais.

Ele se dirige para o carro de Ivan e eu fecho a porta, exalando o ar que parecia ter estado em meus pulmões desde o início do desastre com Bob.

Que diabos foi isso? Vlad estava com ciúmes?

Não. Não pode ser. Bob deve ter quebrado inadvertidamente algum costume russo – algo como "nunca apareça sem avisar". Isso ou Vlad fica particularmente mal-humorado na hora do almoço.

Sim. Deve ser isso. Quem está sempre perfumado assim não fica com ciúmes.

Eu vou até o aquário, pego Monkey e a seguro perto do meu rosto.

Não. Sem esfregar narizes. Claramente, isso é apenas algo que ela fará com Vlad.

Vai entender.

Eu gentilmente coloco a pequena traidora de volta em sua casa, dou-lhe um lanche, e vou me ocupar até as oito horas.

CAPÍTULO DEZOITO

EU EXAMINO os brinquedos que escolhi para a grande sessão de testes.

Se esta noite tivesse um tema, seria sucção: o brinquedo para ele é algo chamado bomba de pênis, enquanto o meu é seu primo minúsculo – um dispositivo de sucção de clitóris.

De acordo com minha pesquisa, esses dois brinquedos são feitos para funcionar como uma espécie de aperitivo. Eles puxam sangue para a área alvo, aumentando a sensibilidade. Os modelos Belka parecem levar isso um passo adiante, incorporando vibração e quem sabe o que mais.

Já que há tempo, pego a bomba, que é uma duplicata daquela que Vlad usará mais tarde, e coloco meus dedos nela.

O material é macio, mas não totalmente gelatinoso.

Eu ligo.

Uau. É como ter meus dedos dentro de um aspirador de pó. Isso realmente vai ser bom para ele?

Ligo a vibração.

Ainda parece um aspirador de pó, só que mais barulhento.

Desligando a bomba, pego o sugador de clitóris e deslizo a ponta do meu dedo indicador nele antes de ligá-lo.

Parece que o dispositivo está tentando dar um chupão no meu dedo.

Com a vibração, parece que pode querer manter a ponta do dedo para sempre.

Hmm. Eu me pergunto como isso vai ser quando for usado conforme as instruções.

Talvez eu deva escolher um brinquedo mais seguro?

A videoconferência toca e eu atendo.

— Oi. — Vlad sorri, seu mau humor anterior aparentemente desapareceu. — Como foi o resto do seu dia?

Eu encolho os ombros. — Me ocupei com algumas tarefas. E quanto a você? Você e Oracle chegaram em casa bem?

— Estive muito ocupado para um domingo — diz ele. — Oracle está bem, mas está um pouco amuada. Acho que ela já pode estar sentindo falta de Monkey.

Pensando bem, Monkey ficou um pouco taciturna depois que eles foram embora. Ela também sente falta de sua nova amiga porquinha? Ou talvez de Vlad?

— Teremos que marcar esse encontro em breve — digo.

Ele concorda. — Você disse que sua agenda está aberta, então, talvez possamos fazê-lo num dia útil, no início da semana?

— Marcado — digo. — Agora, devemos começar a trabalhar?

Aqueles olhos azuis acabaram de ficar famintos por trás dos óculos de aro de tartaruga?

— Vamos de damas primeiro de novo? — ele pergunta.

Assentindo, mostro a ele os brinquedos que tenho em mente.

Ele desabotoa o botão superior de sua camisa. — Avise-me quando estiver pronta.

Estou usando um vestido sem calcinha, então, é uma questão de um momento para colocar o aspirador próximo ao meu clitóris. — Pronto.

Seus olhos escurecem. Ele acabou de deduzir que eu estava sem calcinha?

O brinquedo ganha vida e se agarra ao meu clitóris como uma sanguessuga aprovada pelo FDA.

Uau. O teste do dedo não me preparou adequadamente para isso.

Eu dou uma olhada por baixo da minha saia. Droga. As coisas estão ingurgitadas. Parece que estou prestes a desenvolver um pênis. Estou feliz que ele não possa ver essa situação. Meu coração martela, ondas de calor percorrem meu corpo enquanto as sensações se intensificam.

Como se estivesse à distância, eu o ouço perguntar: — Devo aumentar a sucção?

— Não — ofego. — Vamos dar uma chance à vibração.

Assim que a vibração começa, eu tenho o orgasmo mais intenso – quase doloroso – da minha vida.

Algo entre um gemido e um grito é arrancado de meus lábios.

Em seguida, o dispositivo desliga – liberando o vácuo, mas também causando outro orgasmo.

É quando eu percebo que, no meio do ápice da paixão, deixei cair o telefone no sofá.

Ruborizando a níveis recordes, eu agarro.

Seu rosto na tela está ilegível novamente.

Eu tardiamente cruzo minhas pernas. — Você viu alguma coisa?

Uma sugestão de sorriso. — Um cavalheiro nunca olha e conta.

Isso é um sim! O quanto ele viu? E por que tudo precisava estar vermelho e inchado por causa da sucção?

O que estou dizendo? Eu ficaria mortificada do mesmo jeito se tudo fosse bonito e rosa lá embaixo. Agora, se meu velho arbusto ainda estivesse lá...

Merda, estou piorando as coisas ficando em silêncio. — É a sua vez — digo, meu cérebro dispara em alta velocidade. — De acordo com minha pesquisa, você não precisa estar, hmm... pronto para isso. A sucção do aparelho cuidará dessa etapa.

Sua mão desaparece de vista por alguns momentos. Então ele diz: — Pronto.

Como uma testadora perfeccionista, gostaria de

perguntar se ele está começando totalmente ereto ou não, para que eu possa documentar esse fato. Minha boca não forma essas palavras, no entanto, a documentação do teste será menos do que perfeita.

Não que isso realmente importe. Como eu disse a ele, o dispositivo faz com que ele fique duro muito rapidamente – uma versão da mesma bomba é usada até em pacientes de emergência.

Eu pressiono o botão "Ligar".

Posso ouvir o motor girando no final da chamada.

Parece tenso ou algo assim.

Seus olhos se arregalam.

— Vou aumentar a sucção, ok?

Ele concorda.

Eu mexo com os controles de intensidade.

Ele respira fundo.

Se ele não estivesse duro antes, eu apostaria muito dinheiro que ele está agora – e esse conhecimento envia arrepios para minhas regiões inferiores supersensíveis.

De repente, há um som estranho. Vlad grunhe, mas de dor ao invés de prazer.

Eu fico boquiaberta com seu rosto.

Não é sua cara orgásmica. Eu sei o que parece agora.

Isso se parece mais com um rosto de uh-oh.

Eu paro a sucção. — Aconteceu alguma coisa?

Ele olha para baixo e balança a cabeça em descrença. — A bomba quebrou.

— Quebrou? — Eu olho para a minha própria

versão da bomba em busca de peças quebráveis e não vejo nada do tipo.

— Parece ser um problema de tamanho. — Isso é dito quase timidamente e certamente sem qualquer indício de superioridade ou ego.

Meus olhos saltam.

Um problema de tamanho? Tipo, a bomba o deixou tão grande que quebrou a maldita coisa?

Quão grande ele é?

Eu olho para minha versão do dispositivo novamente.

Para quebrá-lo, ele precisava ser tão grande quanto Monstro.

Pobre bomba. Não aguentou o Empalador.

Merda.

Eu aguentaria?

— Você acha que esse teste foi um fracasso? — A voz de Vlad se intromete em meus pensamentos insanos, e eu percebo que estive em silêncio todo esse tempo.

Eu me forço a sorrir. — Nenhum teste é um fracasso. Aprendemos algo que precisa ser abordado e isso é bom para a Belka. Neste caso, é mais um problema de hardware do que de software.

Ele acena sério. — Você está certa. Vou passar essa informação para o pessoal da Belka.

Hã. Essa deve ser uma conversa divertida. — Que tal encerrarmos os testes de hoje?

Porque aquele pau monstro precisa descansar.

— Claro — diz ele. — Mesma hora amanhã?

— Sem problemas — digo e desligo para que eu possa finalmente pular para minha gaveta de utilidades e pegar minha fita métrica.

A bomba tem 20 centímetros de comprimento e sete de circunferência.

Isso me dá os limites inferiores do que Vlad deve estar carregando – e é grande o suficiente para exigir seu próprio nome.

Eu não tenho que pensar muito para chegar a um.

Drácula.

CAPÍTULO DEZENOVE

MEU SONO É AINDA MAIS AGITADO do que na noite anterior.

De manhã, encontro um e-mail de Sandra em minha caixa de entrada. Ela quer se encontrar para uma atualização.

Digo a ela que posso chegar ao escritório às 11h30 – horário escolhido porque eu, não tão secretamente, espero encontrar Vlad e almoçarmos juntos novamente.

Sandra me agradece e diz que o horário está ótimo, então, eu visto minha saia lápis e blusa favoritas para parecer mais profissional, coloco minhas sobrancelhas bonitas e vou para o escritório.

Quando estou prestes a entrar em nosso prédio, uma mulher de beleza clássica atrai meu olhar. Ela é uma modelo alta, tem lábios carnudos, cabelo preto-azeviche comercial de shampoo e olhos azuis impressionantes.

Quando ela passa por mim, eu entendo o que chamou minha atenção.

Não é sua aparência, mas seu cheiro.

Eu o reconheço.

É o perfume que estava em Vlad outro dia. Está tudo em cima dela, como se ela tomasse banho nele.

Ataque, o monstro verde comanda. *Mate primeiro, descubra quem é ela depois.*

Não.

Entendi. Muitas testemunhas. Persiga-a em um beco escuro.

Tenho uma reunião com Sandra.

Fracote insignificante.

Cale-se.

Não me diga para calar a boca. Eu vou te matar também.

Um segurança me olha com desconfiança, então, pego minha identidade e finalmente entro no prédio.

Quando entro no elevador, um cara impede que as portas se fechem e me segue para dentro.

Ele parece familiar, mas fico em branco por um segundo. Então me lembro que o vi na reunião mensal outro dia. Meu aplicativo decidiu que ele se parece com *Butt-Head*; é apenas mais difícil colocá-lo sem Beavis.

— Você é Fanny, certo? — *Butt-Head* pergunta. — Fanny Pack?

— Sou eu. — Eu estendo minha mão. — E você é…

— Mike — ele diz. — Mike Ventura.

Aperto o botão do nosso andar. — Você trabalha no departamento de desenvolvimento, certo?

Eu testei o trabalho dele, então, sei que é o caso, mas parece educado perguntar.

— Sim, trabalho — ele diz. — Ouvi dizer que você planeja se juntar a nós, do controle de qualidade. Vi seu código. Muito elegante.

Elegante.

Phantom continua dizendo isso sobre meu código.

Mike poderia ser Phantom? Seria estranho apenas sair e perguntar?

As portas do elevador se abrem.

Ele gesticula para que eu saia primeiro. — Se desejar, podemos nos reunir, conversar sobre código e outras coisas.

— Claro — digo, imaginando que também pode ser um bom momento para descobrir se ele é Phantom, sem chegar atrasada para ver minha gerente. — Me mande um e-mail. É *fpack* na Binary Birch.

Pronto, e-mail de trabalho.

Manter as coisas em modo profissional.

— Combinado — diz Mike com um largo sorriso. — Até mais.

Acenando um adeus, corro até o cubículo de Sandra.

— As coisas estão progredindo antes do previsto — digo a ela assim que pegamos uma sala de reuniões e nos acomodamos em nossas cadeiras. — Nada para se preocupar.

Ela exala um suspiro de alívio. — Obrigada. Terei que atualizar o Sr. Chortsky esta tarde, então, isso realmente ajuda.

Eu coro. Ele já sabe como as coisas estão indo, mas obviamente não posso causar um ataque cardíaco em Sandra, deixando-a saber quem é meu testador masculino.

— Algo mais? — pergunto, ansiosa para correr para a copa para ver se ele está espreitando lá.

Ela sorri. — Eu ouvi do meu equivalente no departamento de desenvolvimento.

Isso atrai meu interesse. — E?

— Ela diz que eles não têm uma vaga no momento, mas que seu código impressionou a todos, então, quando eles tiverem, você será a primeira pessoa a ser entrevistada. — Sandra abaixa a voz para um sussurro conspiratório. — A sensação que tive é que a entrevista seria uma mera formalidade naquele ponto.

Yay! Eles gostam de mim. — Você sabe com que frequência eles têm vagas?

Ela encolhe os ombros. — Não pode demorar mais do que alguns meses. A empresa está crescendo.

Minha empolgação diminui um pouco. Isso está longe demais. Eu deveria ter pedido a mudança antes; a contagem regressiva poderia ter começado então.

Mas, novamente, eu não tinha o aplicativo para impressionar a todos.

Sandra se levanta. — Obrigada novamente. Mantenha-me informada sobre o progresso futuro.

— Claro.

Espero que ela saia e, depois, vou direto para a copa.

Meu coração afunda.

Vlad não está aqui.

Quão errado seria se eu simplesmente aparecesse em seu escritório?

Se por "errado" quero dizer "impróprio", então muito.

Sonhando acordada com seus olhos, eu me sirvo de um pouco de água quente. Quando coloco o saquinho de chá, o copo escorrega da borda do balcão e a água se espalha por toda parte.

Porcaria. Pelo menos eu não me queimei.

Pegando alguns guardanapos, me inclino e começo a enxugar o líquido. Minha saia faz um barulho estranho de rangido – pode ser muito apertada para esta manobra – e eu a sinto subindo pelas minhas coxas.

Merda. É esse ar que estou sentindo na minha bunda vestida com fio dental – ou melhor, não vestida?

Sinto o cheiro cítrico de bergamota assim que alguém pigarreia.

Eu me endireito tão rápido que quase dou uma chicotada na espinha.

Claro.

É Vlad.

Não foi o suficiente ele ver minha vagina na noite passada; agora, ele viu minha bunda também.

Ele, pelo menos, gosta?

Eu discretamente verifico suas calças para ver se Drácula está aparecendo.

Sim. Há uma protuberância. Uma grande e boa.

— Meus olhos estão aqui — Vlad diz.

Ah, merda. Agora ele me pegou olhando para sua virilha.

No trabalho.

Empurrando minha cabeça para cima, vejo meu reflexo em seus óculos.

Surpresa, surpresa. Minhas bochechas queimando estão mais vermelhas do que a bunda de um macaco rhesus.

Como um caso de déjà vu, Britney entra na copa naquele exato momento, seus olhos saltando entre mim e Vlad.

— Almoço? — ele me pergunta assim que a vê.

Eu aceno, jogo as toalhas molhadas no lixo e corro para fora de lá como se Britney tivesse brotado furúnculos.

Um passeio de elevador e uma curta caminhada depois, encontro-me no mesmo restaurante da última vez, exceto que agora estou mais sábia e peço o menu infantil imediatamente.

— O menu infantil para mim também — Vlad diz ao garçom.

— Você não tem que pedir sempre a mesma coisa que eu — digo, ainda corada e nervosa com o incidente do saco de chá. — Por que você deveria perder olhos de atum, coração de cobra ou qualquer outra coisa que o chef decidiu preparar hoje?

— Nós temos os tacos *sesos* de que você gosta — o garçom entra na conversa.

Meu espanhol é mais ou menos, mas tenho certeza

de que *sesos* é cérebro. Alguém pode dizer *doença da vaca louca*? Pelo menos espero que estejamos falando de vaca e não, digamos, cérebros de texugo de mel.

Vlad parece intrigado com o cérebro. Acho que o vampirismo se tornou cansativo e ele está pronto para tentar ser um zumbi.

— Sério, escolha o chef — digo. — Do contrário, vou me sentir mal.

Vlad sorri. — Se você tem certeza.

— Eu insisto — digo com sinceridade. A outra alternativa seria eu pedir o especial com ele, e meu estômago não é forte o suficiente para isso.

Vlad ergue os olhos para o garçom. — Já que a senhora insiste, eu terei a escolha do chef afinal.

— Claro. — O garçom nos serve um pouco de vinho e sai.

Vlad levanta sua taça. — À sua saúde.

Eu não pareço bem? — O mesmo a você. — levanto meu vinho cerimonialmente e tomo um gole saboroso.

Ele abaixa o copo.

Eu faço o mesmo, e me distraio com seus dedos novamente – especificamente, o desejo de lambê-los.

— Posso fazer uma pergunta pessoal? — Ele pergunta, me tirando do meu devaneio inadequado.

Eu ergo minha peruca esquerda de sobrancelha de cabelo humano. — Só se eu puder perguntar duas em troca a você.

Seus olhos brilham com diversão. — Tradicionalmente, essas coisas vão quid pro quo.

— Eu desprezo a tradição — digo com falsa seriedade. — Uma pergunta pessoal pelo preço de duas, oferta final.

— Mas você vai responder a qualquer coisa que eu perguntar — diz ele. — Regras de *Verdade ou Paga Prenda* se aplicam.

— Combinado — digo e não posso deixar de sentir que posso me arrepender.

— Por que você terminou com o selecionador de livros? — Ele pergunta, seus olhos azuis se estreitando como uma máquina de detecção da verdade.

Eu tinha razão. Já me arrependo do acordo que fizemos. — Você quer dizer Bob?

— Se esse é o nome dele — diz ele com aversão perceptível. — A pessoa que não conseguia simplesmente uma nova cópia de *Gödel, Escher, Bach*.

Tomo um gole maior do meu vinho. — Eu não terminei com ele. Ele terminou comigo.

Os olhos de Vlad se arregalam – o que me faz lembrar do outro dia, quando ele estava se divertindo sob meu controle. — Por que ele faria isso?

A maneira como ele faz essa pergunta me faz sentir quente e confusa por dentro. Exceto que não quero responder a isso. Nem um pouco.

Ele empurra os óculos mais para cima do nariz com um daqueles dedos lambíveis. — Você quer desistir do nosso quid pro quo?

Eu levanto meu queixo. — Eu já respondi sua pergunta, então, você me deve duas respostas.

— Você sabe o que eu quis perguntar. — Ele pega sua água. — Você realmente quer se livrar de um tecnicismo?

Tomo mais um gole de vinho por bravura. — Ele achava que eu não era aventureira.

Vlad engasga com a água. — Besteira. Você? Você é uma das pessoas mais ousadas que conheço.

Uau. Eu fico boquiaberta com ele. — Sou?

— Eu vi você fazer algo ousado cada vez que fizemos nossos testes – e o que é isso senão uma aventura?

— Pode ser. — Eu examino duvidosamente as mesas próximas. — Mas eu não experimentei a comida aqui. — Ou perguntei a ele sobre a mulher perfumada.

Ele acena com a mão com desdém. — Aposto que você poderia comer se quisesse. Mas por quê? A comida é feita para ser apreciada. Se o selecionador pedisse que você fizesse algo que você não estava com vontade de fazer, isso não a torna menos aventureira. Mas rotular você o torna um idiota.

O garçom traz a comida, me poupando de precisar comentar o que ele disse.

Ele não está errado, no entanto. Bob é um idiota. Em retrospecto, eu deveria ter terminado com ele. Mas eu estava ocupada com meu novo emprego na Binary Birch e simplesmente não tinha bits para analisar meu relacionamento. Eu simplesmente segui o fluxo, embora o sexo fosse, na melhor das hipóteses, meh – uma situação que Bob tentou consertar pressionando por atos ainda mais exóticos no quarto que eu simplesmente não tinha vontade de fazer com ele. A gota d'água foi depois que voltamos de Praga, onde fomos ao show da succubus no clube de strip – que eu gostei muito, a propósito, devido aos altos valores de produção, roupas de primeira e ótima atuação. De qualquer forma, Bob decidiu que, como eu não queria ver performistas no palco, eu poderia aceitar chuva dourada – e isso foi um grandissíssimo não para mim. E meu grandissíssimo não irritou Bob – trocadilho intencional, já que o *dele* não era tão grande – que prontamente terminou comigo. Embora às vezes pareça que ele me quer de volta, porque ele fica aparecendo na minha casa de vez em quando para pegar os poucos itens que deixou lá.

Sentindo-me irritada de novo – normalmente, nem gosto de pensar no nome de Bob – concentro-me na comida à minha frente.

É a mesma da última vez: batatas fritas de mandioca e inhame em molho bechamel, palitos de atum rabilho, nuggets de codorna e quesadillas de queijo.

Eu não olho muito para a seleção de Vlad. Contanto que não rasteje do prato dele para o meu, estou feliz. Em qualquer caso, minha mente ainda está agitada com pensamentos indesejáveis sobre meu ex – e mais irritantemente, sobre a misteriosa mulher perfumada.

Eu realmente preciso fazer algo sobre o último antes que o monstro verde me deixe louca.

— Então — digo quando termino o peixe e uma pepita. — Minha vez de fazer uma pergunta.

Vlad engole algo que eu não posso – e não quero – identificar. — Manda.

— Por que seu último relacionamento acabou? — Eu pergunto, fixando-o com um olhar intenso. — A menos que... você ainda esteja nele.

CAPÍTULO VINTE

PRONTO. NÃO MUITO SUTIL, MAS 'EI'.

Ele morde o que deve ser um taco de cérebro, e eu meio que espero que seus olhos vidrem, como um zumbi.

— Meu último relacionamento foi há alguns anos — diz ele depois de engolir. — Ela terminou comigo porque não tínhamos muito em comum, palavras dela, não minhas.

Não o suficiente em comum? Isso é melhor do que "não consegui lidar com o Drácula".

— Desde essa separação, não namorei muito — continua ele. — Não porque estou com o coração partido ou algo assim. Acabei ficando muito ocupado com minha empresa e ajudando Alex com a dele.

Não está namorando no momento?

Devo suprimir a alegria.

Isso também significa que a mulher do perfume é, no máximo, um relacionamento casual – muito melhor do que uma namorada fixa, embora ainda não seja o ideal.

Mas, espere, ele ainda está muito ocupado para namorar alguém digno... alguém que pode se parecer com a *Branca de Neve*?

Quão óbvio será se minha segunda pergunta for sobre isso?

Transparente.

Um canto de sua boca se levanta em um sorriso diabólico. — Você tem mais uma pergunta. Estou curioso para ouvir.

Aqui está a prova de que não sou tão ousada quanto ele pensa. Em vez de perguntar se ele está pronto para namorar agora, especificamente eu, deixo escapar: — Por que não há informações sobre você online?

O sorriso desaparece. — Porque eu sou uma pessoa extremamente reservada.

Eu coloco algumas batatas fritas no meu prato. — Isso não é realmente uma resposta. *Por que* você é tão reservado?

— Por que todo mundo não é *mais* reservado?

Eu sorrio. — Essa é outra pergunta?

Ele balança a cabeça. — Você tem ideia de quantas pessoas não conseguiram um emprego na empresa minha ou do meu irmão com base apenas nas coisas que postaram no Facebook e no Twitter? E esse é um exemplo benigno. Um governo pode fazer algo muito pior do que não contratá-lo. Eles podem colocá-lo na prisão, ou colocá-lo em alguma lista, ou quem sabe o que mais. Para mim, o fato de milhões de pessoas compartilharem seus momentos mais íntimos com o mundo por sua própria vontade é completamente louco. Uma viagem do ego que deu terrivelmente errado.

— Uau. Diga-me como você *realmente* se sente — digo, catalogando mentalmente o que postei nas minhas redes sociais. Algumas delas eu provavelmente deveria deletar rapidamente.

Ele morde um pedaço questionável que começa a vazar algo verde e pegajoso. — Como diz o ditado: conhecimento é poder. Eu não gosto de desistir do meu poder.

Estendo a mão para coçar minha sobrancelha, então me lembro de sua natureza precária e coço minha testa. — Eu entendo o que você está dizendo. Para mim, no entanto, parece um pouco paranoico.

Desta vez, tenho certeza que é um pedaço de salsicha de sangue que ele coloca na boca. Com sorte, feita com sangue de porco, mas nunca se sabe.

— Que tal um experimento de pensamento? — ele diz depois que a salsicha acabou. — Eu lhe dou um cenário e você me diz como se sente.

— Certo. — mordo uma batata frita.

— Você se encontrou com Sandra hoje. — Isso é dito como uma declaração, não uma pergunta.

— Sim, fiz. E daí?

Ele se inclina para frente. — Que tal se eu dissesse que testemunhei toda a sua conversa através da câmera de segurança na sala de reuniões?

Eu franzo a testa. — Eu diria que foi um pouco

assustador, mas, ei, é a sua empresa. Agora, se você dissesse que espia dentro dos banheiros, seria uma história diferente.

— Eu não sou um pervertido. — Como que para contradizer sua afirmação, ele enfia o garfo em algo fermentado – com uma textura pegajosa e viscosa que nenhum alimento deveria ter. — Mas agora você está começando a entender o que estou dizendo. Essa sensação que você teria se alguém colocasse uma câmera em seu banheiro é o que estou falando. — Mostrando uma carranca, ele acrescenta: — Foi especialmente desenvolvido por mim, e por um bom motivo.

Eu congelo, outra batata frita a meio caminho da minha boca. — O que você quer dizer? Aconteceu alguma coisa?

Ele abaixa o garfo. — Meu avô foi executado com base em uma piada política que um vizinho ouviu.

Puta merda. Eu não estava esperando por isso.

— Isso é terrível — digo quando encontro minha língua. — Eu sinto muito.

— Obrigado. Isso foi antes mesmo de eu nascer, então, estou bem.

Uau. Eu pensei que tinha pisado em uma grande mina terrestre. — Isso não aconteceria aqui e agora — digo. — Você está falando sobre a Rússia Soviética, um regime totalitário.

Ele pega outro pedaço de seu prato – algo que se parece com dois camarões gigantes colados. — Você nunca sabe quem vai conseguir o poder e o que farão com ele.

— Acho que sim. Mas você nem tem sua foto no site da empresa. Ou uma biografia. Esse é outro nível de cautela.

Ele devora a coisa que parece camarão com tanto apetite que quase tenho vontade de experimentar também. Abaixando o garfo, ele diz: — Um tempo atrás, um jornal local escreveu um artigo sobre o restaurante dos meus pais. Ajudou o negócio, a princípio. Então, um dia, tipos da máfia extorsiva entraram no local, reconheceram minha mãe e a forçaram a esvaziar o cofre com uma arma. Foi graças a esse artigo que eles sabiam como ela era e que o restaurante estava indo bem. — Enquanto ele diz isso, seus olhos ficam duros, sugerindo como ele recebeu o apelido de Empalador.

A mordida que eu estava mastigando parece presa na minha garganta. Acho que estou começando a entender sua obsessão por privacidade. Se isso tivesse acontecido com minha família, eu também estaria paranoica.

— Isso deve ter sido aterrorizante para sua mãe — digo, lutando contra o desejo de colocar minha mão sobre a dele. — A polícia pegou os bastardos?

Sua boca se aperta. — Não exatamente.

— Eles fugiram?

— Não exatamente.

Eu fico olhando para ele com expectativa.

Ele suspira e varre o olhar sobre as mesas próximas,

como se procurasse bisbilhoteiros. Então, em voz baixa, ele diz: — Alguém rastreou os criminosos até suas contas de mídia social na Rússia. Como o resto do público, os gângsteres não gostavam de privacidade, então, discutiam abertamente a atividade criminosa em suas mensagens. O FBI obteve as transcrições traduzidas dessa comunicação por meio de uma denúncia anônima. Assim que os mafiosos foram presos, sua conta bancária offshore foi misteriosamente exterminada.

Uau. Ele está dizendo que roubou os ladrões? Se sim, isso é muito foda. Eu quero investigar mais profundamente, mas ele não parece inclinado a entrar em detalhes. Na verdade, ele parece se arrepender de ter dito o que disse.

Não querendo que ele se preocupe, eu levanto minhas mãos teatralmente. — Você ganhou. Estou quase com vontade de fechar meu Facebook e Instagram. Mas se eu fizer isso, como vou me manter atualizada sobre a saúde dos gatos de todos?

Sua expressão aquece alguns graus, e ele enfia o garfo em outro pedaço de seu prato. — Você possui um porco-da-índia. Os gatos são o inimigo.

— Verdade. — Observo enquanto ele come com gosto ainda maior. Finalmente, eu não consigo evitar.

— Ok, acho que você me inspirou a ser ousada e experimentar algo da seleção do chef. Supondo que você não se importe em compartilhar?

Ele sorri e gesticula para seu prato. — Fique à vontade.

Enquanto examino tudo, minha explosão de entusiasmo começa a diminuir. — O que você recomendaria?

— Isso. — Ele aponta para o camarão gigante colado. — Eles estão divinos hoje.

Certo. Esse era o item que ele parecia saborear mais.

Eu estreito meus olhos para a coisa, mas fico em branco. — O que é isso? Ou é melhor se eu não souber?

Ele empurra o prato para mim. — Seria mais ousado se você soubesse e comesse de qualquer maneira.

Eu pego uma das coisas com meu garfo. — Bem. Me diga. O que é isso?

— Pernas de sapo — diz ele. — Estilo francês, frito com salsa e molho de alho.

Certo. Agora que ele disse isso, posso ver.

Não me dando muito tempo para deliberar, coloco as duas pernas penduradas no garfo em minha boca.

A explosão de sabor delicioso quase me faz gemer de prazer. É como se alguém pegasse as melhores qualidades de frango e peixe e as misturasse.

Ele me observa atentamente.

— É bom — digo assim que posso falar novamente. — Eu nunca gostei exatamente de sapos, cara a cara, e não gostaria de acariciar um, mas acho que *posso* comê-los.

E eles não são tão nojentos quanto ovos de caracol, isso é certo.

Ele concorda. — Eu não acariciaria um ouriço-do-mar, mas eles são deliciosos.

— Faz sentido. Da próxima vez, posso pedir um desses.

— Você deve. Além disso, se você gosta de cozinha de inspiração francesa, pode desfrutar da comida no restaurante dos meus pais. Falando em... — Ele esfrega a barba por fazer no queixo. — Lembra daquela festa à qual meu irmão convidou?

— O aniversário da 1000 Devils?

— Esse mesmo. É esta noite, e minha família está me importunando para ir.

Eu pisco — Então vá. Eles são sua família.

Seu olhar está concentrado em meu rosto. — Quer se juntar a mim? Meu irmão queria você lá, lembra?

— Acho que ele queria que eu trouxesse *você*, não o contrário. — Lanço um olhar preocupado para os itens mais duvidosos em seu prato.

— A comida será muito menos exótica do que aqui — diz ele, percebendo minha preocupação. — A coisa mais incomum no menu dos meus pais é provavelmente caviar. Caviar preto normal, isto é – e você não precisa comê-lo.

Ele está me chamando para sair?

Não. Seu irmão me convidou primeiro.

Mesmo assim. Isso soa extravagante. E é Vlad quem agora está insistindo que eu vá.

Seus lábios se curvam em outro sorriso malicioso. — Que tal fazermos outro acordo? Eu irei apenas se você for comigo.

— Ei. Isso não é justo. Isso é como uma chantagem emocional estranha.

Ele inclina a cabeça. — Você não é a única que pode jogar duro.

— Mas... hoje à noite? — freneticamente olho para minha roupa de trabalho. — Não tenho nada sofisticado para vestir.

— Que tal eu pegar algo para você?

— Não tenho certeza...

— Se você não gostar das roupas, pode optar por não ir.

Eu aperto a ponte do meu nariz. — Você é agressivo.

Seus olhos brilham. — Eu vou atrás do que quero.

Minha garganta fica seca de repente, então, tomo um gole d'água.

— Vamos — ele diz. — Sim ou não?

— Talvez — digo, imaginando que sempre posso desistir por causa da roupa. — Agora, podemos falar sobre outra coisa?

Ele parece satisfeito, até mesmo presunçoso. Eu acho que ele decidiu que eu vou. — Bem... houve um problema computacional interessante hoje. Quer ouvir sobre isso?

Hã. Ele sabe do meu interesse em passar para o departamento de desenvolvimento? Poderia ser. Eu não ficaria surpresa se ele estivesse na mesma lista de e-mails com o resto deles – e pudesse ter visto o e-mail de Sandra sobre minhas ambições.

— Claro — digo. — O que foi?

— Você já ouviu falar do problema de Scunthorpe?

Eu balancei minha cabeça.

— Scunthorpe é o nome de uma cidade na Inglaterra, e os cidadãos dessa cidade não podiam criar contas com a AOL naquela época porque o nome contém a palavra 'cunt' (boceta), que ativava os filtros de proibição da AOL.

Eu sorrio, o que o estimula a fornecer mais alguns exemplos do mesmo problema, como quando alguém não conseguiu registrar um domínio chamado *shitakemushrooms.com* por causa das primeiras quatro letras (shit, em inglês, significa merda) – não importa se a grafia correta daquele cogumelo em particular tivesse um "i" extra que resolveria o problema. Ou quando um médico com o sobrenome *Libshitz* não conseguiu registrar um e-mail. Meu favorito é como o site da Comunidade Urbana de Montreal foi bloqueado por software de filtragem da web porque o nome francês era *Communauté Urbaine de Montréal,* o que significava que sua sigla e, portanto, o endereço do site era "cum" (porra).

— E o problema de hoje foi quase o mesmo — disse Vlad com um sorriso. — Nossos filtros de spam de RH estavam bloqueando currículos de graduados *magna cum laude.*

Enquanto eu rio disso, seu telefone toca.

— Desculpe — ele diz depois de verificar. — Tenho que voltar ao escritório.

— Claro — digo.

Ele joga maços de dinheiro na mesa e saímos correndo do restaurante.

— Preciso me apressar — diz ele. — Vejo você à noite.

Antes que eu possa esclarecer que ele *talvez pudesse* me ver esta noite, ele já está atravessando a rua.

Porcaria. As roupas que ele me comprar teriam que ser realmente horríveis para eu ser capaz de desistir sem parecer uma idiota. E se eu fizer isso, vou realmente me sentir mal se ele largar sua família por causa disso, mesmo se eu racionalmente souber que seria por causa dele, não de mim.

Ele *é* mau. Mas isso não é novidade.

Enquanto caminho para casa, reflito sobre uma questão importante: ele me convidou para um encontro?

Temos passado muito tempo juntos, e os testes têm sido intensos e pesados, então, posso ver por que ele poderia fazê-lo.

Mas, é algo que eu quero?

Obviamente, sim, pelo menos eu faria se ele não fosse meu chefe. Como está, eu não posso deixar de me preocupar como isso pareceria para o resto da Binary Birch. Sem mencionar que, se namorássemos e terminássemos, eu perderia meu emprego?

Também um fator é a mulher misteriosa perfumada. Ele a viu recentemente, esta manhã – o que não combina bem com a minha fantasia de que esse convite seja um encontro.

Esses pensamentos giram em minha cabeça durante

todo o trajeto e quando chego em casa, começo a me perguntar quando o vestido deve chegar e que horas realmente é a festa.

Ele, na verdade, não me disse nada.

Às quatro da tarde, minha campainha toca.

— Quem é? — pergunto.

— Entrega — uma voz distante diz.

Abro a porta e vejo duas caixas no tapete de boas-vindas.

Eu acho que isso responde a uma das minhas perguntas.

Trazendo tudo para dentro, abro a caixa maior.

Há um vestido dobrado com uma nota dentro:

Vou buscá-la às sete.

Ok, outra pergunta respondida.

Eu desdobro o vestido.

É um lindo modelo preto que pode ter sido inspirado no visual icônico de Audrey Hepburn em *Bonequinha de Luxo*.

Parece suspeitamente próximo do meu tamanho.

Eu o coloco.

A coisa me cabe perfeitamente. Quase como se alguém pegasse um molde do meu corpo e desenhasse o vestido em torno dele.

Vlad hackeando alguma compra online que fiz? Ou ele me olhou tão de perto que conseguiu adivinhar minhas medidas com precisão?

Confusa, abro a segunda caixa.

Um par de sapatos de salto cúbico *Christian*

Louboutin está dentro – e eles se encaixam em mim tão perfeitamente quanto o vestido.

O que está acontecendo?

Eu me olho no espelho e não posso deixar de assobiar.

É oficial. Não há como eu dizer que essa roupa não é ótima sem soar como uma mentirosa suja.

Tirando uma selfie, mando uma mensagem para Ava.

A resposta é instantânea:

Sexy! Qual é a ocasião?

Quando eu digo a ela que é para ir a um restaurante russo com Vlad, Precioso toca imediatamente.

— Conte-me tudo — Ava exige assim que eu atendo.

Eu a atualizo, concluindo com minhas dúvidas sobre isso ser um encontro.

— Oh, é um encontro. O cara gosta muito de você. Ele usou o brinquedo de esquilo, pelo amor de Deus.

Eu aperto o telefone com mais força. — E quanto à outra mulher?

— Pergunte a ele sobre ela — ela diz. — Talvez o atormente com alguns drinques primeiro.

— Eu acho...

— Nenhuma suposição necessária. Faça. Além disso, você já fez sua maquiagem e cabelo?

— Não. — Eu me olho no espelho. — Minha maquiagem não está ruim. Acabei de voltar do trabalho.

— Estou desligando e você está se arrumando. Quer que eu envie alguns vídeos úteis do YouTube?

Reviro os olhos, embora ela não consiga ver. — Posso usar a internet sozinha. Tchau.

Eu mergulho na minha reforma e acabo com um penteado e maquiagem suficiente para fazer um rato-toupeira pelado parecer apresentável. Eu até aparo as perucas de sobrancelha um pouco e as coloco em gel para manter o arbusto sob controle.

Assim que estou terminando, a campainha toca.

Porcaria. Ele está aqui.

Mergulhando nos sapatos, ando em direção à porta.

— Quem é? — Digo incisivamente, para não ser punida por abrir a porta para criminosos com um tempo impecável.

— Vlad — diz ele.

Eu abro a porta.

Oh, meu.

Vestido com um terno preto sob medida que abraça todos os seus músculos, uma camisa branca engomada e uma gravata preta, ele é um espetáculo a ser apreciado.

— Você está incrível — ele murmura, seus olhos avidamente me examinando da cabeça aos pés.

Ignorando o calor em minhas bochechas e outras regiões, eu giro coquete. — É o vestido que você me deu.

Sua voz fica mais rouca. — Não. É você. — Antes que eu possa responder, ele aponta para a limusine. — Venha, já estamos atrasados.

Bêbada com suas palavras, chego à limusine no piloto automático.

Ele mantém a porta aberta para mim.

Com um sorriso bobo, eu deslizo para dentro e sento ao lado de seu laptop confiável – da última vez, isso fez com que ele sentasse ao meu lado.

Sim. Ele desliza, sua presença me deixando formigando e tonta.

— Está quente aqui? — Ele brinca com os controles do ar condicionado.

Tão quente. Então, tire toda a sua roupa... — Estou bem — minto, as palavras da música tocando em minha cabeça.

Ele me dá um sorriso caloroso e diz a Ivan: — *Poyehali* — Ele, então, levanta a divisória.

O carro avança e nós sentamos lá, olhando nos olhos um do outro como dois campeões de competição.

— Qual é o nome do restaurante? — Eu me forço a perguntar.

Seus lábios se contraem. — No Yelp, é listado como New Hut.

— Alguma relação com Pizza Hut ou Jabba the Hut?

— Este último tem dois Ts em seu nome — diz ele com um sorriso.

Eu luto contra a vontade de agarrá-lo pela gravata e lamber aquele sorriso. — Bem, a palavra "hut" (cabana) não faz com que pareça tão sofisticado quanto eu imaginava.

Ele ajusta os óculos. — É chique. O trecho "hut"

deriva de seu nome mais longo – The Hut on Hen's Legs, ou, A Cabana nas Pernas de Galinha.

Eu pisco, surpresa. — É um nome horrível, sem ofensa.

— Eu não discordo. É uma referência aos contos de fadas russos. Uma cabana como aquela era a casa da infame Baba Yaga. Se você já viu os filmes de John Wick, por algum motivo ele foi comparado a ela constantemente.

Eu levanto uma peruca de sobrancelha bem cuidada. — Já ouvi falar dela. Ela é uma bruxa canibal, certo? Comeu filhos pequenos. Ótima associação para um restaurante.

Ele sorri. — Foi o que eu disse aos meus pais também. Eles mantiveram o nome de qualquer maneira. Pelo menos todo mundo passou a chamá-lo de New Hut, portanto, menos associações de canibalismo.

— Mas por que é novo?

— Porque o antigo queimou e meus pais conseguiram o espaço vazio por um preço baixo. Eles mantiveram o nome porque já tinha algum reconhecimento entre a comunidade de Brighton Beach.

A limusine para e vejo uma placa verde que me informa que já estamos na famosa Brighton Beach Avenue, ou Little Odessa, como às vezes é chamada.

Só para confirmar isso, um trem faz ruídos estrondosos nos trilhos do metrô nas proximidades.

Saindo, sorrio para as vitrines com nomes escritos

em cirílico e para as pessoas que parecem figurantes de um filme sobre a Rússia Soviética.

Vlad me leva ao que deve ser o restaurante – uma cabana de madeira gigante de vários andares com, não surpreendentemente, pernas de frango onde a maioria dos outros edifícios teria colunas.

Enquanto subimos as escadas de madeira que rangem, eu passo meus dedos ao longo de uma das "pernas".

Parece que é feita de pele de frango real.

Frango cru, quero dizer.

Um belo toque. Sempre faça com que as pessoas pensem em *salmonela* antes de um jantar.

Por dentro, o lugar não poderia ser mais diferente de sua vibe externa rústica, se tentasse. Mármore e cristal estão por toda parte, evocando a Grand Central Station e a Metropolitan Opera ao mesmo tempo.

A festa está a todo vapor, com gente sacudindo o esqueleto em uma enorme pista de dança.

Há também um palco imenso aqui, com um cara barbudo rechonchudo vestindo uma roupa que brilha mais do que uma bola de discoteca. Em seus dedos peludos como salsichas, ele está segurando um microfone e cantando com força.

Então, este lugar não é apenas um restaurante. Também é um clube e um teatro, ao que parece.

A música é tocada em um teclado e soa vagamente familiar, mas levo um momento para analisar o que o barbudo está realmente cantando; seu forte sotaque russo e este contexto me confundem.

A música é *Single Ladies (Put a Ring on It)*.

Sério? Beyoncé morreria de rir se ouvisse essa carnificina de interpretação.

Vlad se inclina, seu hálito quente no meu ouvido. — Eles fazem muitos covers neste lugar. Com o público americano, espere muito disso.

Tento ignorar os arrepios de prazer que se espalham pelo meu braço. — Mal posso esperar.

À medida que prosseguimos, noto que a maioria dos clientes é tipo engenheiro de software – claramente a equipe de 1000 Devils.

— Lá. — Vlad toca meu ombro e aponta para uma mesa ao lado da pista de dança. — Venha conhecer minha família.

CAPÍTULO VINTE E UM

RECONHEÇO ALEX imediatamente e acho que o casal mais velho sentado à mesa deve ser os pais.

A maquiagem da mãe me faz pensar em dançarinas burlescas e drag queens, e seu decote exposto é tão grande que provavelmente tem um nome. Helga, talvez? Ela está usando um vestido de coquetel roxo colante com uma confiança que espero imitar quando tiver a idade dela.

O pai ostenta um bigode pesado e em geral se parece com o cantor no palco – cabeludo e rechonchudo, mas com uma sobrancelha que o cantor deve ter arrancado.

De novo, sinto uma leve pontada de inveja na sobrancelha. Eu nunca vou tomar pelos faciais da testa como garantidos novamente.

Nenhum dos pais tem muitas características em comum com os dois irmãos, mas ambos me lembram alguém. Eu simplesmente não consigo dizer quem.

— Mãe, pai, esta é a mulher de quem eu estava falando — Alex diz quando nos aproximamos. — Ela salvou minha empresa outro dia e, como eu esperava, arrastou Vlad até aqui hoje.

Cada um dos pais me dá um aceno de agradecimento.

— Oh, não posso levar o crédito. — sorrio nervosamente. — Vlad teve que me convencer, não o contrário, confie em mim. Prazer em conhecê-los.

Outro conjunto de acenos de aprovação. Se meu objetivo é fazer com que essas pessoas gostem de mim, Alex claramente me deu uma vantagem.

— Mãe, pai, esta é Fanny — Vlad diz, sua expressão surpreendentemente fria.

Ambos se levantam. Ela é ridiculamente alta, uma boa cabeça mais alta que o marido. Deve ser de onde os irmãos tiraram sua altura.

— Prazer em conhecê-los, Sr. e Sra. Chortsky — digo, estendendo minha mão.

O pai ignora minha mão e me dá um beijo áspero na bochecha.

A esposa dá um tapa nas costas dele. — Ela é americana. Eles não beijam estranhos, seu velho pervertido.

— Me chame de Boris. — O pai sorri tão abertamente que as pontas de seu bigode tocam suas têmporas.

A mãe bate nas costas dele novamente, depois, aperta minha mão com um sorriso genuíno e me puxa para mais perto. Felizmente, seu beijo é do tipo aéreo. — Perdoe meu marido urso, querida — ela sussurra conspiratoriamente. — Me chame de Natasha.

Enquanto me afasto, faço o meu melhor para manter um semblante neutro.

Boris e Natasha? É exatamente isso que eles me lembram – os dois vilões daquele antigo desenho animado com o alce e o esquilo. Eles até compartilham seus nomes.

Aposto que se eu usasse meu aplicativo neles, isso também confirmaria. Mesmo seus fortes sotaques russos são quase idênticos.

— Por favor, sente-se. — Boris puxa uma cadeira para mim, e leva outro tapa da esposa por seus problemas.

— Obrigada. — Eu me sento e Vlad se senta ao meu lado.

A mesa está repleta de pratos cobertos por guardanapos de pano. Ninguém começou a comer ainda, ao que parece.

— Atenda a moça — Natasha diz a Vlad severamente, gesticulando para a comida coberta.

Me atender? Talvez se ele ficasse embaixo da mesa ou algo assim, mas mesmo assim, seria muito estranho.

O rosto de Vlad está tempestuoso enquanto ele olha para sua mãe. — Não deveríamos esperar que todos estejam reunidos primeiro?

Isso não é todo mundo?

Natasha zomba. — Os retardatários não vêm comer.

— Ou beber. — Boris pega uma garrafa gigante de Stoli e me serve uma dose sem perguntar se eu quero.

Ele, então, faz o mesmo com Vlad, Alex e sua esposa. Para si mesmo, ele derrama a vodca em uma taça de vinho.

Natasha encara Boris. — Você bebe em *shots*, como uma pessoa normal.

Boris acena para que um garçom se aproxime e diz algo em russo.

O garçom sai correndo e volta com um punhado de copinhos nos quais ele derrama a vodca de Boris.

— Que tal um acordo? — Boris diz para Vlad e descobre um prato. — Vamos ter alguns picles e uma bebida por agora, como aperitivo.

— Tanto faz — Vlad murmura, em seguida, pega um picles e deposita no meu prato.

Boris põe picles no prato da esposa, depois no seu, e Alex se "atende".

— Eu reivindico o primeiro brinde. — Natasha ergue o copo e olha em volta como se desafiasse alguém a contradizê-la.

Vlad acabou de revirar os olhos?

Natasha não parece notar. Olhando para mim, ela diz: — Só os alcoólatras bebem sozinhos, sem motivo e sem brinde.

Sensato. Não tenho certeza se nada disso faz parte do programa de doze passos, mas mantenho minha boca fechada, optando por beber um pouco de água.

— Como uma mulher na meia-idade, posso ser perdoada se pensar sobre o legado da minha família —

Natasha continua, por algum motivo estreitando os olhos para Alex antes de olhar com aprovação para Vlad.

Olhando diretamente para mim, Natasha levanta seu copo ainda mais alto. — À saúde dos meus netos por nascer.

Eu engasgo com minha água e começo a tossir.

Boris pula da cadeira e me dá cinco tapas nas costas.

A água sai do meu nariz e, eventualmente, eu volto a respirar.

— Desculpe por isso — digo quando posso falar. — Não queria bagunçar seu brinde.

— Está tudo bem, querida. — Natasha parece comicamente magnânima. — Eu não terminei mesmo.

— Vá em frente, *pookie* — Boris diz, avidamente olhando seus copos.

Ela acena com a cabeça solenemente. — Que meus netos ainda não nascidos sejam ricos e felizes. Que sua mãe continue com a cor da primavera e das rosas. Uma fonte de bons sonhos para o homem em sua vida. Sua atração e inspiração. Que ela permaneça simples, mas real. Uma princesa. A musa de uma ópera de amor. Que seus dias durem para sempre e além. Para isso, vamos beber até ver o fundo de nossos copos.

Amém? Eu sinto que alguém deveria me dar um Oscar por manter uma cara séria.

Com um gesto teatral, Natasha engole a dose em um gole só, depois, cheira o picles antes de morder violentamente.

Vlad e Alex seguem o exemplo da mãe, enquanto

Boris engole uma dose, depois outra, depois uma terceira, depois uma quarta e assim por diante até que todos estejam vazios.

Não sendo suicida, tomo o menor gole do meu que posso.

O fogo explode na minha boca, então, se espalha pelo meu peito e em meu estômago.

Ofegante, tento cheirar o picles como todo mundo fez.

Não. Isso torna tudo pior.

Eu mordo.

Certo, agora estou com um gosto salgado na boca por cima da queimadura.

— Então, *Fannychka*, você tem algo russo em você? — Natasha pergunta.

Se eu disser não, ela dirá "você quer um pouco?" e apontar para Vlad?

Depois daquele brinde, não me surpreenderia.

— Eu não tenho ideia. — cuidadosamente solto o picles que eu ainda estava segurando. — Meus pais se autodenominam vira-latas americanos de raça pura. Tenho planejado fazer um teste de ancestralidade de DNA, mas ainda não fiz. Mas você nunca sabe.

Minha resposta parece agradá-la. Pelo menos ela olha com aprovação para mim, então, para Vlad.

Boris reabastece os copos de todos, incluindo meia dúzia dos seus. Quando ele vê que o meu está quase cheio, ele franze a testa, mas não diz nada.

Em vez disso, ele se levanta dramaticamente e

levanta uma taça. — O tempo entre a primeira bebida e a segunda deve ser curto.

— Não deveríamos comer algo mais substancial do que picles primeiro? — Natasha sibila.

Antes que seu marido pudesse responder, um cheiro familiar atinge minhas narinas.

Perfume.

O perfume.

Eu olho para trás.

Sim.

A mulher modelesca que vi em nosso prédio de trabalho está caminhando em direção à nossa mesa com saltos de cinco polegadas. Sua maquiagem parece tinta de guerra – talvez devido à expressão furiosa em seu rosto.

Que porra é essa?

Vlad convidou sua estepe para um evento familiar?

CAPÍTULO VINTE E DOIS

— AH, se não é a retardatária fashion — Natasha diz maliciosamente para a mulher.

Ela também estava esperando por ela?

— Pais. — A voz da recém-chegada é gelada. — Irmãos — A voz está um pouco mais quente agora. — Não podiam esperar nem um minuto, hein?

Irmãos?

Uau.

Ela é irmã de Vlad, não sua amante.

A menos que haja alguma merda de *Game of Thrones* acontecendo, o que eu duvido.

Vlad se levanta e puxa uma cadeira para ela. — Tentei fazê-los esperar.

Enquanto ela se senta, dou uma espiada. Agora que sei que ela é irmã de Vlad, posso ver a semelhança: o cabelo preto azeviche, os olhos azuis e até mesmo a capacidade de colocar aquela expressão fria.

— Bella, conheça Fanny. — Alex parece apaziguador. — Amiga de Vlad.

A expressão da rainha do gelo derrete enquanto os olhos azuis fortemente maquiados se voltam para mim. — Oh, você é Fanny? É bom dar um rosto a um nome.

Um rosto a um nome? Ela ouviu falar de mim?

Acho que Vlad poderia ter me mencionado quando ela veio vê-lo esta manhã. Ou no domingo – ele veio cheirando como ela.

Eu dou a ela meu sorriso mais caloroso. — Prazer em conhecê-la, Bella. Você está maravilhosa.

Seu sorriso de retorno é radiante. — Você não precisa me bajular. Já sou sua maior fã. Sua ajuda em...

— Nenhum negócio à mesa — Vlad diz severamente.

O negócio?

Espera aí. Que ajuda ela quer dizer? Certamente não o teste que nós...

— Seu irmão está tão certo — Natasha diz, franzindo o nariz. — Não há motivo para falar sobre seu trabalho entre pessoas educadas.

Hã? Ela é uma prostituta ou algo assim?

Vlad dá à sua mãe um olhar sério. — A empresa de Bella é a melhor em seu campo. Eles estão prestes a obter um artigo na revista *Cosmopolitan*.

Pisco algumas vezes.

Sua empresa.

O artigo da *Cosmo*.

Ela é dona da Belka?

Nesse caso, eu estava certa um momento atrás. Ela

estava prestes a me elogiar pela minha ajuda com o teste.

Tipo, Vlad contou à sua irmã sobre o que temos feito.

Quase engasgo de novo. A confusão com a bomba – ele ia dizer ao pessoal da Belka que eles precisavam ser mais generosos com os tamanhos.

Deve ter sido divertido dizer isso à *irmã*.

— Bella envergonha a família. — O comportamento geralmente caloroso de Boris se foi.

— Besteira. — Bella olha para seu pai. — *Você* envergonha a família, com sua bebida e…

— Belka, pare com isso — sussurra Natasha. — Temos uma convidada.

Oh, cara. É chato estar no meio de uma briga de família.

Pelo menos eu aprendi alguma coisa. Além de significar "esquilo", *Belka* também parece ser o diminutivo de *Bella*.

— Podemos comer agora? — Alex pergunta, e antes que alguém responda, ele remove a tampa do prato mais próximo dele.

— Boa ideia. — Vlad faz o mesmo com outro prato.

— Estou morrendo de fome — minto e me junto a eles para descobrir a comida.

Os pais e a irmã se juntam a nós com mais relutância. Eles ainda parecem chateados. Faço uma nota mental para direcionar a conversa para algum lugar seguro, se eu tiver a chance.

Por enquanto, examino a comida.

Vlad não mentiu. É menos estranho do que a escolha do chef no restaurante – não que o bar fosse tão alto.

— Isso é uma gelatina feita de carne? — Eu aponto para o item ao lado de Vlad.

Natasha sorri com condescendência. — Isso é *holodetz*. Experimente com *gorchitza* e *hren*.

— O que significa *mostarda* e *molho de raiz-forte*. — Vlad coloca um pouco do holo-sei-lá-o-que no meu prato e enfeita com os dois itens. — Experimente.

Eu faço isso com cautela.

A coisa tem gosto de canja de galinha bem carnuda, mas tem aquela textura gelatinosa, que de alguma forma funciona.

— Hum — digo aos expectantes Chortskys, e como recompensa (ou talvez punição), eles começam a me ensinar sobre o resto dos pratos.

A principal coisa que aprendo: os russos gostam de conservar coisas que eu nem sonharia em conservar, como melancia, maçãs, uvas e arenque.

Além disso, há pelo menos mais quatro doses de vodka e brindes longos durante a 'aula'. Não querendo ficar muito bêbada, eu continuo tomando meu copo.

Meu prato favorito acabou sendo Oliver ou algo parecido – mentalmente chamo de "salada da pia da cozinha". Tem batatas picadas, carne, cenoura, picles, ovos, ervilhas verdes e maionese suficiente para manter a Hellmann's em operação por um mês.

— Ela não quer caviar — Vlad diz quando seu pai

tenta colocar um crepe e alguma coisa preta no meu prato.

Eu sorrio timidamente. — Eu só não gosto de ovos de caracol e blinis de farinha de grilo. Se isso for trigo sarraceno e ovas de esturjão, vou tentar alguns.

Boris ri. — Não acredito que eles levaram adiante minha sugestão de piada naquele restaurante.

— Estava muito bom, na verdade — Vlad diz com um sorriso.

Tento a famosa iguaria e me divirto.

— Isso não é tão exótico quanto o que tivemos no Equador. — Natasha olha para Vlad desafiadoramente. — Eu te contei sobre *cuy asado*?

— Fanny não vai gostar dessa história — Vlad diz severamente. Tocando minha mão, ele explica: — Cuy asado é porco-da-índia grelhado. Mamãe gosta de contar essa história porque ela não gosta de Oracle.

O quê? Isso é horrível. Monkey nunca ouvirá falar desse prato – ela já age como se eu fosse comê-la.

Natasha torce o nariz. — Um rato é um rato.

Uau. Muitos campos minados com esta família.

Decidindo salvar o dia, pergunto: — Você pode me contar algumas piadas sobre Vovochka?

Os pais trocam um olhar de aprovação. Deve parecer que sou mais versada na cultura russa do que realmente sou.

— Vou começar. — Boris pousa seu shish kebab. — Na aula de biologia, a professora desenha um pepino no quadro-negro e pergunta: 'Alguém pode me dizer o que é isso?' Vovochka levanta a mão. 'É um pau'. A professora fica enfurecida. O diretor corre para a sala de aula. 'Quem aborreceu a professora e, mais importante, quem diabos desenhou aquele pau no quadro-negro?'

Risos por toda parte.

— Eu também conheço uma — diz Natasha. — O professor diz: 'Vovochka, espero não te pegar colando de seu colega no próximo teste'. 'Eu também espero', responde Vovochka.

Mais risadas.

— Minha vez — Bella diz. — Vovochka diz à mãe: 'De onde vêm os bebês?'. Sem hesitar, ela diz: 'A cegonha os traz'. 'Eu sei que é a cegonha', responde Vovochka. 'Mas quem fode a cegonha?'

Mesmo que sua piada também fosse suja, Boris dá a Bella um olhar de desaprovação.

— Posso? — Alex pergunta, e antes que alguém responda, ele diz: — Vovochka calça botas de borracha. 'Vovochka, não há sujeira lá fora', diz sua mãe. 'Não se preocupe, mãe, eu vou encontrar', responde Vovochka.

Mais uma vez ri.

— Esse parece o Vlad quando era pequeno — Natasha me diz conspiratoriamente.

— Isso é verdade — Bella disse com um sorriso.

Vlad dá uma cotovelada em seu irmão. — Ele não era muito melhor.

— Devíamos tomar outra bebida antes do show começar — diz Boris e serve mais uma rodada para todos.

Show? É para isso que serve o palco?

Todo mundo engole sua vodka. Ao ver a facilidade com que Bella faz isso, eu bebo um copo cheio.

Deve ser a função do zumbido que já estou sentindo, mas a vodka não queima tanto como antes.

As luzes diminuem.

O que presumo ser música russa começa a tocar, embora para mim soe muito como K-Pop.

Um grupo de garotas seminuas corre para o palco. Elas estão usando máscaras daquela cena pré-orgia em *Eyes Wide Shut*, mas sua dança me lembra mais as Rockettes.

Depois de levantarem as pernas pela enésima vez, as dançarinas mascaradas partem e a música muda para a do *Lago dos Cisnes*.

Uma bailarina entra no palco.

Pelo menos, ela é uma bailarina no fundo. No topo, ela está usando uma maquiagem horrível que a faz parecer uma bruxa – com rugas em sua testa tão grandes que têm suas próprias rugas.

Deve ser uma personificação de Baba Yaga. Não sabia que a velha bruxa era dançarina.

A que está no palco com certeza é. Ela executa alguns movimentos de balé verdadeiramente acrobáticos – isto é, até que o cantor rechonchudo de antes corre para o palco, vestido como uma criança.

Sim.

Essa é Baba Yaga, com certeza. Por que mais ela faria uma pantomima de comer o cara?

Quando ela acaba de fingir que o come, a criança

barbada agarra o microfone e a música muda novamente.

— *My milkshake brings all the boys to the yard* — ele canta com um forte sotaque russo.

As mulheres das Rockettes voltam correndo, também usando maquiagem de Baba Yaga. Cada uma delas segura um brinquedo que me lembra o boneco assassino Chucky – e essas bonecas estão sem membros aleatórios.

As Baba Yagas ficaram com fome fora do palco?

Em vez de chutar as pernas como antes, os Rockettes/Baba Yagas se lançam na famosa dança dos cossacos russos – aquela com muitos agachamentos e estocadas de pernas.

Para bruxas idosas, elas são incrivelmente atléticas.

A partir daqui, o show fica ainda mais estranho. Há acrobatas ao estilo do *Cirque du Soleil* vestidos como *Teletubbies*, malabaristas fingindo ser ursos, um palhaço saído dos piores pesadelos de Stephen King e uma Baba Yaga em um monociclo para o grande final.

Quando termina, todos começam a aplaudir e eu me junto a eles.

— Senhoras e Senhores — diz o cantor após a ovação, suor escorrendo de sua testa. — Eu quero ver vocês na pista de dança. — E assim, ele começa a massacrar o *Like a Virgin*, de Madonna.

— O que você achou do show? — Natasha me pergunta, radiante de orgulho.

Ela coreografou? — Muito interessante.

— Fico feliz em ouvir isso — diz ela. — Tivemos que simplificar para o público americano.

Simplificar? O original deve ter sido o equivalente a uma overdose de LSD.

— Convide a moça para dançar. — Bella dá a Vlad um olhar exasperado. — Você está fazendo a família ficar mal.

— Sim, mano — diz Alex. — Dance.

Sorrindo com os olhos, Vlad se levanta e estende a mão para mim, no estilo Príncipe Encantado. — Concede-me esta dança?

Eu pulo de pé antes que meu cérebro possa sequer pensar em vetar essa ideia questionável.

Com um sorriso conhecido, Bella corre para o palco e grita algo para o cara cantor em russo.

Ele concorda.

A música muda mais uma vez para uma canção mais lenta que não reconheço.

Vlad pega minhas mãos como um dançarino de salão profissional.

O calor se espalha por todo o meu corpo com o toque dele – como se eu tivesse vodca como sangue.

Ele me puxa para mais perto.

Eu engulo meu coração de volta em meu peito.

Começamos a balançar lentamente com a música.

Você pode ter um ataque cardíaco por estar muito excitada?

— *Bésame* — canta o cara gordinho, e pela primeira vez, sinto que ele está em seu elemento. — *Bésame mucho*.

Por que, oh, por que eu aprendi espanhol? Isso é "me beije muito" – que é exatamente o que eu quero que Vlad faça comigo.

Ao nosso redor, alguns dos funcionários da 1000 Devils têm a mesma ideia. As pessoas estão se beijando à esquerda e à direita. Felizmente, eles são os entes queridos uns dos outros e não, como no nosso caso, chefes e seus subordinados uma vez removidos.

Vlad se inclina.

Eu não deveria beijá-lo.

Mas eu realmente quero.

Mas eu não devo.

Ele me encara firmemente.

Não é justo. É mais difícil me controlar quando olho para aquelas profundezas azuis hipnóticas.

E se ele me beijar?

Eu acho que ele pode. E se ele fizer isso, eu não serei capaz de resistir. Eu sou só humana.

Ele me puxa ainda mais perto, e nossos corpos se tocam.

Sagrados símbolos fálicos.

É a proverbial lanterna em seu bolso, ou Drácula está muito feliz em me ver?

Eu deveria recuar, mas não posso.

Minhas pernas se recusam a se mover – nem mesmo quando Vlad abaixa lentamente a cabeça, como se sua boca fosse puxada para a minha por um cordão de titereiro.

Tenho que fazer algo. Agora.

— Devemos testar hoje — deixo escapar, parando-o a alguns centímetros dos meus lábios.

Olhos brilhando, ele levanta a cabeça. — Devemos?

— Na sua casa. — Espere, o quê? Como isso é melhor do que beijar? São claramente os hormônios e a vodca falando.

Suas narinas dilatam. — Agora?

— *É* uma noite de aprendizados. — Noite de aprendizados? Isso surgiu na minha cabeça porque é muito parecido com a fantasia de um baile que eu nunca tive?

— Vamos — Ele me guia através da multidão de engenheiros de software dançando lentamente.

Antes que eu possa piscar, estamos na limusine novamente.

— E sua família? — Eu digo enquanto Ivan pisa fundo no acelerador.

Vlad pega seu telefone e envia algumas mensagens de texto.

Um monte de respostas chega imediatamente.

Ele revira os olhos. — Para resumir, todos gostaram de você. Muito.

Por que tenho a sensação de que as mensagens reais mencionam netos por nascer ou coisa pior?

— Bom saber. — As palavras saem muito sem fôlego para o meu gosto.

— Mas, primeiro — Ele enfia a mão em uma gaveta ao lado e tira algo parecido com um inalador para asma. Trocando o bocal, ele enfia o apetrecho na minha cara —, assopre.

Minhas bochechas queimam. Aparentemente, eles imaginaram meus lábios ao redor do eixo do Drácula, não este dispositivo.

— O que é isso? — pergunto, embora eu possa adivinhar.

— Um bafômetro. Quero ter certeza de que você não está intoxicada.

Huh, ok. Dando de ombros, eu sopro na coisa. Eu fiz um teste de drogas antes de começar a trabalhar para a Binary Birch; isso não é tão diferente, eu acho.

Ele franze a testa. — Ponto zero cinco por cento. Acho que vamos levar você para casa.

Ele está me chamando de peso leve? Eu levanto meu queixo. — Abaixo de oito é seguro dirigir em Nova York.

Sua carranca se aprofunda. — Você tem um carro?

— Não.

— Ótimo. Nem pense em dirigir nessas condições.

Se a ideia era arruinar minha animação, ele definitivamente está tendo sucesso. — Por que você tem um bafômetro aqui?

Ele acena com a cabeça para a seção do motorista. — Eu faço verificações aleatórias, especialmente em torno dos feriados. Os russos zombam dos regulamentos para beber e dirigir. Ivan não pode beber álcool durante o serviço.

De repente, me sentindo travessa, eu lambo meus lábios tão sedutoramente quanto posso.

— Tem certeza que quer me levar para casa? O teste é extremamente importante.

Sua mandíbula flexiona. — Certo. Vamos para minha casa. É melhor eu ficar de olho em você.

Uau.

Sua casa.

Isso está realmente acontecendo.

Eu fico sóbria um pouco mais. Sentindo-me repentinamente tímida, falo algo que me incomodou no restaurante. — Você não se dá bem com seus pais?

Ele balança a cabeça. — Quando eu os visito sozinho ou com Alex, nós nos damos muito bem. Eu só não gosto de reuniões maiores por causa de como eles tratam Bella. Ela é uma ótima irmã e uma filha incrível – para não mencionar, formada no MIT – mas eles não a apreciam.

Eu franzo a testa. — Por causa de sua empresa de brinquedos sexuais?

— Não. Tudo começou muito antes. Bella era uma moleca quando criança, o que nossa mãe odiava. Em geral, Bella sempre foi um espírito livre, e acho que meus pais não gostavam que ela não se encaixasse no molde que eles tinham em mente para ela. Eles sempre pensam o pior dela. Como quando eles afirmam que ela usa drogas, mas ela não o faz. Eles acham que ela é promíscua, mas ela não é. É irritante.

— Isso é péssimo. — cubro sua mão com a minha.

— Eu sei sobre não atender às expectativas dos pais. E o engraçado é que acho que os meus adorariam me trocar por Bella.

Sua expressão se aquece. — Bem, pelo menos os meus te amam.

— Porque eles pensam que eu sou uma puritana boazinha? — A pergunta sai mais amarga do que eu esperava.

Ele se inclina, os cantos de sua boca se erguem. — Se eles soubessem o que você queria fazer na minha casa.

Até meu rubor fica vermelho. — Que pena que foi cancelado.

Ele guarda o bafômetro. — Talvez não. Depende do funcionamento do seu fígado.

Oh?

O carro para e, antes que eu possa responder, ele abre a porta para mim.

Seu prédio é moderno e de aparência cara. Ele acena para o segurança enquanto me leva até o elevador e pressiona o botão da cobertura.

Isso está realmente acontecendo?

Vou fazer meu corpo desintoxicar o álcool o mais rápido possível.

O elevador se abre para um grande corredor.

Vlad segura as portas para mim. — Bem-vinda à minha casa.

Eu tropeço para fora do elevador.

Isso é surreal.

Eu vim de boa vontade ao covil do Empalador.

CAPÍTULO VINTE E TRÊS

— A COZINHA É por este corredor. — Ele lidera o caminho.

Enquanto caminhamos, fico pasma com tudo.

O lugar é enorme, principalmente para Nova York. A decoração me lembra nosso escritório – frio, moderno, impecável. Mas, ao contrário do trabalho, há toques humanos aqui também. Especificamente, pôsteres da franquia do filme *Matrix*. E quero dizer muitos pôsteres. Em vários idiomas. De cada personagem. Existem até pôsteres tangencialmente relacionados a ele, como o que diz: "Na Rússia Soviética, a Bala Desvia de Você".

Entramos na cozinha.

— Sente-se. — Ele aperta um botão em uma máquina de café expresso. — Leite, açúcar?

— Só preto está bom. — Eu me jogo em uma banqueta cromada. — Então, deixe-me adivinhar. *Matrix* é o seu filme favorito.

Ele inclina a cabeça. — O que me denunciou? Foi o sobretudo?

Eu quero me dar um tapa na testa. Ele adora esse filme tanto que até se veste como os personagens.

Como não percebi isso?

Eu sorrio. — Oracle. Isso também é uma referência, não é?

Ele serve duas xícaras de café e coloca uma na minha frente. — Diga-me que você gosta do primeiro filme de *Matrix*.

— Eu não gosto. — assopro meu café. — Eu amo. Eu fui Trinity em todo Halloween desde que o assisti.

Ele me lança um olhar tão admirado que, pela primeira vez na vida, me pergunto se isso poderia realmente funcionar entre nós.

Seja o que *isso* for.

Amamos o mesmo filme.

Gostamos de codificação.

Eu o acho atraente, e ele claramente não me acha horrível.

Se ao menos eu o tivesse conhecido fora do trabalho.

— Todo programador gosta de *Matrix*, pelo menos um pouco — diz ele. — Como não podemos? O herói é um de nós.

Eu tomo um grande gole. O café é bom, suave e apenas moderadamente amargo. — Quão empolgado você está com o quarto filme?

Ele sorri. — Desde que confirmaram sua existência há alguns meses, estou contando os dias.

Hmm. Eu me pergunto se ele me levaria à estréia.

— Qual é a sua cena favorita? — pergunto.

Ele me diz, e eu compartilho as minhas. Em seguida, falamos sobre outros filmes de que gostamos, e aqui também nossos gostos e desgostos se encaixam como peças de um quebra-cabeça.

— Posso ver o quarto de Oracle? — Eu pergunto quando o café acaba.

Com um sorriso largo, ele me leva até lá.

É tão grande quanto parecia na tela. Existem milhões de pessoas em Nova York que têm menos metro quadrado do que essa porca sortuda.

— Como você está se sentindo? — ele pergunta. — Ainda bêbada?

Isso de novo? Eu olho para ele. — Eu não estava bêbada antes. Ainda menos agora.

Ele puxa o bafômetro. — Se você estiver abaixo do ponto zero quatro, liberarei você para testar o equipamento.

Teste. Porcaria. Eu me esqueci totalmente disso. Eu quero que meu álcool esteja baixo ou alto?

Eu assopro o aparelho.

— Bom o suficiente — ele diz. — Podemos testar – se você ainda estiver pronta para isso.

Minhas bochechas ficam mais vermelhas do que a bandeira soviética. Posso desistir do teste agora, depois de nos arrastar da festa com esse pretexto?

Ele pode estar certo antes. Eu estava bêbada. De que outra forma explicar esse convite ousado?

Dou um passo para trás, tentando freneticamente

pensar em maneiras de minimizar a insanidade do que está para acontecer. — Nós mantemos as coisas profissionais.

Ele dá um passo em minha direção. — Eu não faria de outra maneira.

— Vou usar as bolas Kegel. Dessa forma, eu fico com minhas roupas. — Eu sinto que posso cair no chão enquanto digo isso.

Ele afrouxa a gravata. — Existe algo para um cara equivalente a essas bolas?

— Não. Quero dizer, há o anel peniano, mas imagino que Drácula não caberá dentro de sua calça se...

Ele levanta uma sobrancelha. — Drácula?

Achei que não poderia ficar mais vermelha, mas vamos lá.

Ah, bem. Posso muito bem confessar.

— Costumo apelidar as coisas. — olho para o meu peito. — Eu apelidei as garotas de *Pinky e Cérebro*, se isso faz seu ego se sentir melhor.

Ele encara Pinky e Cérebro por um segundo a mais, então, levanta o olhar de volta para o meu rosto. — Você não olha para o Drácula e eu não olho para você quando estiver usando as bolas. — Ele tira os óculos e os coloca em uma mesa próxima. — Dessa forma, não consigo ver muito mesmo.

Eu seguro uma risadinha semi-histérica provocada pela frase "usando as bolas". — Onde faremos isso? — pergunto.

— Me siga. — Ele me leva para seu quarto gigante.

— Lá. — Ele aponta para um gêmeo da minha mala. — Pegue o que precisamos.

Eu pesco os brinquedos em questão e entrego a ele o anel peniano, meu rosto queimando o tempo todo.

Não. Devo. Pensar em como Drácula ficaria com esse dispositivo.

Quando ele pega o anel, nossos dedos se roçam, enviando arrepios pelo meu corpo.

Perfeito. Agora não vou precisar de nenhum lubrificante para as bolas Kegel.

— Onde fica seu banheiro? — Isso soou rouco?

Ele aponta para uma porta próxima.

Eu me tranco, tiro minha calcinha e lavo minhas mãos e bolas. As bolas Kegel, claro. Até agora, me sinto corajosa, mas nunca tive bolas antes, obrigada, útero.

Por precaução, lubrifico as bolas e deslizo suavemente a primeira do par, depois, o cordão que as mantém juntas.

Parece bastante tranquilo até agora.

Certificando-me de deixar a corda de remoção de fora, deixo a segunda bola se juntar à primeira e empurro-a tanto quanto me sinto confortável.

Hmm. Dessa forma, elas dão um formigamento e não é um grande esforço mantê-las dentro.

Provavelmente, eu poderia andar assim o dia todo – o que, claro, seria uma má ideia. Vlad poderia ativar a vibração a qualquer momento, mesmo se eu estiver no departamento de trânsito ou no mercado de peixes, ou em uma reunião com Sandra.

Eu ando da pia à banheira.

Sim.

Graças ao músculo pélvico, as bolas ficam paradas.

Ainda assim, andar com isso é um pouco assustador. Deve ser assim para os rapazes que andam por aí preocupados com as bolas o tempo todo.

Eu volto para a sala e descubro que ele diminuiu as luzes.

Isso é para diminuir a visibilidade ou criar um clima sexy?

Ele lança um olhar rápido para minha saia, então, rapidamente arrasta seu olhar para o meu rosto. — Tudo bem?

Isso é fome em seus olhos? Eu aperto meus músculos ao redor das bolas para me tranquilizar.

— Sem problemas.

Ele passa a língua no lábio inferior. — Damas primeiro?

Eu engulo a respiração. — Que tal juntos? Você se vira e…

— Certo. — Ele gira sobre os calcanhares e ouço o zíper mais alto da história do som.

Os anéis penianos requerem ereções? Nesse caso, Drácula estava claramente pronto para a ação, porque quase instantaneamente, Vlad diz: — Estou pronto.

Seu telefone acende.

— Nenhum vídeo. — Pego meu próprio telefone e aciono o aplicativo.

Ele resmunga concordando e clica em algo, de sua parte.

Oh, meu. As bolas começam a vibrar dentro de mim e quase deixo cair Precioso.

Santo ponto A, isso é bom.

Bom demais. Gemendo na mesma sala com Vlad é, tipo, bom.

Preciso distraí-lo.

Freneticamente, eu ativo a vibração em seu brinquedo.

O telefone acabou de tremer em suas mãos?

A vibração da bola aumenta.

Eu aumento também a dele.

Ele aumenta a minha novamente.

Por que não nos sentamos? Ou deitamos?

Meus olhos começam a rolar para trás, mas ainda consigo aumentar sua vibração mais um grau.

Quando o orgasmo bate em mim, não consigo suprimir um gemido.

Suas costas ficam tensas.

Meus músculos pélvicos sofrem espasmos mais algumas vezes, depois relaxam.

Ah, não. As bolas Kegel escorregam de mim para o chão da sala e começam a rolar.

Porra. Se ele vir minha esperteza nessas bolas, eu morrerei.

— Feche seus olhos! — grito. — E, por favor, não pergunte por quê.

— Feito. — A palavra soa como um grunhido.

Bom.

Sem desligar sua vibração, eu guardo Precioso na

minha bolsa e corro para onde as bolas pararam – um metro à frente de Vlad.

Dando a ele sua privacidade, eu resisto ao forte desejo de espiar Drácula enquanto me curvo para pegar as bolas.

As coisas malditas escorregam dos meus dedos e rolam para longe.

Já que é difícil não olhar para "suas pérolas" e perseguir as bolas dessa forma, eu caio de quatro e corro atrás do brinquedo como um predador caçando sua presa.

Finalmente.

Eu pego as bolas.

Não.

Elas escapam do meu alcance mais uma vez.

Será que as lubrifiquei tão bem assim?

Joelhos começando a doer, rastejo até onde elas pararam.

Sim! Eu as agarro e consigo me controlar.

Então, eu vejo as pernas na minha frente.

Eu olho para cima.

Sim.

Estou cara a cara com o Drácula.

CAPÍTULO VINTE E QUATRO

UAU.

Eu sou um pequeno rato na frente de uma anaconda.

É assim que *Mogli* deve ter se sentido quando conheceu *Kaa*.

Agarrando minhas bolas com força, engulo o bolo de saliva que minhas glândulas salivares de repente jorram em minha boca.

Eu mencionei uau?

Drácula é lindo em sua imensidão ingurgitada. Visivelmente maior do que Monstro, ele pode não caber em mim, embora seria divertido tentar.

O anel aperta e vibra perto da base, de alguma forma acentuando a visão já impressionante.

Em algum lugar acima de mim, Vlad grunhe de prazer.

Porra. Eu esqueci que eles estão juntos nisso.

Eu começo a recuar – exatamente quando um

líquido branco e cremoso sai do Drácula e cai na minha bochecha.

Eu pisco em descrença.

Isso acabou de acontecer?

Jorra mais.

Eu instintivamente aperto meus olhos fechados enquanto o líquido quente pousa na minha testa, na outra bochecha, nariz e queixo.

Uma gota quente cai em *Pinky* e duas no *Cérebro*.

Bem, agora eu sei como é para as estrelas pornôs nesses vídeos de *bukkake*. Quando Bob quis fazer exatamente isso comigo há um tempo, recusei, achando degradante. Agora, não tenho tanta certeza. Talvez se…

— O que você está fazendo aí? — Vlad parece que viu um fantasma.

Porcaria. Ele deve ter finalmente aberto os olhos.

Mantendo meus próprios olhos fechados para que não fiquem impregnados, fico de pé. Minhas bochechas queimam tanto que quase espero que o suco do Drácula chie, como clara de ovo em uma frigideira.

— Não se mexa. — Eu o ouço sair correndo.

Ele está fugindo? Tirando uma foto? Pedindo comida para viagem?

Eu o ouço voltar, e uma mão forte segura minha cabeça.

Bem, isso é bom.

— A água deve estar morna — ele murmura.

Não me atrevo a espiar.

Uma toalha de papel toca minha testa.

233

Oh. Ele está me limpando. Isso é doce, ou tão doce quanto isso pode ser, dada a substância em questão.

Falando na substância, é tarde demais para eu dar uma experimentada?

Não. Ele veria, e embora a maioria dos caras achasse isso gostoso, não tenho certeza de qual o protocolo quando o cara em questão é seu patrão.

— Sinto muito — diz ele quando termina com a área ao redor dos meus olhos. Apesar de suas palavras, sua voz está mais do que um pouco rouca. — Não tenho certeza de como isso aconteceu, mas...

— Não foi sua culpa. — Abro os olhos e vejo quando ele termina de limpar minhas bochechas e queixo, então, olha incerto para o meu decote.

— Está tudo bem — eu digo, ficando impossivelmente mais quente. — Vá em frente.

Suas pupilas dilatam quando ele enxuga algumas gotas de *Pinky* e *Cérebro*.

Eu olho para baixo.

Ele fechou o zíper do Drácula, mas parece haver uma nova protuberância lá.

Útil, eu acho, no caso de decidirmos fazer mais testes.

Ele enrola a toalha suja na mão. — Só para você saber, estou limpo. Fiz o teste depois do último relacionamento e não estive com ninguém desde então, daí...

— Eu também estou limpa — Deixo escapar. — E na pílula.

Seus olhos brilham. — É bom saber, mas o motivo

pelo qual contei a você sobre meu histórico médico foi para que você não se preocupasse com um surto de herpes em seu rosto. Não foi quid pro quo.

Claro, isso é o que ele quis dizer. Boca estúpida. Primeiro, deixa escapar informação demais, agora, quer beijá-lo. Ele acharia nojento se eu o beijasse? Minha boca foi poupada da fonte de...

Ele abaixa a cabeça e fecha os lábios nos meus.

Meu coração vira uma supernova e meus joelhos ameaçam ceder.

Este é claramente um dia de surpresas. Seus lábios são quentes e macios e tão bons que quase tenho outro orgasmo – e quase deixo cair minhas bolas. A sala esmaece ao meu redor e todas as minhas preocupações parecem evaporar. Todos os meus sentidos se concentram na maneira como sua língua gentilmente acaricia o interior da minha boca, o doce, levemente mentolado calor de sua respiração, a batida de meu pulso em minhas têmporas e...

Ele se afasta.

Estou respirando com dificuldade, e ele também.

— Por quê? — pergunto sem fôlego, olhando para ele.

— Não deveríamos. — Sua voz está rouca. — Ainda sob influência.

Eu recuo bruscamente. Minha excitação evapora, substituída por uma onda irracional de raiva.

O que diabos isso quer dizer? Ele está dizendo que só me beijou porque tomou uns copos de cerveja ou vodca? Ou ele acha que não posso tomar decisões adultas com um zumbido leve?

Antes que eu possa expressar qualquer coisa, ele pega o telefone e envia uma mensagem.

Quando a resposta chega um milésimo de segundo depois, ele diz: — Ivan vai levar você para casa. Venha.

Ele me leva para o elevador, me leva até o saguão e abre a porta da limusine.

A volta para casa acontece em uma névoa. Um milhão de perguntas passam pela minha mente, mas principalmente duas: por que ele parou? E se um mero beijo foi tão incrível, como seria se fizéssemos mais?

Quando chego em casa, jogo as bolas na pia e me olho no espelho.

Ugh. Minha expressão desequilibrada é uma mistura de curiosidade, suspeita e ceticismo novamente. A cola na minha peruca-sobrancelha esquerda deve ter cedido em algum momento. Pelo menos eu suponho que foi o que aconteceu. A coisa agora está faltando, provavelmente deixada na toalha de Vlad.

Não admira que ele não quisesse fazer nada comigo.

Meu primeiro banho é escaldante, o segundo, gelado.

Saltando na minha cama, cubro minha cabeça com um travesseiro e tento bloquear o que aconteceu.

CAPÍTULO VINTE E CINCO

A PRIMEIRA COISA que faço de manhã é verificar em Precioso se há mensagens de Vlad.

Não. Silêncio total.

Verifico meu e-mail de trabalho a seguir e encontro uma mensagem de Sandra, solicitando mais uma atualização. Eu pergunto a ela se está bem fazermos isso amanhã. Até eu saber de Vlad, honestamente não posso dizer a ela que tudo está nos trilhos.

Também há um e-mail de Mike Ventura na minha caixa de entrada – conhecido como *Butt-Head* e talvez Phantom:

Quer bater um papo amanhã às 11h30?

Enquanto eu penso sobre isso, Sandra responde que ela está bem com minha sugestão.

Marquei uma reunião com ela para as onze e disse a Mike que estou disponível às onze e meia. Dessa forma, vou matar dois pássaros/colegas de trabalho com uma pedra só.

Precioso apita a chegada de uma mensagem.

Meu coração salta.

É de Vlad.

Você já acordou?

Com a mão trêmula, respondo com: *Sim. E sem ressaca. Você?*

Ele me liga em vez de responder via mensagem.

— Oi — digo.

— Oi.

Eu limpo minha garganta. — Olha, sobre ontem...

— Podemos ter um encontro com as porquinhas hoje? — ele pergunta quase ao mesmo tempo. — Oracle parece solitária esta manhã.

Hesito por apenas um segundo. — Claro. Que horas...

— Estamos a caminho — diz ele. — Você tomou café da manhã?

— Ainda não.

— O que você gostaria?

Me sentindo um pouco surreal, digo a ele que não vou dizer não para alguns muffins de mirtilo.

— Coma alguma coisinha por enquanto — diz ele. — Estaremos aí em breve.

— Claro — eu digo, mas ele já desligou.

Porcaria.

Eu tenho que me tornar apresentável, imediatamente. Pelo menos minha casa ainda está limpa de sua última visita.

Atacando meu kit de maquiagem, lembro-me do desastre da sobrancelha da noite passada. Foi por isso que ele parou de me beijar ou não? De qualquer forma, eu uso as tatuagens de sobrancelha temporárias como a segunda melhor solução; em seguida, peço outro par de perucas de sobrancelha para mais tarde, no caso de minhas próprias sobrancelhas não reaparecerem tão cedo.

Assim que estou vestindo uma calça jeans limpa, recebo uma ligação no Precioso. Quase tropeço ao correr para pegá-lo.

Pode ser Vlad.

Não.

É Ava. Ela exige uma atualização, então eu dou a ela.

— Inacreditável — ela diz quando eu termino. — Como duas pessoas poderiam dar uma à outra tantos orgasmos e, ainda assim, só ficar na primeira base?

Eu reviro meus olhos. — Os brinquedos sexuais não são terceira base? E ejacular na cara também não é uma espécie de base?

Ela ri. — Tudo o que estou dizendo é que vocês deveriam ter ido até o fim.

Eu suspiro. — Eu não acho que ele me queira. Ele pode me achar repugnante.

Ava zomba. — Repugnante? Você? Você é...

A campainha toca.

— Tenho que desligar — grito ao telefone e desligo.

— Quem é? — pergunto incisivamente, me aproximando da porta.

— Vlad — diz ele, uma nota de aprovação em seu tom.

Eu abro.

Droga. Por que sempre me surpreendo com sua aparência?

Sem fôlego, eu observo seus cabelos negros e desgrenhados – incluindo aquele rebelde que faz meus dedos coçarem para tocá-lo – e as linhas lindamente moldadas de seus lábios. Seus olhos são do tom mais profundo de azul por trás dos óculos de aro de tartaruga, e ele está usando seu traje inspirado em *Matrix*. Em uma mão, ele está segurando Oracle em um carregador e, na outra, uma sacola marrom.

Eu engulo minha baba. — Por favor, entre. — aponto em direção à minha sala de estar.

Ele tira os sapatos novamente, pendura o sobretudo à porta e traz o carregador para a casa de Monkey.

— Aqui. — Ele me entrega o muffin. — Se importa se eu colocá-las na área de encontro?

— Por favor. — Eu ataco o muffin com fervor.

Yum. Ele parou na melhor padaria de Nova York ou estou com muita fome.

Enquanto como, vejo Oracle e Monkey esfregando os narizes.

— Eu trouxe lanche para elas também. — Vlad pega um vegetal verde que eu nunca vi antes. — Você se importa?

— De modo nenhum. O que é isso?

— Brotos de lúpulo. — Ele morde um pedaço dele. — Eles estão lavados. Você quer experimentar?

Com um encolher de ombros, eu provo os vegetais. Isso me lembra couve, com um sabor levemente saboroso. — Isso é bom. Por que nunca vi isso no supermercado? Ou restaurantes? É uma safra especial para porquinho-da-índia?

E se for assim, por que acabamos de comer?

Ele coloca uma tira longa no aquário. — O processo de colheita dessas coisas é elaborado, então, eles são um pouco caros para a maioria das pessoas.

Vendo a tira, Oracle a agarra e começa a mordiscar.

Monkey prova do outro lado e deve ter adorado porque começa a puxar o caule verde com bastante vigor.

Quase violentamente.

Em troca, Oracle puxa do seu lado.

Monkey continua puxando o dela.

Torna-se um cabo de guerra hilário – pelo menos hilário para mim.

Vlad realmente franze a testa. — Esqueci o quanto Oracle gosta dessas coisas. Eu posso ter criado atrito inadvertidamente.

Ele tem razão.

Depois que elas rasgam a planta ao meio e terminam de comê-la, Oracle começa a perseguir Monkey – gritando o tempo todo.

Quando ela finalmente encurrala Monkey, ela monta nela e começa a trepar.

Huh, ok. Quando Vlad mencionou atrito um segundo atrás, eu não pensei que seria do tipo sexual. Mas por que desse jeito, uma nas costas da outra? Ambas são mulheres, então, não faria mais sentido deitadas, ou – e não tenho certeza se seus corpos foram feitos para isso – elas poderiam tentar algo como 'tesoura'.

— Você disse que Oracle era fêmea — digo, suprimindo uma risada enquanto a transa se intensifica. — Isso não requer partes de menino?

— É uma questão de dominação. — Ele joga dois pedaços de vegetais em dois cantos diferentes do aquário.

Como se para confirmar suas palavras, Monkey sai correndo de baixo de Oracle, inverte a posição e começa a tentar fazer de sua amiga sua cadela.

— Os porquinhos devem ser sexistas — digo, sorrindo. — Por que aquele que fica encurralado é o menos dominante? E isso não deveria se aplicar apenas no quarto, de qualquer maneira, não para quem ganha mais lanches?

Ele retribui meu sorriso. — E, no entanto, seria engraçado se as pessoas tentassem fazer isso em salas de reuniões?

Nós assistimos enquanto as duas eventualmente se cansam de tentar roçar uma na outra e apenas comem uma dose de lúpulo cada uma.

— Acho que é uma trégua — diz Vlad. — Nenhuma está tentando roubar da outra.

— Onde posso conseguir esse negócio de broto de lúpulo? — pergunto. — Monkey claramente adorou.

— Meu pai tem um contato. — Vlad deixa cair mais vegetais na frente das duas porquinhas. — Mas, como eu disse, é um pouco caro.

Eu olho o vegetal indefinido. — Quanto pode ser?

— Com o desconto de papai, quatrocentos por meio quilo — diz ele com uma cara séria.

Um *pouco* caro?

Olho boquiaberta para as porquinhas, depois, para ele. — Sério?

Ele concorda.

— E elas vão botar um ovo de ouro agora?

Ele ri. — Não é provável.

Eu balancei minha cabeça. — Isso é como alimentar um gato com caviar.

Um sorriso aparece em seu rosto. — Minha mãe fez isso com seu gato e só parou porque aparentemente deixava a ninhada de gatinho muito fedorenta.

Santo Deus. — Eu não devo ser uma boa dona de animal de estimação — digo. — Eu nem sonharia em comprar um vegetal para Monkey que custasse mais do que um par de sapatos.

Ele me entrega outro broto de lúpulo. — Você compraria para você?

Experimento novamente. — Não. Não, a menos que eu estivesse doente, e essa fosse a única cura. Na verdade, nesse caso, eu compraria para Monkey também. Como remédio.

— Bem, não se preocupe. — Ele joga o resto do lanche no aquário. — Vou trazer mais para todos os encontros, então, Monkey continuará a comer.

Aww. Ele quer que as meninas tenham mais encontros para brincar. E, como efeito colateral, ele está disposto a passar mais tempo comigo.

Este pode ser um ótimo momento para falar de ontem.

— Escute — digo, orgulhosa de realmente entrar no assunto. — Há algo que eu queria perguntar.

Ele me dá toda a atenção.

Eu coro.

As palavras não saem.

Eu acho que isso é abortar a missão. Eu estou claramente desmaiando.

— O quê? — ele pergunta, agora parecendo um pouco preocupado.

— O teste — eu deixo escapar em desespero. — Já que você está aqui, e agora estamos bem fazendo isso cara a cara, eu queria saber se você gostaria de ser produtivo.

Aff. Quase falei "reprodutivo" ali no final.

Ele parece pensativo.

Merda. Se ele acha que sou repulsiva, vai dar uma desculpa para não fazer isso.

— É claro — ele diz. — Vamos.

Eu acho que isso é bom, mas definitivamente não prova nada. Ele pode estar apenas fazendo isso por sua irmã.

Uma forma de saber pode ser observando-o de perto durante o teste, para ver se ele gosta de me observar.

Meu rubor aumenta. — Você quer fazer isso agora?

Ele olha para as porquinhas. Elas voltaram a ser melhores amigas e estão se alisando com entusiasmo.

— Claro.

Corro para o meu quarto e volto com a mala decorada com genitálias. Abrindo-a no chão perto do sofá, contemplo minhas escolhas.

Sua expressão é cautelosa enquanto examina a mala comigo.

Começando a perder a coragem, aponto para um grande vibrador tipo varinha. — Que tal aquele? — Enquanto falo, minha frequência cardíaca dispara, e tenho que me lembrar que acabei de escolher o brinquedo menos travesso do grupo. Eles vendem essas coisas na *Target* sob o pretexto de "massageador".

Inferno, minha mãe me deu um assim uma vez. Ela o chamou de Vibronador.

— Parece bom. — Seu olhar vai da mala para o meu rosto. — Devo desviar o olhar, como ontem?

Seria difícil tentá-lo se ele se virasse, mas também não tenho coragem de me despir, então digo: — Que tal eu usá-lo sobre meu jeans? Deve ser poderoso o suficiente para funcionar dessa forma.

Parecendo inseguro, ele pega o dispositivo.

Ele está se perguntando se deveria ser ele a segurar a coisa no lugar para mim? Eu quero que ele faça?

— Aqui. — Ele o entrega para mim, para minha decepção. — Vou preparar o aplicativo.

Enquanto ele brinca com seu telefone, eu deito no sofá e abro minhas pernas um pouco – apenas o suficiente para ser sedutor, mas ainda assim crível como a posição necessária para fazer o trabalho de vibração.

MISHA BELL

Quando ele olha para mim, sua respiração parece alterar.

Ponto para mim.

Sinto um súbito impulso de coragem.

— Aqui. — dou um tapinha no sofá ao meu lado. — As coisas não correram bem da última vez que fizemos isso de pé.

Ele se senta ao meu lado, as notas sensuais de sua colônia provocando minhas narinas enquanto ele murmura: — Deixe-me saber quando Mina estiver pronta.

— Mina? — Ele esqueceu que eu sou Fanny? E por que estou na terceira pessoa de repente?

Seus lábios sensuais se curvam. — Mina era o interesse romântico de Drácula. Achei que já que você nomeou o meu, eu iria ajudá-la a nomear o seu.

Santo vampirismo. Ele está além da perfeição. Nenhum dos meus ex-namorados brincou comigo, achando minha tendência para apelidos tola.

Fazendo o meu melhor para esconder minha alegria, eu levanto uma das minhas tatuagens temporárias na sobrancelha. — Você deveria deixar todos os apelidos para mim. Mina é terrível.

Ele levanta uma sobrancelha. — Vá em frente, renomeie.

Hmm, um desafio.

Espero poder responder. Entre nunca ter nomeado essa parte em mim e toda a adrenalina, estou em branco. Então me vem. — Que tal Gizmo?

246

Ele lança um olhar para minha virilha. — Como um dispositivo eletrônico com o qual se quer brincar?

Eu sorrio. — Não. Como a criatura fofa dos *Gremlins*. Você sabe... perigoso se molhado.

Ele geme e nós dois começamos a rir.

Quando paramos, ele me mostra sua tela pronta para uso. — Posso?

Ainda animada com todas as risadas, me sinto mais ousada. — Eu queria saber se você poderia segurar a varinha para mim.

Seu sorriso desaparece. — Tem certeza?

Meu rosto está pegando fogo, mas eu assinto. — Por favor. — Eu entrego a varinha para ele.

Ele a ativa por meio do aplicativo e ruge como uma serra elétrica na palma da minha mão antes que ele a arranque.

Eu engulo uma respiração profunda.

Está acontecendo.

Minha Nossa Senhora da Varinha, está acontecendo.

Ele larga o telefone, e se inclina lentamente pressionando o brinquedo que vibra ruidosamente contra meu jeans.

O ar sai dos meus pulmões. Mesmo através das camadas, a vibração é insana – e me leva a um orgasmo quase que instantaneamente, arrancando um gemido alto de mim.

Suas pupilas dilatam, e vejo que ele está prestes a puxar a varinha, então, eu seguro seu pulso para mantê-lo lá. Estou ávida por outro orgasmo, que já posso sentir crescendo. A tensão está diminuindo em meu núcleo, minha pele formigando enquanto meus mamilos endurecem dentro do meu sutiã.

Seu rosto é uma máscara de satisfação puramente masculina, embora seus olhos estejam com as pálpebras pesadas de excitação.

O orgasmo cai sobre mim, me fazendo gritar. É desavergonhado, ousado, mas não me importo. Gosto de como isso o está afetando. Há uma protuberância enorme em suas calças, a poucos centímetros de mim.

Devo abrir o zíper e liberar o Drácula?

Ainda não.

Por enquanto, pego sua outra mão e a coloco sobre *Pinky*, empurrando meus quadris contra a varinha para intensificar as sensações que estão crescendo impiedosamente de novo.

Seus olhos escurecem, e ele aperta minha carne com apreço, assim como outro orgasmo me balança, me fazendo fechar meus olhos e gemer mais uma vez.

À medida que os tremores secundários passam, eu abro meus olhos – e olho direto nos rostos dos meus pais.

CAPÍTULO VINTE E SEIS

OS ORGASMOS FAZEM VOCÊ ALUCINAR?

Espere, não, eles parecem ser reais.

Puta merda.

Mamãe e papai invadiram meu apartamento mais uma vez.

Enrijecendo, Vlad puxa o vibrador para longe da minha virilha enquanto eu fico boquiaberta diante de meus pais sorridentes, dolorosamente ciente da mala aberta de brinquedos aos meus pés e do orgasmo que eles devem ter acabado de testemunhar.

— Isso é simplesmente fabuloso, minha querida! — Mamãe parece positivamente tonta. — Eu sabia que o Vibronador seria útil.

Eu pulo de pé, e Vlad também. Desativando rapidamente a varinha, ele a joga na mala e fecha a coisa.

Eu debato se devo morrer no local ou não. Tenho

certeza de que as pessoas se mataram por muito menos desonra.

Pelo menos meu rosto corado pelo orgasmo não poderia ficar mais vermelho.

De alguma forma, eu recupero minha língua. — Mãe, pai, este é Vlad. — Estou orgulhosa da firmeza da minha voz. — Vlad, estes são meus pais. Eles claramente nunca aprenderam sobre limites.

Friamente composto agora, Vlad estende a mão para mamãe. — Prazer em conhecê-la, Sra. Pack.

Mamãe parece prestes a babar. — Por favor, me chame de Vênus.

— Claro, Vênus — Vlad diz e estende a mão em saudação ao meu pai. — Sr. Pack, é ótimo conhecer você também.

— Me chame de Wolf — papai diz, e é claro que ele também está impressionado com Vlad, embora, ao contrário de mamãe, ele não pareça que vai pular nele, no estilo puma.

Meu constrangimento diminui um pouco.

É hora da vingança.

— Você ouviu direito — digo a Vlad. — Ele é um Wolf Pack, clã de um homem só, como aquele cara em *Se Beber, Não Case*. Os avós o chamaram assim de brincadeira, e esses dois pregaram uma brincadeira ainda pior em mim.

— Prazer em conhecê-lo, Wolf — Vlad diz, não mostrando nenhum sinal de que ouviu o que eu disse.

Em geral, ele está lidando com isso muito, muito

melhor do que eu faria se seus pais tivessem nos atacado.

Mamãe sorri para Vlad. — Viemos arrastar Fanny para almoçar. Você gostaria de se juntar a nós?

— Eu adoraria — Vlad diz sem hesitação.

Espere, o que é isso agora? Almoço com meus pais e Vlad? Não estamos no estágio de "conhecer os pais".

Ainda estamos no estágio de limbo.

Então, novamente, eu meio que conheci os dele também.

Será que podemos voltar o filme?

— Que tipo de comida você gosta? — Papai pergunta a Vlad.

— Eu não sou exigente — ele responde.

Papai propõe uma longa lista de pratos, e ele e mamãe discutem para onde eles querem ir, como se Vlad e eu nem estivéssemos na sala. Enquanto eles continuam, eu olho para a cara de pau de Vlad.

Não tenho ideia do que ele está pensando sobre os dois intrusos.

Mamãe e papai foram as primeiras pessoas em que testei meu aplicativo. Meu código determinou que mamãe se parece com a princesa *Fiona* de *Shrek*, mas, alerta de spoiler, depois que ela se transforma permanentemente em um ogro. Papai combinou com *Garfield* – e pode ser por isso que Monkey tem tanto medo dele.

— O que você acha de sushi? — Mamãe pergunta a Vlad.

Ele coloca a mão no meu ombro. — Eu vou aonde Fanny for.

Espiando a mão, mamãe troca um olhar de cumplicidade com papai. — A comida que Fanny gosta é muito simples.

— Ei, eu como sushi — digo, tentando e falhando para não soar indignada.

Mamãe ri. — No Japão, eles servem pãezinhos californianos nos restaurantes de comida americana, junto com hambúrgueres.

Eu estreito meus olhos. — Eu peço outras coisas também. Que tal irmos e eu deixo você fazer o pedido por mim?

Mamãe bate palmas de empolgação e eu conduzo todos para fora do apartamento.

Meu telefone toca.

Eu dou uma olhada.

É uma mensagem de Vlad:

Quer pegar a limusine ou ir a pé até um ótimo lugar próximo?

Ele digitou isso no bolso?

— Mãe, pai, Vlad conhece um ótimo pequeno restaurante de sushi por perto — digo. — O que vocês acham?

Eles concordam de bom grado em dar uma caminhada e partimos em nossa jornada, com mamãe e papai nos questionando sobre como nos conhecemos e há quanto tempo estamos namorando.

— Trabalhamos juntos — responde Vlad,

imperturbável como sempre. — Que tal vocês dois? Há quanto tempo estão casados?

O desvio funciona. Mamãe começa a contar a história que eu gostaria de nunca ter ouvido, especialmente nas dezenas de vezes que ela a contou na minha presença. Aparentemente, ela respondeu a um anúncio no jornal e posou nua para a pintura de papai, ele a achou irresistível, e uma coisa levou à outra, com o que quero dizer que eles se cobriram de tinta e fizeram sexo selvagem em uma tela gigante. A obra de arte resultante está pendurada em sua sala de estar até hoje.

Se algum dia eu fizer terapia, tenho certeza de que vou trazer isso à tona. Muita coisa.

Vlad ouve essa história inadequada tão calmamente como se ela tivesse contado que eles se conheceram no eHarmony.

Em seguida, chega outra mensagem dele:

Quer que Ivan compre para você um cadeado de corrente para a porta?

Ele tem medo que da próxima vez que eles entrarem, vão começar a fazer arte na minha casa?

Sorrindo, eu respondo afirmativamente.

Que tal uma daquelas campainhas de vídeo inteligentes? Eu conheço uma marca que é extremamente segura em termos de privacidade.

Como também concordo com isso, chegamos ao restaurante e entramos.

— Konnichiwa — grita o pessoal do restaurante para nós em uníssono.

Vlad responde logo, sua pronúncia soando perfeita para mim.

Eu pego mamãe e papai trocando um olhar de aprovação.

Nós nos sentamos, e mamãe pede um sushi deluxe para mim, depois, faz o mesmo para ela e papai. Vlad pede seu sushi à la carte, nomeando as peças por seus nomes japoneses como um profissional.

— Então, Vênus, ouvi dizer que você canta ópera — Vlad diz quando a garçonete sai. Ele pega seu telefone. — Eu seria capaz de encontrar uma apresentação sua online?

Ela balança a cabeça com entusiasmo. — Pesquise meu nome, mas ignore todos os pacotes de navalhas e lâminas de barbear que aparecem no início da pesquisa.

Dois segundos depois, a mezzo-soprano de mamãe emana dos alto-falantes do telefone de Vlad.

— Ah — Vlad diz depois de apenas duas notas da música. — *A Habanera,* de *Carmen.*

— Case-se com ele — mamãe diz em um sussurro muito alto.

Meu rosto combina com o topo vermelho do molho de soja cheio de sódio.

Diante de Vlad, mamãe pergunta: — Que sotaque maravilhoso que detectei em sua fala?

— Russo — diz Vlad. — Falando nisso, você já participou de alguma coisa do Tchaikovsky? *Dama de Espadas* é a minha favorita.

A comida chega enquanto eles iniciam uma discussão animada sobre ópera russa, e uma coisa fica clara para mim: não importa o que aconteça entre nós, mamãe nunca, jamais, vai parar de falar sobre Vlad.

— Wolf, você é pintor, certo? — Vlad pergunta quando a boca de mamãe fica ocupada com um pedaço de atum gordo.

E assim, papai e Vlad logo estão citando nomes como *Repin* e *Malevich* enquanto falam sobre arte russa.

Como meu sushi e gosto da maior parte. No entanto, há dois pedaços de algo marrom que eu nunca vi antes e eles parecem particularmente pouco apetitosos.

— Isso é *uni* — Vlad diz, percebendo onde meus pauzinhos estão pairando. — São gônadas de ouriço-do-mar.

Claro que é. Ainda assim, esse é um nome melhor do que o que eu tinha na minha cabeça: sushi com cocô.

Estou determinada a ser aventureira, no entanto.

Como um pedaço de gengibre em conserva para limpar o paladar, depois, mergulho a ponta do pauzinho na substância marrom e lambo com cuidado.

É cremoso de uma forma nojenta e salgada demais para o meu gosto.

De jeito nenhum eu vou comer.

Grr. Agora, mamãe vai dizer: "Eu avisei". O que é injusto, porque comi todas as outras coisas, inclusive peixe cru.

— Sabe, esse é o meu favorito — diz Vlad, percebendo minha careta. — Podemos trocar?

Eu aperto seu joelho com gratidão e coloco a uni

em seu prato, pegando um pedaço de seu salmão e peixe amarelo em troca.

— Uni é considerada um afrodisíaco no Japão — mamãe sussurra para Vlad conspiratoriamente.

Se isso for verdade, dada a maneira como ela flerta com Vlad, ela deve ter comido um oceano inteiro de gônadas de ouriços no café da manhã.

— Você já esteve no Japão? — ela pergunta a Vlad.

Aqui vamos nós. Quando eu estava na faculdade, meus pais começaram a viajar, e agora eles nunca param de falar sobre isso – e sobre o fato de que além da minha única viagem a Praga, eu nunca estive em nenhum lugar fora dos Estados Unidos.

É outra escavação na minha falta de aventura. O que é injusto. Eu simplesmente não tive tempo ou dinheiro para viajar nessa fase da minha carreira.

Eu iria a muitos lugares se pudesse.

Provavelmente.

Eu espero.

Vlad concorda. — Kyoto era minha cidade favorita, mas estive em todo o país.

Mamãe sorri. — Nós também. Tudo tinha sabor de matcha em Kyoto. Você foi ao Monkey Park?

Eles se unem pelo Japão por um tempo antes de mudar o foco para a Rússia, sobre o qual questionam Vlad. É um destino que eles não riscaram de sua lista de desejos. Eu ouço enquanto ele responde com prazer às suas perguntas, contando-lhes tudo sobre sua cidade natal, Murmansk, e como se pode ver a aurora boreal no inverno.

Tenho que admitir, eu mataria para ver isso.

O fenômeno da aurora boreal está definitivamente na *minha* lista de desejos.

Terminamos a refeição com sorvete de chá verde frito que, segundo mamãe, "não é tão bom quanto o que você consegue em Kyoto".

Quando chega a conta, Vlad a pega e entrega o cartão ao garçom antes que meu pai possa abrir a boca para dividir a conta.

— Obrigada — mamãe diz a ele enquanto saímos do restaurante e voltamos para minha casa.

O questionário russo continua durante nossa caminhada para casa. Quando chegamos ao meu prédio, Vlad para e sorri calorosamente para meus pais.

— Foi muito bom conhecer vocês dois — diz ele. — Gostariam de uma carona para casa?

Eles parecem confusos até que ele aponta para a limusine.

Mamãe dá a ele um olhar do tipo que entendeu tudo. — Sim, por favor. Obrigada.

Caminhamos até a limusine, onde Vlad pega uma grande mochila de Ivan e diz algo em russo, acenando para meus pais.

Ivan abaixa a cabeça concordando e segura a porta para mamãe e papai enquanto eles entram.

— Tchau — digo com um aceno. — Ligue antes de vir da próxima vez.

A limusine se afasta e eu solto um suspiro. — Eles não vão ligar.

Vlad abre o zíper da mochila. — Isso deve ajudar.

Dentro da bolsa há uma furadeira, o cadeado e uma caixa com, provavelmente, a campainha de vídeo.

Quando chegamos à minha porta, eu vejo Vlad instalar tudo em questão de minutos – uma exibição inesperada de habilidades de faz-tudo que é um afrodisíaco mais forte do que as gônadas de ouriços.

Depois que a campainha está configurada e eu tenho o aplicativo de pré-requisito em execução no Precioso, Vlad diz: — Vamos testar.

Eu entro e fecho o novo cadeado, deixando-o na porta.

Ele toca a campainha.

Precioso me mostra seu rosto lindo.

— Sim. Funciona. — Abro a fechadura, mas não o cadeado.

Ele tenta abrir a porta, mas o cadeado o impede.

— Ótimo. — Eu o deixo entrar de verdade, meu coração acelerando enquanto me preparo para ser ousada mais uma vez. Olhando-o nos olhos, digo o mais firmemente que consigo: — Agora, provavelmente devemos retomar o *outro* tipo de teste.

Seu rosto fica tenso. — Tem certeza?

Em vez de uma resposta, eu o levo para a sala e abro a mala novamente.

Como um dos cães de Pavlov, já estou salivando com a promessa de mais orgasmos.

— Eu quase esqueci. — Vlad tira um pequeno pacote de tecido rendado de seu bolso. — Você deixou isso no meu banheiro.

Caralho. Esqueci minha calcinha na casa dele e nem percebi.

Bochechas quase explodindo, eu arranco a calcinha de sua mão. — Me desculpe por isso. Tive que sair com pressa e tudo.

— Sobre isso... — Ele se aproxima, seus olhos impossivelmente azuis por trás das lentes dos óculos. — Eu espero que você esteja ok.

Ok? O que ele... Oh. Tudo me aquece quando me lembro da noite passada e da maneira como ele se afastou abruptamente.

— Foi porque eu parecia uma aberração? — Eu deixo escapar.

Sua testa franze. — Do que você está falando?

— Nós nos beijamos. Você se afastou. Você achou que eu parecia uma aberração, certo? — Eu aponto para minhas sobrancelhas falsas.

Sua expressão muda de confusão para desejo inconfundível, suas pálpebras baixando enquanto seus olhos varrem avidamente meu corpo. Aproximando-se de mim, ele envolve meu rosto em suas palmas largas. — Fannychka ... — Sua voz roucamente aveludada. — Você ficaria linda sem um único fio de cabelo na cabeça.

Oh. Meu. Deus. Se eu fosse um computador, as mensagens de erro do sistema estariam estridentes nos alto-falantes. Como, meu coração bate forte e todos os pelos do meu corpo se arrepiam, como se uma corrente elétrica estivesse correndo sob minha pele.

Eu. Estou. Tão. Afim.

— Você tinha vodca no seu sistema — ele continua sem me soltar. — E eu... — Ele respira fundo. — Eu quero sua mente clara quando você me implorar para te foder.

Uau. Agora o computador explodiria.

Eu não esperava ouvir essas palavras saírem de sua boca – e agora que o fez, as imagens dançando em minha mente estão além do índice de menores.

E quente.

Tão escaldante que parece que perdi a língua.

— Implorar? — Eu finalmente consigo dizer.

Um sorriso arrogante puxa seus lábios sensuais. — Eu acho que você também pode simplesmente pedir. Gentilmente.

— Gentilmente?

— Bom o suficiente — ele murmura e abaixa a cabeça, inclinando seus lábios nos meus.

Santos ovários hiperativos. Agora, sinto que alguém pegou os pedacinhos do computador explodido e começou a juntá-los novamente, prestando atenção especial às zonas erógenas.

O beijo está mais faminto do que o da noite passada.

Mais primitivo.

Meus joelhos começam a ficar fracos.

Ele deve notar. Ainda me beijando, ele me puxa para o sofá, e quando eu me jogo para trás nele, ele se inclina sobre mim, os lábios roçando minha orelha enquanto ele murmura asperamente: — Eu queria inclinar você sobre a mesa no Starbucks quando a vi pela primeira vez.

Erro. Erro. Sobrecarga hormonal. Funções de fala comprometidas. É necessário reinicializar.

Perdendo minha cabeça completamente, eu aperto sua camisa em meu punho e o arrasto para cima de mim.

Os músculos retraídos pressionam firmemente contra meu corpo.

Voltamos a nos beijar.

Minha mão desliza por seu cabelo grosso e sedoso.

Ele mordisca meu lábio.

Eu chupo sua língua.

O vapor se acumula entre minha pele e roupas. Quero tirá-las, então, começo a desabotoar minha camisa.

Ele se inclina ligeiramente para trás, as pupilas dilatando-se impossivelmente.

Eu escorrego para fora da minha blusa.

Ele rasga a camisa, mandando botões voando como balas pela sala. Deixado em uma camiseta branca, ele a tira também.

Saturação do buffer de vídeo. Placa de vídeo com overclock.

Vlad deve passar muito tempo na academia. Isso ou seu corpo foi esculpido na Grécia antiga. Os músculos duros brilham com gotas de suor, e eu quero lamber todos eles.

Ele desabotoa meu sutiã, libertando *Pinky* e *Cérebro* de sua prisão.

— Lindos. — Ele segura *Pinky*, e meu mamilo praticamente perfura sua palma.

Você pode enlouquecer de luxúria? Preciso tanto dele dentro de mim que acho que vou gritar.

Beijando seu pescoço, eu deslizo minha língua sobre seus peitorais, descendo pelo abdômen e mais abaixo, em direção à faixa de cabelo abaixo de seu umbigo. Ao mesmo tempo, abro o zíper de suas calças.

Santo inferno.

Drácula está quase saindo de sua cueca.

Vlad tira a calça, então, tira minha calça jeans.

—Você está bem? — ele pergunta, olhos semicerrados.

Eu puxo minha calcinha em resposta.

Depois disso, desafio qualquer um a me chamar de pouco aventureira.

— Linda. — Sua voz sai gutural, como um homem das cavernas.

Ele monta em mim, sua pele nua esfregando sobre a minha.

Eu não posso acreditar que isso está acontecendo.

Ele beija meu pescoço, em seguida, chupa meu mamilo antes de arrastar languidamente sua língua sobre minha barriga e para baixo. E mais abaixo ainda, com uma lentidão provocadora e entorpecente.

Depois do que pareceu uma eternidade, sinto seu hálito quente no meu sexo.

Divisão por zero. Arquivo não encontrado.

Ele dá uma lambida de sondagem.

Eu grito.

O material mole da Era Espacial de Belka não tem nada em sua língua inteligente e giratória. Tão inteligente, deveria receber um PhD honorário de Harvard.

A pressão aumenta.

Amasso minhas mãos em seus cabelos, arqueando à medida que a pressão fica insuportável, intensificando-se a cada segundo que passa.

Com um gemido alto, eu estalo.

Ele olha para cima, a satisfação masculina primitiva estampada em seu lindo rosto. — Mais?

— Deite. — Minhas palavras saem com ousadia, quase como um comando. Não há espaço para timidez no desejo que me domina.

Ele obedece de bom grado.

Eu puxo sua cueca para baixo, liberando Drácula.

Erro de driver de dispositivo de entrada. Aloque mais espaço.

Cautelosamente, eu dou uma lambida de sorvete em seu eixo.

Ele se contorce em resposta, me incentivando.

Eu deslizo tudo dele em minha boca, a mandíbula se esticando até o limite.

— Caralho — Vlad grunhe acima de mim.

Tomando isso como incentivo, faço um círculo com minha língua.

E outro.

Depois de um terceiro, ele se afasta. — Não quero terminar assim. — Sua voz está rouca, sua respiração, irregular. — Eu quero estar dentro de você. Supondo que você esteja pronta para isso.

Pronta?

Se eu não o tiver dentro de mim, posso morrer.

Só há um problema.

— Eu não tenho camisinha. — olho ao redor da sala de estar como se procurasse a fada do látex.

Seus olhos vagam vorazmente pelo meu corpo. — Nem eu. Todo esse desenvolvimento é um pouco inesperado.

Eu lanço um olhar para sua ereção. — Você disse que está limpo.

Sua respiração engata, a voz ficando mais áspera. — Você também. E você está tomando pílula.

— Como você. Quero dizer, *estou* tomando pílula. A única que toma pílula.

Ugh, por que estou tagarelando? E corando de novo?

Em vez de responder, ele me levanta e se move até trocarmos de lugar, comigo esparramada no sofá e ele por cima, o Drácula contra a minha barriga.

Seus lábios se inclinam sobre os meus mais uma vez, e quando eu retribuo o beijo, sinto seus dedos perversos entrarem em mim.

Uau.

Eu suspiro em sua boca quando ele localiza meu ponto G com uma precisão da qual Monstro teria ciúme, então, o esfrega levemente.

Eu me desfaço com um grito.

Com as pálpebras pesadas, ele leva os dedos à boca e os lambe para limpá-los. — Delicioso.

Seus dedos deixam um vazio corrosivo que precisa ser preenchido.

É hora de levar minha ousadia ao nível máximo.

Eu envolvo minha mão em torno de Drácula e lentamente o guio para dentro de mim.

Dispositivo de entrada conectado. Erro. Reinicialização iminente.

O rosto de Vlad parece tenso enquanto eu o observo em pequenos incrementos, deixando meus músculos se ajustarem.

Ok. Eu consigo tê-lo. Fiquei preocupada por um segundo.

— Você está bem? — ele grunhe quando Drácula está enraizado tão profundamente quanto pode.

Eu consigo dar um pequeno aceno de cabeça.

Ele começa a empurrar, levemente no início.

Eu gemo.

Ele acelera.

Minhas unhas cravam em suas costas.

As estocadas se intensificam, mas não o suficiente.

Eu desejo mais.

Mais duro.

Mais profundo.

Deslizando minhas mãos para seus glúteos, eu arqueio para cima, empalando-me enquanto me inclino para a borda.

Meus dedos do pé enrolam enquanto eu grito seu nome.

Enquanto meus músculos pélvicos tremem em torno de Drácula, Vlad grunhe de prazer. Eu o sinto endurecer, e então há a sensação de calor de sua liberação – o que me leva a outro clímax.

— Porra. — Ele me abraça com força, seu peito arfando contra o meu. — Isso foi notável. — Percebendo que ele pode me sufocar, ele se apoia em um cotovelo.

Sorrindo em seu rosto, eu esfrego meu nariz contra o dele, canalizando minha porquinha-da-índia interior.
— Só notável?

— Surpreendente. De outro mundo. — Ele sorri. — Melhor?

— Um bom começo. — Eu me esquivo de debaixo dele e fico de pé. — Continue falando enquanto você se junta a mim no chuveiro.

Rindo, corro para o banheiro e, enquanto ele me persegue, me apimenta com adjetivos positivos suficientes para preencher um dicionário de sinônimos.

Uma vez lá dentro, coloco a água do chuveiro em uma temperatura confortável e entro no jato d'água.

Ele me olha faminto, então entra, ocupando todo o maldito espaço.

Antes que eu possa protestar, ele começa a me ensaboar sensualmente.

Ok, acho que tudo está perdoado.

Assim que estou completamente limpa, retribuo o favor, cobrindo cada um de seus músculos abundantes com sabão.

— Você sabe — digo enquanto ensaboava seu abdômen —, se eu quisesse ser malvada com meu filho, eu o chamaria de Six.

Ele sorri. — Six Pack. Isso é muito perverso.

Quando o banho termina, nos enrolamos em toalhas e voltamos para a sala.

— Sua camisa já era. — chuto a bagunça sem botões com o pé descalço.

Ele encolhe os ombros. — Eu posso usar a camiseta.

Ele vai realmente parecer casual para variar? O universo pode implodir.

Vê-lo com aquela toalha me excita novamente, e minha recém-descoberta ousadia não mostra sinais de diminuir.

— O que devemos fazer agora? — pergunto, olhando para a mala.

Drácula acabou de mexer sob aquela toalha?

Vlad sorri. — O que você tem em mente?

— Existem brinquedos que ainda não testamos. — Eu finjo inocência batendo meus cílios para ele. — Eu, por exemplo, acho que é um descuido que precisa ser consertado.

Ele desembrulha sua toalha para revelar Drácula pronto para a ação.

Muito insaciável?

Eu amo isso.

Tonta, escolho um brinquedo para usar nele – e o levo a outro clímax. Em seguida, ele retribui o favor muitas vezes, já que há mais brinquedos voltados para mulheres.

Inúmeros orgasmos depois, ficamos sem brinquedos e meu estômago ronca.

— Que falta de educação. — bato em minha barriga antes de vestir minha calcinha e jeans.

— É melhor alimentarmos a besta. — Ele pega seu telefone. — O que você está a fim de comer?

— Pizza?

Ele acena com aprovação. — Um dos melhores lugares do país fica a apenas alguns quarteirões de distância.

———

A PIZZA de massa fina é de outro mundo, e nós a devoramos com cerveja e uma boa conversa. Entre outras coisas, descobrimos a idade um do outro – ele tem trinta e dois anos e eu, vinte e quatro – e quando é o aniversário um do outro, um tópico que leva a uma discussão sobre nosso ceticismo mútuo em relação aos signos do Zodíaco.

Quando nosso jantar termina, alimentamos as outras feras – Oracle e Monkey.

Uma vez que nossos animais de estimação são porcas felizes, Vlad e eu nos aconchegamos no sofá e assistimos a *Matrix*. Enquanto o filme passa, tento não pensar nas implicações do que acabou de acontecer e apenas aproveito o momento. Porque se eu pensar sobre isso, vou pirar.

Porque eu acabei de transar com Vlad.

Com o chefe da minha chefe.

O computador certamente travará se eu continuar a pensar.

Em vez disso, concentro-me no filme. Dizemos nossas falas favoritas junto com os personagens e, em alguns casos raros, reclamamos de algo que achamos que poderia ter sido feito melhor.

Por exemplo, por que as máquinas usavam humanos como baterias quando os porquinhos-da-índia precisariam de uma prisão de realidade virtual muito mais simples para mantê-los contentes?

— Acho que a razão original pela qual as máquinas precisavam de humanos era como substrato computacional — diz Vlad. — Parecia uma ideia muito complexa para o público em geral, por isso foi simplificada. Ou talvez fosse apenas colocação de produto.

Eu sorrio para ele. — Aposto que você está certo.

— Isso sempre me incomodou — diz ele quando Trinity zomba da clássica frase "Se livra dessa" e atira na cabeça do agente. — Dada a rapidez com que os agentes podem se mover, ela não teria tido tempo de terminar as palavras antes que ele a impedisse.

Eu balanço minha cabeça com veemência. — Quando uma fala é tão legal, você precisa apenas relaxar e não pensar demais.

Ele ri e terminamos o resto do filme sem comentários. Em seguida, assistimos às sequências, reclamando com mais frequência do que fazemos.

— Eu deveria ir embora — ele diz quando os

créditos do último episódio da trilogia começam a aparecer.

Ainda no auge da minha bravura, digo: — Se quiser, pode ficar.

Acontece que ele gosta muito da ideia de ficar, então, vamos para o quarto, onde prontamente acabo de quatro.

— Isso foi ainda melhor do que antes — ele murmura com voz rouca quando nós dois somos apenas macarrão mole na minha cama.

Meu sorriso exagerado é bobo. — Sabe, se fôssemos porquinhos-da-índia, você seria oficialmente o dominante depois disso.

Sua risada se transforma em um bocejo.

— Faz conchinha comigo. — Sai mais mandão do que planejei, mas ele sorri e obedece.

Antes que eu perceba, eu adormeço assim.

Aninhada com segurança em seus braços.

CAPÍTULO VINTE E SETE

SINTO-ME aquecida e confortável e apenas parcialmente acordada.

Às vezes, dormir é como reiniciar o computador para o meu cérebro, e esta manhã, isso é mais verdadeiro do que nunca – certamente estou tendo pensamentos que se esconderam em meu subconsciente até agora.

É louco como me sinto conectada a Vlad.

Além disso – e talvez eu esteja delirando – sinto que o conheço. Conheço o verdadeiro *ele*, não a máscara de Empalador que todos no escritório temem.

Na verdade, em pouco tempo, comecei a sentir que nós dois nos encaixamos como um conjunto de bonecas matryoshka aninhadas.

Eu sorrio enquanto penso em nós aninhados no meu sofá. Foi a melhor noite de que me lembro. E o sexo foi o mais alucinante da minha vida.

Na verdade, eu posso ter tido mais orgasmos ontem do que todo o ano anterior.

Mais importante ainda, nunca senti esse tipo de conexão com um cara. Meu relacionamento mais longo foi Bob, e no ano em que namoramos, não acho que o conhecia tão bem, ou sentia que nos encaixávamos bem, ou gostava da intimidade, ou...

Merda.

Eu poderia estar apaixonada por Vlad?

Uma descarga de adrenalina bane os resquícios de sonolência.

Me apaixonar por ele pode ser um desastre. Ele pode não sentir o mesmo – e ele é meu chefe.

Porcaria.

Na verdade, dormi com o chefão da empresa.

Se alguém descobrisse, eles me acusariam de cavar meu caminho até o topo – ou no departamento de desenvolvimento. E se eu for movida ou promovida por um motivo diferente do mérito?

Ugh. Essas seriam coisas boas a se considerar antes de tirar minha calcinha. Em minha defesa, ele já estava sem camisa e eu sou apenas de carne e osso.

Eu abro meus olhos.

Vlad não está na cama comigo.

Esquecendo a questão do chefe. Meu medo agora é que a noite passada não significou nada para ele.

O cheiro de algo frito e delicioso chega às minhas narinas.

Eu me coloco de pé.

Talvez Vlad não tenha ido embora, afinal?

Eu corro para o banheiro para ficar apresentável.

Interessante. Eu tenho pelos crescendo. Na área da sobrancelha – não no meu queixo. As tatuagens temporárias também estão se segurando, mas dado esse surto de crescimento, não vou precisar delas em alguns dias.

Dentes escovados e aplicada maquiagem, coloco uma roupa e corro para a cozinha.

É Vlad.

Ele está de costas para mim, e está vestindo apenas a calça.

Esses músculos das costas o fazem parecer um remador ou um nadador.

A baba se forma na minha boca, apenas em parte devido aos cheiros das gostosuras fritas em que ele está trabalhando.

Ele deve cozinhar completamente nu da próxima vez.

Espere, não. Isso poderia expor o Drácula a queimaduras de óleo quente.

Eu limpo minha garganta ruidosamente.

Ele se vira. — Ah. A gatinha sonolenta acordou. Quando me levantei, acidentalmente fiz muito barulho, mas você nem se mexeu.

Eu sorrio. — Eu não tenho o sono leve.

Ele acena para a panela. — Espero que você goste dos seus ovos finalizados facilmente.

Finalizados facilmente?

Isso é mensagem subliminar? Ele está dizendo que acabamos ou que eu sou fácil?

Ele levanta uma sobrancelha. — Uma carranca na minha escolha de ovo? Que tal eu pegar esse lote e você me dizer como quer que o seu seja feito?

Eu franzi a testa? Droga. — Mexidos, por favor.

— Muito americano. Sente-se. — Ele aponta para a mesa.

Eu obedientemente me jogo ao lado de uma cadeira que tem uma camisa de homem estendida sobre ela – uma camisa com botões que estão presos, o que significa que não é a de ontem.

— Onde você conseguiu uma muda de roupa? — pergunto.

— Ivan trouxe, junto com as compras. — Ele se volta para o fogão. — Havia teias de aranha na sua geladeira.

Ótimo, Ivan sabe que Vlad ficou aqui.

Na verdade, Ivan, sendo seu motorista, saberia de qualquer maneira.

Ainda assim, minhas bochechas estão quentes. Embora eu nunca tenha feito a caminhada da vergonha, aposto que é um pouco assim.

Ele bate um papo enquanto tamborilo meus dedos na mesa, debatendo se devo simplesmente perguntar a ele o que ele acha que está acontecendo entre nós.

Eu deveria.

E vou.

A qualquer momento agora.

Ele está de costas. Isso torna tudo mais fácil, não é?

Não.

Não está acontecendo.

274

Devo ter usado toda a minha ousadia e bravura ontem.

Com água na boca além da razão, eu observo Vlad colocar o conteúdo da frigideira em um prato, então, quebrar outro ovo, colocar um pouco de leite e mexer.

Droga. Quem teria pensado que tais minúcias domésticas poderiam ser tão sexies? Eu sinto meu cérebro mexido junto com aquele ovo.

Não seria estranho se eu brincasse comigo mesma aqui na mesa do café da manhã?

Ou se eu tivesse um brinquedo?

— Aqui. — Ele raspa a frigideira em outro prato e traz o sabor delicioso para a mesa, junto com uma garrafa de ketchup.

Eu ataco minha comida. Depois dos esforços da noite passada, meu apetite está nas alturas.

— São oito e quarenta e cinco — digo quando o pior da minha fome é saciado. — Você é lendário por estar em seu escritório ao amanhecer. O que houve?

Ele encolhe os ombros. — A beleza de não ter patrão é que me levanto quando quero.

— Aposto que é bom. — Coloco mais ovo na boca. — Como você acabou tendo sua própria empresa, em primeiro lugar?

Ele sorri. — Depois da faculdade, trabalhei um pouco para a Bloomberg. Como morava com os pais, consegui economizar algum dinheiro. Quando percebi que precisava cuidar das coisas sozinho se não quisesse enlouquecer, pedi a meus pais um empréstimo para me ajudar a iniciar a Binary Birch. O resto é história.

— Impressionante — digo, atacando o resto dos meus ovos. E eu quero dizer isso. Ter uma empresa de software de sucesso aos trinta e dois anos não é pouca coisa.

— Quais são seus planos para o dia? — ele pergunta.

Eu engulo os ovos na minha boca. — Escrever os resultados dos testes da Belka. Reunir-me com Sandra para lhe dar atualizações – e espero conseguir um novo trabalho. Depois disso, tenho uma reunião com Mike Ventura.

Ele franze a testa. — Ventura? Por quê?

É ciúme que ouço em sua voz?

— Bate-papo sobre códigos — digo.

— Entendo — diz ele, a carranca indo embora. — Sabe, se você tiver alguma dúvida sobre programação, pode falar comigo. Posso saber uma ou duas coisas que Ventura não sabe.

— Vou aceitar isso agora que eu sei. — Eu sorrio maliciosamente para ele. — Você gostaria que eu cancelasse a reunião com Mike?

Ele espeta o resto de sua comida. — Tudo bem. Ventura é um programador decente. Duvido que seu conselho possa fazer muito mal.

Pego nossos pratos vazios e os levo para a pia. — E você? Grandes planos para o dia?

Para minha profunda decepção, ele começa a vestir a camisa. — Reuniões. Treinamento de Krav Maga. Almoço com você, supondo que você esteja disponível.

Hã. É com Krav Maga que ele fica tão em forma?

— Acho que *posso* estar disponível para o almoço. — Meu sorriso ansioso torna difícil bancar a tímida.

— Bom. Se importa se eu deixar Oracle aqui? — Ele aponta para o aquário. — Depois que eu as alimentei, ela e Monkey se divertiram brincando.

— Claro que ela pode ficar.

Especialmente porque isso garante que você tem que vir buscá-la.

E talvez ficar de novo.

E...

— Venha trancar a porta atrás de mim — diz ele.

Eu o sigo lá.

Ele calça os sapatos.

De repente, me sinto tímida. — Tchau?

— Não. — Ele se inclina e me dá o beijo de despedida mais quente da minha vida. Quando ele se endireita, há um sorriso puramente masculino em seus lábios. — Agora é um tchau.

Fechando a porta, eu me abano.

Esse homem vai me transformar em uma viciada em sexo.

Meus passos são leves quando volto para a sala de estar. Abrindo meu laptop, finalizo a documentação do teste – corando com minhas lembranças enquanto digito.

Quando termino, verifico as porquinhas. Elas estão se acariciando, felizes como mariscos em um restaurante vegano.

Como meu encontro com Sandra está se aproximando, começo meu trajeto até o escritório.

CAPÍTULO VINTE E OITO

ENQUANTO NOS ACOMODAMOS na sala de reuniões, Sandra não encontra meu olhar.

Esquisito.

Ela acha que estou prestes a desapontá-la?

— Tenho boas notícias — digo, e conto a ela que o teste foi concluído.

— Isso é ótimo — diz ela, ainda sem encontrar meus olhos. — Tenho certeza que o Sr. Chortsky ficará satisfeito.

Ela estremeceu na última parte?

Que diabos é isso?

— Estou pronta para outros projetos agora — digo. — Você tem algo interessante para eu testar?

Ela finalmente olha para mim. — Isto é um pouco repentino. Deixe-me pensar e voltarei a falar com você.

Ok. Eu acho que a embosquei por ter feito esse projeto tão rapidamente. Ainda assim, não posso deixar de sentir que ela está se comportando de maneira estranha.

— Como vão as coisas com você, em geral? — pergunto.

Talvez algo esteja acontecendo com sua saúde?

Ela se levanta. — Está tudo ótimo. Eu tenho outra reunião, então, é melhor eu correr.

Ok, tanto faz.

Espero que ela saia e verifico as horas.

Ainda tenho alguns minutos antes do meu encontro com Mike.

Indo para a copa, eu faço chá, me perguntando o tempo todo se Vlad vai me pegar aqui novamente.

Ou melhor, esperando que ele faça.

Não. O chá terminou, sem Vlad à vista.

Eu chego cedo à sala de reuniões e tomo outra caneca de chá enquanto verifico se há novas mensagens do Phantom. Se Mike acabar sendo meu mentor misterioso, seria educado estar a par de sua sabedoria.

Acontece que Phantom estava muito ocupado para escrever.

Ah, bem. Talvez como eu, ele teve uma segunda-feira ocupada.

Pego o telefone do trabalho para verificar meu e-mail, mas antes de fazer isso, a porta da sala de reuniões se abre e *Butt-Head* – quer dizer, Mike – entra animado.

Com um largo sorriso, ele passa por uma dúzia de cadeiras antes de se jogar em uma ao meu lado.

Todo mundo está agindo estranho hoje, ou algo está acontecendo comigo?

— Onde está seu laptop? — Coloco meu telefone sobre a mesa. — Eu não trouxe o meu.

— Laptop? — Ele me olha boquiaberto como se eu tivesse gerado um moicano rosa.

Eu olho para ele em confusão. — Não precisamos de uma tela para ver o código?

Ele desliza a cadeira para mais perto de mim. — Na verdade, eu tenho uma confissão a fazer. Não era sobre código que eu queria falar com você.

Por que tenho um mau pressentimento sobre isso?

Eu afasto minha cadeira. — O que então?

Ele se inclina e posso sentir o cheiro de café estragado e até mesmo de alho mais velho em seu hálito. — Rumores dizem que você está usando os caras do escritório para testar brinquedos sexuais – e eu quero me oferecer como voluntário.

CAPÍTULO VINTE E NOVE

MEUS OLHOS quase saltam das órbitas. — O quê?

Ele franze a testa. — Achei que tivemos um momento ali, no elevador. Ou você só convida pessoas que podem ajudar na sua carreira?

Eu me ponho de pé, meu rosto queimando como se tivesse levado um tapa. — Essa conversa acabou.

Ele pula e agarra meu cotovelo. — Ei. Sou da equipe de desenvolvedores. Você quer ir para lá. Tenho certeza que posso ajudar.

Eu dou a ele um olhar mordaz. — Me solta.

— Vamos. Não seja assim. — Seu aperto aumenta. — Eu só...

— Solte-a. Agora.

A voz é puro Empalador.

Mike afrouxa o aperto instantaneamente.

Vlad está na porta, seu olhar treinado no meu agressor.

Se olhar pudesse matar, o corpo de Mike seria uma casca sem sangue.

Empalidecendo, Mike olha de mim para Vlad. — Eu só estava...

Antes que eu possa piscar, Vlad está entre mim e Mike. — Saia.

Mike dá um passo arrastado para trás. — Eu só queria ser um testador, como você.

Vlad dá um passo ameaçador em direção a seu empregado. — Você está demitido. RH imediatamente.

Por um segundo, Mike parece em estado de choque – como se o conceito de ser despedido por assediar uma colega de trabalho fosse uma ciência espacial para ele. No momento seguinte, a raiva substitui o choque em seu rosto. — Quão conveniente. Uma vaga é aberta na equipe de desenvolvimento exatamente como sua amante deseja.

— Você está passando dos limites. — A voz de Vlad é gutural e assustadora. — Mais uma palavra e você será removido à força do local. — Seus punhos poderosos se fecham e se abrem ao lado do corpo.

Mike empalidece ainda mais, sua bravata murcha. Girando nos calcanhares, ele sai correndo da sala.

Vlad caminha até o telefone no meio da mesa e ordena à segurança que Mike deixe o prédio e nunca mais volte.

Enquanto ele faz isso, eu finalmente me recupero do choque o suficiente para começar a juntar as peças.

Um boato. Sobre meus testes.

Foi por isso que Sandra agiu tão estranho? Ela também tinha ouvido falar desse boato?

E que estranho é. Eu testando com um bando de homens? Por que eu faria isso? Eu só precisava de um.

E Vlad vindo em meu resgate. Como ele chegou aqui tão rápido?

Então me lembro dele falando sobre hipoteticamente assistir ao meu encontro com Sandra através das câmeras.

Eu acho que não era hipotético. Ele realmente observa o que acontece aqui, pelo menos quando está com ciúmes.

Desligando, Vlad vira seu olhar feroz na minha direção. — Eu sabia que algo estava errado sobre essa reunião.

Eu dou um passo para trás. — Eu pensei que ele era Phantom. Como eu estava...

— Phantom? — Ele pronuncia a palavra com um forte sotaque russo. — Não é ele. Sou eu.

— Você?

Eu me sinto uma idiota.

Claro que é ele. Aquela longa conversa com minha mãe sobre ópera. Código elegante. Preocupação com a privacidade do meu banco de dados de fotos.

Quem mais poderia ter sido?

— Por que você não disse antes? — Eu pergunto atordoada.

Minhas emoções estão em todo lugar. Não tenho ideia do que pensar sobre nada disso.

Ele esfrega a mão no rosto. — Eu queria a liberdade

de ser seu mentor sem complicar nosso relacionamento já complexo. Mais importante, simplesmente não aconteceu

Relacionamento complexo.

Isso é o eufemismo do século.

— Como eles descobriram o teste? — Dou uma espiada no chão do escritório através das paredes de vidro. — Sandra?

Os músculos de sua mandíbula ficam tensos. — Ela não faria. Eu acho que você revelou isso. Inadvertidamente.

— Eu? — A questão é o mais perto que posso chegar de um rosnado. — Do que você está falando?

— Você não leva a privacidade a sério. — As palavras saem cortadas – uma acusação, se é que alguma vez houve. — Adivinhei a senha em seu repositório de controle de origem sem esforço. Chocula2019, certo?

Eu cambaleio para trás. — Como?

— O nome de variável extravagante que você usou em demasia, mais o ano atual. Não é tão complicado. E aposto que você usa exatamente a mesma senha para fazer login no servidor em nuvem onde guarda a documentação de teste. Diga que estou errado.

Ele não está errado, mas também não conseguiria me fazer sentir mais estúpida, se tentasse.

Eu começo a ver vermelho. — Você me hackeou?

Ele me dá um de seus olhares de Empalador. — Alguém mais te hackeou. Limpei aquela variável do contador, lembra? Eu estava cuidando de você.

Que besteira. — Se você sabia que minha senha não era segura, por que não me disse?

— Eu não tive chance. Além disso, eu não queria que você pensasse que eu estava invadindo sua privacidade.

— Certo, certo. E agora minha reputação está em frangalhos. — Uma situação que se torna infinitamente pior pelo fato de ser tudo culpa minha.

Eu não poderia ficar mais envergonhada nem se tentasse.

Ele suspira e ajusta os óculos. Ele parece infinitamente menos zangado agora. — Eu terei que olhar para esse negócio de boatos. Por enquanto, você deve alterar suas senhas em todos os lugares que puder. Antes tarde do que nunca. Em vez de usar as letras da sua palavra favorita, você pode trocá-las por números que correspondem à posição dessas letras no alfabeto. Ou apenas use...

— Não me proteja! — Racionalmente, sei que não estou sendo totalmente justa, mas não aguento mais. O caldeirão de raiva e constrangimento em meu peito atingiu o ponto de ebulição. — Eu tive aula de criptografia na mesma faculdade que você.

Suas sobrancelhas se juntam. — Eu não estava...

— Estou indo embora. — passo por ele e sigo para a porta.

— E o almoço? — ele chama pelas minhas costas.

— Perdi o apetite. — corro para os elevadores.

Não estou fugindo dele tanto quanto deste escritório, com seus rumores tóxicos.

Para meu alívio, ninguém cruza meu caminho. Assim que a porta do elevador se abre, pulo para dentro e aperto o botão do saguão.

Quando as portas estão fechando, vejo Vlad caminhando em minha direção, sua expressão escura como a noite.

Ele está me perseguindo?

Não importa.

As portas do elevador se fecham antes que ele possa enfiar a mão.

————

NO TÁXI, a caminho de casa, repasso o que aconteceu na minha cabeça.

De novo e de novo.

Não importa de que ângulo eu olhe, o que costumava ser minha grande reputação na Binary Birch, agora é história.

Embora as pessoas não saibam que fui um clichê completo e realmente dormi com o proprietário da empresa, elas acham que usei brinquedos nele e em outros caras – o último sendo uma mentira dolorosa. Não importa o que aconteça agora, o espectro do tratamento preferencial vai contaminar minha carreira, o que é uma droga porque dou duro no meu trabalho. Na verdade, eu entrei nessa confusão porque era uma desenvolvedora muito boa. Não que alguém vá se importar mais. Agora, eles vão presumir que estou usando sexo para conseguir o que quero, seja uma transferência para o departamento de desenvolvimento ou uma promoção.

A pior parte é que, se eu conseguir essa transferência agora, eu mesmo não terei certeza de que aconteceu pelos motivos certos.

Quando o táxi entra no Brooklyn, meus pensamentos se voltam para Vlad, e meu constrangimento e raiva dão lugar a uma mistura de culpa e arrependimento.

Eu não deveria ter atacado ele do jeito que fiz. O que aconteceu não foi culpa dele.

Quero dizer, ele poderia – Sr. Privacidade – você lidou melhor com a situação da senha?

Provavelmente.

Ele me deve as informações do Phantom?

Não exatamente.

Na verdade, o elogio de Phantom parecia realmente genuíno, mais merecido antes que eu soubesse que Vlad estava por trás disso.

Paramos ao lado da minha casa.

Eu pago e corro para a minha porta.

Um pacote está esperando por mim lá.

Dentro da caixa está uma pochete – embora se chame de "bolsa de cintura". É Chanel, muito estiloso e contém uma nota assinada por Vlad:

Você merece.

Não sei como deveria me sentir sobre isso. A bolsa deve custar milhares de dólares.

A data de envio é anteontem, então, ele não sabia da

bagunça de hoje quando a enviou. Ou que dormiríamos juntos.

É um sinal de que ele gosta de mim ou um agradecimento por um trabalho bem feito?

Eu sei que não estou pensando com clareza agora, então, pego Precioso e ligo para Ava.

Ela não atende.

Deixo uma mensagem de voz para ela me ligar o mais rápido possível e até mesmo envio uma mensagem de texto SOS.

Sem resposta.

Talvez eu deva mandar um e-mail para ela para garantir? Às vezes, ela verifica sua caixa de entrada no computador do trabalho quando o telefone está mudo.

Eu entro em meu e-mail e algo em minha caixa de entrada chama minha atenção.

É aquele alerta do *Google* que criei para monitorar notícias que mencionam o nome de Vlad.

Curiosa, clico no alerta e abro o artigo em questão.

Está no site da *Cosmopolitan*. O slogan afirma:

Os brinquedos sexuais da Belka são tão viciantes, que o recluso CEO Vlad Chortsky não pôde deixar de testar em si mesmo.

CAPÍTULO TRINTA

PRECIOSO ESCORREGA DOS MEUS DEDOS, batendo no chão com um baque.

Com as mãos tremendo, pego meu pobre telefone.

A tela está rachada, mas o artigo ainda está visível e posso ler o resto.

De acordo com uma fonte, Vlad e uma mulher que fez o teste de controle de qualidade não conseguiram se conter e usaram os brinquedos para atingir orgasmos múltiplos. O artigo chega a listar o número de orgasmos que ele e eu tivemos e cada tipo de brinquedo usado.

O que é pior, eles têm uma foto de Vlad, e eu a reconheço. É a mesma que tirei no Starbucks quando o vi pela primeira vez, usada pelo meu aplicativo.

Isso prova tudo.

Vlad estava certo quando disse que fui eu, e não Sandra, a responsável por essa informação vazar. Alguém bisbilhotou aquele banco de dados de fotos públicas que meu aplicativo usa – o mesmo que Phantom/Vlad sugeriu que eu tornasse mais privado. O responsável pelo vazamento descobriu aquela foto e adivinhou minha senha para obter os resultados dos testes em minha documentação. Eles, então, entregaram tudo isso para *Cosmo*, junto com a fofoca sobre Vlad, cujo nome não estava na minha escrita.

Como o pessoal da *Cosmo* iria escrever uma história sobre os brinquedos Belka de qualquer maneira, eles aproveitaram a chance de torná-la mais interessante.

Isso seria ruim mesmo se Vlad não fosse obcecado por privacidade. Do jeito que está, eu nem consigo imaginar o quão chateado ele vai ficar quando souber disso.

Porra.

Entre o meu ataque mais cedo e isso, eu duvido que terei notícias dele novamente.

Sentindo-me masoquista, mando uma mensagem para ele com o link do artigo, perguntando: *Você viu isso?*

Sem resposta.

Eu começo a andar pelo meu apartamento.

A cada segundo que ele não responde, fico mais ansiosa.

Ele poderia pelo menos dizer algo, mesmo que seja "Você está demitida" ou "Eu nunca mais quero vê-la novamente".

Para me acalmar, pego algumas guloseimas e vou alimentar Monkey.

Ela não está sozinha.

Claro.

Vlad deixou Oracle aqui.

Isso é ótimo. Cada vez que um cara dá um fora na minha bunda, eu fico com outro porquinho-da-índia.

Em breve terei um chiqueiro inteiro.

Já que isso não é culpa da Oracle, eu alimento as duas enquanto elas rangem e correm, estourando de alegria.

Suas travessuras fofas realmente me fazem sentir um pouco melhor. Isto é, até que eu fique com raiva – mas desta vez, não com Vlad.

Do hacker.

A pessoa que realmente entrou em contato com a *Cosmo* e, sem dúvida, espalhou esses rumores pelo escritório também.

Seja quem for, eu os odeio e é sempre bom saber quem você odeia.

Pegando meu laptop, eu navego até minha conta de armazenamento em nuvem e verifico o histórico de acesso para o documento de teste.

Não demoro muito para localizar o que estou procurando.

Alguém que mora no Queens – não eu – acessou regularmente o arquivo nos últimos dias.

Eu cerro meus dentes. O IP da escória parece familiar.

Eu abro o IP daquele usuário CrazyOops que disse coisas maliciosas sobre meu aplicativo.

Sim.

Bate.

O que significa que há uma grande chance de que seja Britney por trás de tudo isso.

Não é uma grande surpresa. Ela é conhecida como hacker, odeia minha coragem e está farejando esse projeto desde o início. Ela até perseguiu nossos almoços.

Vlad sendo rude com ela na reunião mensal provavelmente não ajudou em nada.

Furiosa, vou me aprofundando nas pesquisas na internet para descobrir se o que ela fez é legal.

Não. O acesso não autorizado a sistemas de computador é um crime.

Falando em crimes, sufocar Britney também não seria legal, não importa o quão bom seria.

Volto a andar de um lado ao outro.

Já se passaram horas e nada de Vlad.

Eu também devo admitir.

Ele está me evitando – e não posso culpá-lo.

Sua privacidade foi destruída, tudo por causa da minha negligência, e sua irmã não recebeu o resultado que esperava.

Bem, dane-se ele. Por não falar comigo, ele está perdendo a informação de Britney.

Isso pode realmente ser o melhor. Eu estava começando a me apaixonar por aquele bastardo, e se ele é assim, prefiro aprender cedo.

Sim. Eu deveria agradecê-lo por não enviar mensagens.

É como arrancar um Band-aid.

Essa é sempre uma boa ideia, certo?

Talvez não se o Band-Aid estiver cobrindo uma ferida purulenta.

Eu paro de andar e me forço a comer.

Tudo tem gosto de papelão. Montagens de meus almoços com Vlad tocam em meu cérebro traiçoeiro, seguido por lembranças de nós abraçados na noite passada.

E os orgasmos que ele me deu.

Ok, preciso de uma grande distração.

Eu mergulho em videogames – algo que não faço há algum tempo. Isso ajuda um pouco. Decapitar zumbis não é tão satisfatório quanto escalpelar Britney seria, mas pelo menos é mais socialmente aceitável.

Talvez seja isso que eu deveria ter feito com meu diploma de ciência da computação: fazer jogos que deixassem as pessoas esquecerem as porcarias de suas vidas, pelo menos por um tempo.

Por volta da meia-noite, qualquer esperança que eu tinha de uma resposta de Vlad se foi, caio na cama e choro até dormir.

EU ACORDO com o toque de uma campainha.

Saltando da cama, corro para o banheiro e fico semi-apresentável antes de correr para a porta.

— Quem é? — pergunto, depois lembro tardiamente que agora posso ver o aplicativo de vídeo no meu telefone.

— Ava.

Porcaria. Nunca fiquei tão desapontada ao ouvir a voz da minha amiga.

Eu abro a porta.

Ela parece furiosa. — Quem manda mensagens de SOS e depois ignora as ligações da amiga?

Eu pisco para ela. — Eu não ignorei você.

Ela abre caminho. — Eu mandei uma mensagem e liguei centenas de vezes. Literalmente.

— Espera. — tropeço na sala de estar e pego Precioso. — Nada de você.

Ela zomba. — Eu liguei e mandei uma mensagem. Repetidamente.

Uma sensação de afundamento se constrói em meu estômago – mas também uma vibração de esperança.

Eu verifico Precioso mais detalhadamente.

Droga. Não é apenas a tela que está rachada. Quando o deixei cair, ele também perdeu a capacidade de receber chamadas e mensagens.

O que significa que Vlad pode não ter me evitado.

Eu estava muito fora de mim ontem para perceber que Ava também tinha desaparecido. Se eu estivesse no meu juízo perfeito, isso teria levantado todos os tipos de bandeiras vermelhas.

Ava coloca as mãos nos quadris. — Coloca para fora o que quer que seja. Agora.

Eu faço duas tigelas de cereal com chocolate e nós engolimos enquanto eu conto a ela toda a história horrível.

— Aposto que ele pensa que você está evitando *ele* — Ava diz. — Você saiu furiosa e tudo mais.

Eu abaixei minha colher. — É disso que tenho medo.

Ela sorve o resto de seu leite. — E agora?

— Me passa seu telefone.

Ela me dá. Pego o número de Vlad no meu Precioso quase morto e ligo para Vlad do telefone de Ava.

Ele não responde.

Talvez esteja exibindo números que não conhece?

Procuro meu telefone comercial, mas não consigo encontrá-lo.

Eu esqueci na casa dele, assim como minha calcinha?

Não. Deve ter sido naquela sala de reuniões.

Lembro-me de colocá-lo sobre a mesa, mas não tenho nenhuma lembrança de pegá-lo.

Caralho.

Eu pulo de pé. — Eu vou até ele.

Ava torce o nariz. — Você pode querer parecer um ser humano primeiro.

— Certo. — jogo nossas tigelas na pia. — Lamento que você tenha vindo até aqui só para me ver sair.

Ela sorri. — Não se preocupe comigo. Pode ser divertido ajudá-la a se preparar.

Corro para o meu armário e procuro algo para vestir que grite "grande gesto romântico".

Não demoro muito para escolher a coisa perfeita.

É minha fantasia de Halloween de muitos anos consecutivos.

Vestindo o vinil preto, volto para a sala.

— Quem diria? — Ava diz, me examinando da cabeça aos pés. — Mais um cara rico que curte BDSM.

Eu reviro meus olhos. — Eu deveria ser Trinity de *Matrix*, e você sabe disso.

Ela sorri. — Deixe-me ajudá-la com a maquiagem.

— Que tal você fazer no caminho?

Ela concorda, e eu peço que ela nos peça um Uber.

Enquanto esperamos pelo carro, verifico meu e-mail do trabalho, só para garantir.

Como eu suspeitava, existem inúmeras mensagens de Vlad, provando sem sombra de dúvida que ele não me evitou.

Você não está atendendo ao telefone, uma diz. *Podemos conversar?*

Próximo: *eu entendo por que você está chateada. Você pode me ligar?*

Eu desço até o décimo quinto e-mail.

Acabei de encontrar seu telefone comercial. Você perdeu o seu pessoal também?

Antes de ler mais, o telefone de Ava nos informa que o motorista está lá fora. Nós corremos e pulamos no carro, onde Ava me faz parecer quase gótica – um estilo de maquiagem que combina muito bem com meu cabelo escuro e tom de pele claro.

— Vá buscá-lo — ela diz quando o carro para ao lado do meu prédio de trabalho. — Você está incrível.

— Obrigada. — Eu pulo e coloco meus óculos de sol inspirados em *Matrix* antes de correr para o prédio.

Saindo do elevador no andar de Binary Birch, eu

esbarro em um monte de pessoas com cafés nas mãos. Elas estão saindo do outro elevador.

Ugh. Eles são da equipe de desenvolvimento e, graças à lei de Murphy, Britney está entre eles.

Eu suprimo o desejo de ir para sua garganta. Assassinar é errado e totalmente idiota quando você está cercada por tantas testemunhas.

Claramente inconsciente do perigo que corre, Britney me olha revirando os olhos.

—Já está na hora de testar as pinças de mamilo?

As pessoas ao nosso redor lançam seus olhares entre nós, parecendo desconfortáveis.

Eu tiro meus óculos escuros para que eu possa encará-la adequadamente. — Suas piadas são tão ruins quanto suas habilidades de programação.

Algumas sobrancelhas espectadoras se erguem.

Ela estreita os olhos para mim. — O que você poderia saber sobre codificação, espertalhona?

A névoa vermelha encobre minha visão. Eu estive esperando por isso por tanto, tanto tempo.

— Mais do que você, com certeza. Você não usa recuo consistente, não deixa nenhum comentário e grafia incorretamente as palavras em nomes de variáveis na metade do tempo. E eu acho que você nem mesmo sabe o significado de 'modularização'. Eu preciso continuar? Porque eu posso.

Para meu choque, vários de seus companheiros de equipe acenam com a cabeça em aprovação. Alguém até murmura algo como "mandou bem".

Britney aperta seu café com tanta força que

transborda. — Pelo menos eu não deixei o Empalador me cutucar com um vibrador.

Meu brilho pode derreter o chumbo neste ponto. — Ele não te cutucaria nem com uma vara de três metros, isso é certo.

Ela se eriça, avançando sobre mim. — Como você ousa?

Ótimo. Chega de Srta. Fanny Boazinha. — Eu sei que foi você — cerro meus dentes.

Empalidecendo, ela para no meio do caminho. — Não sei do que você está falando.

Eu revelo seu endereço IP. — Isso soa familiar? Porque liguei para o seu ISP e eles confirmaram que é seu.

Eu não fiz isso, mas o blefe funciona claramente. Ela embranquece até os níveis de fantasma e dá um passo para trás.

Hora de matar – infelizmente metaforicamente. — Se eu vir seu rosto ou endereço de IP novamente, vou passar as informações para o Empalador. Dado o quão louco ele é sobre privacidade, e o quão rico, ele provavelmente fará com que você apodreça na prisão.

Ela está tão verde que estou tentada a lhe dar Dramamine. — Era só uma piada.

Coloquei meus óculos de sol novamente. — Como eu disse, suas piadas são tão ruins quanto seu código.

CAPÍTULO TRINTA E UM

SEM ESPERAR para ver a reação da equipe de desenvolvimento, corro pelo corredor e entro no escritório de Vlad.

Ele não está aqui.

Droga.

Onde ele está?

Procuro uma agenda, mas é claro, não estamos em 1989 ou quando todos pararam de usar papel.

Amparada pela minha roupa e pelo encontro com Britney, eu circulo ao redor da mesa de Vlad e reavivo seu computador.

Está bloqueado.

Claro. Política padrão da empresa – o que é uma merda, porque se eu pudesse dar uma espiada em sua agenda digital, descobriria onde ele está.

Se eu pudesse adivinhar seu código PIN...

Eu mordo meu lábio, considerando isso.

Nossos códigos pin têm seis dígitos, então, há um milhão de combinações aleatórias diferentes.

Portanto, adivinhar aleatoriamente está fora de questão.

Tenho que tentar pensar no que ele pode realmente usar.

Eu olho para cima e, com certeza, há uma câmera de segurança no canto de seu escritório.

Isso é para o caso de alguém tentar o que estou prestes a fazer?

Bem, espero que ele não fique muito bravo comigo.

Eu aceno para a câmera. — Isso é o que você ganha por me vigiar em suas salas de reunião.

Para o caso de ele assistir à fita mais tarde.

Por enquanto, tento 123456 para o código PIN.

Não. Isso teria sido muito fácil.

Eu tento 654321.

Ainda não.

Tento permutações diferentes de sua data de nascimento.

Nenhum funciona.

Os dígitos inicial e final de seu número de telefone também não funcionam.

Se eu continuar assim, o computador me bloqueará por muitas tentativas malsucedidas.

Então me lembro de algo que ele disse pouco antes de eu sair daquela sala de reuniões, sobre como você pode usar números para representar as letras do alfabeto em uma palavra favorita.

Poderia ser assim tão simples?

Eu converto o que acho que pode ser sua palavra favorita – Neo – para 140515.

Ponto para mim!

O computador é desbloqueado e a primeira coisa que me encara é um e-mail que Vlad deve ter redigido antes de bloquear a tela.

Seu assunto afirma: "Rescisão de Britney Archibald".

Incapaz de me segurar, leio a mensagem.

Claro.

Vlad descobriu que ela era o vazamento e quem espalhava os rumores. Em anexo estão as transcrições de conversas de mensagens instantâneas em que ela contou a Mike como eu estava testando brinquedos sexuais com vários homens na Binary Birch, incluindo o cara do RH cujo nome por acaso está no "enviar para" do e-mail de Vlad.

Ela está tão ferrada.

De alguma forma, Vlad até conseguiu encontrar provas de que Britney havia hackeado as contas de mídia social de seu ex do departamento de vendas – algo que até agora era apenas boato.

É oficial.

Britney mordeu mais do que ela poderia mastigar quando deu o nome de Vlad para a *Cosmo*.

Minimizando o e-mail, eu verifico a agenda de Vlad para ver onde ele está.

Hã.

Ele está na 1000 Devils, e onde o compromisso deveria estar tem meu nome.

Ele está pedindo a seu irmão algum conselho sobre relacionamento?

Isso não combina. Vlad anexou meu currículo a esta reunião, bem como links para o código do meu aplicativo. Espero que não sejam essenciais para qualquer relacionamento que possamos ou não ter.

Então me ocorre.

Ele está me arranjando um emprego.

Saltando de sua cadeira, corro para fora do prédio e pulo em um táxi.

É hora de enfrentar 1000 Devils.

CAPÍTULO TRINTA E DOIS

SAIO DO ELEVADOR FURTIVAMENTE.

Não.

Ninguém atira em mim.

Pelo menos ainda não.

Correndo para o arsenal de armas Nerf, arranjo um arsenal adequado: duas pistolas que enfio na cintura e uma engenhoca de metralhadora de duas mãos.

Se vou trabalhar neste lugar – e não sei se vou – terei que me encaixar em sua cultura peculiar.

Se isso significa atirar em meu caminho para Vlad, que seja.

Agarrando minha metralhadora Nerf, saio da sala e me arrasto para o andar principal.

Um projétil laranja é arremessado contra meu rosto, mas eu desvio e ele passa perto do meu ouvido.

— Boa — alguém diz.

Eu me viro e coloco uma bala no peito de um ruivo

com barriga de cerveja. Lembro-me vagamente dele da minha última visita.

Alguém salta do cubículo à direita.

Eu me esquivo de seu tiro, então, atiro no seio dela.

Outra pessoa salta de um cubículo.

Eu salto atrás de uma coluna, evitando o projétil.

Espreitando para mirar, derrubo o último atacante.

Um monte de dardos atinge a coluna.

Eu coloco minha cabeça para fora, vejo uma mulher mais velha descarregando sua arma em minha direção, e atiro em seu braço.

Outra rodada de dardos vem na minha direção.

Eu espio mais uma vez.

Um cara com cabelo raspado está recarregando.

Atiro em seu pescoço e corro para a coluna perto da grande sala de reuniões.

Através do vidro, vejo Vlad e Alex falando animadamente, mas eles não me notam.

O que é ótimo.

Eu não preciso de apoio mesmo.

Respirando fundo, eu corro para fora do meu esconderijo.

Os próximos momentos acontecem como um efeito de câmera lenta em *Matrix*.

Eu me esquivo de um dardo e acerto sua fonte no ombro.

Saltando sobre um projétil voando baixo, eu largo minha metralhadora vazia no chão e puxo duas pistolas enquanto ainda estou no ar.

Bang. Bang.

Com as duas mãos, acerto em duas pessoas no meu caminho para a sala de reuniões e agarro a maçaneta da porta.

Uma nuvem inteira de dardos Nerf está voando em minha direção, mas já estou atrás da porta de vidro.

Os dardos atingem o vidro e caem inutilmente no chão.

Vitória!

— Fanny? — Vlad está olhando para mim com uma mistura de confusão e aprovação. — O que você está fazendo aqui? Como você chegou aqui?

Eu tiro meus óculos de sol. — Adivinhei seu código PIN e dei uma olhada em sua agenda. Desculpe por antes. Meu telefone estava quebrado. Eu não estava te ignorando. Por causa do artigo, eu pensei... — Eu paro, pegando a expressão fascinada no rosto de Alex. — Deixa para lá.

Um sorriso lento se espalha pelo rosto de Vlad. — Que bom que você veio. Estávamos falando sobre você.

Alex se levanta. — Olá, Fanny. Bom te ver de novo. — Ele aperta minha mão. — Eu ia fazer com que meu pessoal de RH entrasse em contato com você primeiro, mas já que você está aqui, quero lhe estender formalmente uma oferta para uma posição de desenvolvedor aqui na 1000 Devils.

Então, meu palpite estava correto.

Vlad está me arranjando outro emprego.

E não qualquer trabalho.

Desenvolvimento de software, exatamente o que eu quero fazer.

Minha emoção luta com o constrangimento. Antes de continuar, tenho que perguntar a Alex algo importante. — É porque eu dormi com o seu irmão?

Com os olhos arregalados, Alex dá a Vlad um olhar questionador. — Você dormiu? Eu acho... bom para vocês?

Se eu esperava que os eventos recentes tivessem dessensibilizado minhas bochechas de queimar, não tive essa sorte. Elas esquentam com um entusiasmo quase sádico quando eu dou uma espiada em Vlad.

Acabei de deixar escapar algo que não deveria?

Ele ficará ainda mais bravo comigo agora?

Seu rosto está ilegível, embora um canto de sua boca pareça estar se contorcendo de diversão ou raiva.

Alex coça a nuca. — Na verdade, Fanny, eu queria contratá-la depois que você encontrou aquela falha em nosso jogo, mas Vlad e eu temos uma política de não tomar funcionário um do outro, então, achei que não era para ser. Quando ele me disse que você está procurando algo mais divertido e desafiador, mas na área de codificação em vez de testes, fiquei intrigado. E já que ele acabou de me mostrar seu trabalho recente, não tenho dúvidas de que você seria um trunfo aqui. No momento, estamos trabalhando em um RPG em que queremos combinar as imagens do usuário com um banco de dados de rostos de personagens pré-preparados que se pareçam com eles. Isso soa familiar?

Minha empolgação aumenta com cada palavra que ele fala e, quando ele termina, não consigo evitar balançar a cabeça repetidamente. — Isso é basicamente o que meu aplicativo faz. — Minha voz quase explode de ansiedade. — Basta substituir personagens de desenhos animados por personagens de jogos.

Alex sorri. — Exatamente. Você será capaz de começar imediatamente. Presumindo que esteja interessada? — Sua expressão fica mais séria. — Antes de decidir, posso lhe dizer aqui e agora: o que quer que aconteça entre você e meu irmão, nunca terá qualquer influência em seu trabalho. Posso colocar isso em contrato, se você quiser.

Eu sorrio tão amplamente que posso sentir em meus ouvidos. — Nesse caso, sim.

Eu estendo minha mão e nós a apertamos.

Vlad se levanta. — Ela realmente quer dizer 'talvez'. Para conseguir um sim, você precisa impressioná-la com coisas como salário e benefícios.

Quase me bato na testa. — Vlad está certo. Meus talentos não são baratos.

Alex sorri. — Tenho certeza que podemos acertar algo. Afinal, estamos competindo com a Binary Birch. — Ele dá uma piscadela bem-humorada para Vlad. — Por exemplo, nosso código de vestimenta é menos restritivo – o traje *Matrix* é puramente opcional.

Eu sorrio para ele. — Obrigada. Isso é muito emocionante. Estarei à espera de uma oferta formal. Agora, se você não se importa, preciso falar com Vlad. — Dou um sorriso hesitante para o meu futuro ex-empregador. — Presumindo que *você* queira falar comigo?

Vlad inclina a cabeça. — Podemos conversar...

307

desde que você me deixe cozinhar um almoço de minha escolha para você.

Eu resisto à vontade de pulinhos como uma criança. — Combinado.

Enquanto Alex nos leva para fora do prédio da 1000 Devils, tomo a decisão mais fácil da minha vida.

A menos que seja um corte enorme no pagamento – e eu duvido muito – vou aceitar o trabalho na 1000 Devils. Fazer videogames é algo que todo jogador pensa assim que começa suas aulas introdutórias de programação, e uma empresa como essa parece particularmente legal. A cultura na 1000 Devils é peculiar, com armas e tudo – mas isso parece uma aventura divertida, não uma desvantagem.

Na verdade, mesmo que eu tenha a opção de trabalhar em casa, vou trabalhar aqui no escritório.

— Senti sua falta — Vlad diz quando as portas do elevador se fecham.

Foco minha atenção, todos os pensamentos sobre a oferta de emprego esquecidos.

— Eu também senti sua falta — digo, orgulhosa de como minha voz está firme. — Me desculpe por…

— Não. — Ele pega minha mão, seus dedos fortes e quentes ao redor dos meus. — Sou eu que devo me desculpar. Eu deveria ter demitido Britney depois que ela hackeou aquele cara nas vendas. Você ouviu falar sobre isso, certo?

Opa. Acho que hackear está em sua lista de proibições. — Você me ouviu antes? Entrei no seu computador. E quando o fiz, vi o e-mail que você estava escrevendo sobre ela. Sinto muito por invadir sua privacidade assim.

Ele aperta minha mão de forma tranquilizadora. — Adivinhei sua senha e você adivinhou meu PIN. Eu diria que estamos quites.

Quero beijá-lo, mas o elevador se abre e as pessoas olham para nós com expectativa, então, saímos.

A caminhada até a limusine acontece em um piscar de olhos, com a sensação de estar dançando o tempo todo. Subindo, sentamos um ao lado do outro, e ele afivela meu cinto de segurança como se isso fosse uma coisa normal de se fazer – e eu adoro isso.

— Como sua irmã reagiu a todo o desastre do artigo? — pergunto quando o carro avança.

Ele sorri. — O telefone dela está fora do gancho. Ela acha que a sugestão de escândalo no artigo realmente ajudou. Ela pode estar certa. O original teria soado mais como um comercial.

Uau. — Então, ela vai ficar bem?

Seu sorriso se alarga. — Sim.

Eu mordo meu lábio. — E quanto a você?

— Tudo bem também. Entrei em contato com a *Cosmo* para uma correção no artigo, e eles consertaram. — Ele pega seu telefone e me mostra a tela.

Eu folheio o artigo. Seu nome ainda está lá, mas não sou mais chamada de pessoa de controle de qualidade.

De acordo com esse artigo, sou *namorada* de Vlad.

Namorada.

Eu.

Quero pular do carro e dançar uma balada no meio da Times Square.

— Tudo bem, certo? — Ele pergunta, franzindo as sobrancelhas escuras. — Eu percebi que...

— Está mais do que bem. — As palavras saem sem fôlego. — Mas por que você não os fez remover seu nome do artigo quando pôde?

Ele encolhe os ombros. — Não queria arriscar. E se a correção reduzir a exposição de Bella?

Eu aceno solenemente. — Muito nobre. Sacrificando sua privacidade por sua irmã.

Um canto de sua boca se torce ironicamente. — Isso, ou não tenho muita influência sobre o pessoal da *Cosmo*.

A limusine para e ele abre a porta para mim.

Quando entramos em seu prédio, ele me conta sobre um bando de porquinhos-da-índia que descobriu no interior do estado – um lugar onde os proprietários podem deixar seus animais de estimação brincar com um grande número de outros porquinhos.

— Monkey e Oracle parecem gostar de estar juntas — ele explica enquanto subíamos no elevador. — Então, comecei a me perguntar se elas não iriam querer ainda mais socialização.

— Claro — eu digo quando o elevador se abre em seu andar. — Gosto da ideia desse bando. Vamos levá-las lá um dia.

A parte que mais gosto é que ele está fazendo planos que *me* envolvem.

Primeiro, sou sua namorada, e agora, isso.

A única maneira de me sentir mais feliz é se ele ficar nu.

Hmm. Talvez isso também possa ser arranjado?

— Então... — tiro minhas botas. — Você nunca me deu um tour pela sua casa.

Ele me entrega um par de chinelos que, por acaso, são exatamente do meu tamanho – fazendo-me sentir como a *Cinderela*.

— Vou consertar esse descuido imediatamente. — Ele abre a porta no corredor. — Este é o meu quarto.

Objetivo alcançado. O quarto é o destino que eu precisava para meu plano maligno.

Assim que entramos, fecho a porta com força para chamar a atenção dele. Então, enquanto ele observa, abro o zíper da minha blusa.

Drácula mostra interesse imediato – assim como Vlad.

Seus olhos brilham predatoriamente por trás de suas lentes enquanto ele diminui a distância entre nós. — Essa roupa está me deixando louco.

Estendo a mão para desabotoar o colarinho de sua camisa. — O mesmo sobre você.

— Espere — Ele segura meus pulsos. — Há algo que você deve saber.

— Oh? — Um caleidoscópio de borboletas bate suas asas, iniciando um redemoinho na minha barriga.

Ele respira fundo, sua expressão incerta pela primeira vez desde que o conheço. Suavemente, ele diz: — Vai parecer loucura, mas eu nunca experimentei esse tipo de conexão com ninguém antes. O jeito que estamos juntos é como o código mais elegante e sem bugs que funciona perfeitamente assim que você termina de desenvolvê-lo. Fannychka ... — Sua voz fica mais rouca. — Eu sei que faz apenas alguns dias desde que nos conhecemos, mas...

— Você me ama — deixo escapar, e coro imediatamente.

Não tenho ideia de onde veio essa declaração ousada, mas estou absurdamente certa de que estou certa.

Ele solta meus pulsos, diversão brilhando em seus olhos. — É algum costume americano interromper essas coisas?

Meu rubor já prodigioso se aprofunda. — Eu sinto muito. Você estava dizendo?

Ele segura meu rosto com as mãos, como fez outro dia quando me disse que gostaria de mim, mesmo sem nenhum pelo facial. Seus olhos são do azul mais puro e profundo quando eles olham nos meus. — Fanny Pack — ele diz solenemente. — Eu te amo.

A tempestade na minha barriga se transforma em um tornado completo, que gira mais alto no meu peito, envolvendo meu coração com o brilho mais quente e doce. — E eu te amo — eu respiro.

Ele se inclina, reivindicando meus lábios no beijo mais profundo e apaixonado. Lábios travados e línguas dançando, nós tropeçamos na cama, nossas roupas caindo como por mágica, e o que acontece a seguir só pode ser descrito por um termo.

Fazer amor.

Horas depois, enquanto ficamos ali completamente gastos, eu secretamente me belisco para ter certeza de que isso está realmente acontecendo.

Está.

É real.

Eu peguei o vampiro dos meus sonhos, o próprio Vlad, o Empalador.

Quem poderia imaginar?

E só de pensar... tudo começou com uma mala cheia de brinquedos sexuais.

EPÍLOGO
VLAD

Seis meses depois, Islândia.

EM NOSSA MESA está um prato de iguarias islandesas peculiares, incluindo tubarão fermentado e testículos de carneiro azedados.

Não estou surpreso que Fannychka tenha corajosamente experimentado um pedaço de cada coisa aqui e gostado, até mesmo o pobre carneiro – um prato que eu pessoalmente ignorei. Foi, como ela disse provocativamente, "solidariedade masculina".

Nos últimos seis meses, ela se tornou uma conhecedora de iguarias de todo o mundo – pelo menos, as que você pode conseguir em Nova York, que são muitas.

Ela também é uma conhecedora de atos sexuais, posições e brinquedos, para minha alegria. Se ela se cansar de ser desenvolvedora de jogos, aposto que ela poderia escrever o próximo Kama Sutra.

Estas são nossas primeiras férias oficiais, e ela tem adorado até agora – embora mais graças às piscinas geotérmicas e às paisagens de planetas alienígenas do que à culinária islandesa.

Eu mantenho meu rosto neutro enquanto a vejo beber sua cidra de maçã, embora a visão daqueles deliciosos lábios rosados em volta da garrafa me deixe louco, como sempre.

Ela tem alguma ideia do que estou prestes a fazer?

Talvez. Talvez não. Você nunca sabe. Ela pode ser terrivelmente inteligente.

Eu examino nossos arredores em busca de pistas.

O telhado de vidro e as paredes do restaurante criam um ambiente super romântico que pode me denunciar. Você pode ver as luzes da cidade descendo a montanha, bem como o céu noturno acima.

Além disso, somos os únicos aqui, então, ela pode corretamente deduzir que isso é obra minha e não o restaurante sofrendo com a falta de clientes.

Felizmente, a seleção de comida não tão romântica foi um equívoco bom o suficiente.

Agora só preciso que o clima coopere. A previsão era boa, mas se não, sempre há amanhã.

Eu quero que ela se lembre disso para sempre.

Então, continuo uma conversa enquanto comemos, mas também espero pelo meu momento.

Como parte do curso nessas ocasiões auspiciosas,

não posso deixar de pensar em alguns dos destaques de nosso tempo juntos.

Quando eu a vi naquele Starbucks, com sua pele pálida e cabelo preto, ela parecia ter saído dos filmes *Underworld* – o que é irônico, considerando todas as piadas de vampiro que ela ainda faz às minhas custas.

Eu soube naquele momento que a queria e tirei uma foto dela disfarçadamente – outra pitada de ironia, considerando que ela fez o mesmo comigo com seu aplicativo.

Quando ela entrou em meu escritório poucos minutos depois, parecia que eu poderia comê-la – canibalisticamente – enquanto a verdade era que eu queria devorá-la de uma forma muito diferente, completamente inadequada para o escritório.

Tentei ser profissional – não é uma tarefa fácil devido ao projeto em suas mãos – mas, então, ela me contatou com aquela emergência do brinquedo, e todas as minhas boas intenções foram pela janela. Fiquei chocado com as emoções protetoras que ela despertou. Uma parte de mim sabia que a maioria das pessoas acharia sua situação engraçada, mas eu estava muito preocupado com ela se machucar.

As coisas começaram a girar ainda mais quando eu a levei para nosso primeiro almoço e comecei a aprender o quanto tínhamos em comum. No momento em que ela me disse que queria testar os brinquedos em um cara qualquer, eu queria rasgá-lo em pedaços.

Em seguida, o teste começou.

Drácula fica duro como pedra toda vez que penso

nisso – inclusive agora. É uma coisa boa que eu não preciso me levantar tão cedo, senão...

— Olha, querido, a aurora boreal! — Fanny está apontando para o telhado de vidro, seus olhos azuis brilhando de excitação.

Falou muito cedo. Eu tenho que me mover, com ereção ou não.

Este é o momento que eu estava esperando.

Fanny estava morrendo de vontade de ver essa maravilha, e não posso culpá-la. Quando criança, eu não me cansava de assistir essas coisas em Murmansk.

É uma distração perfeita, então, ignoro a protuberância em minhas calças junto com a linda aurora boreal no céu.

No momento em que ela olha para mim, estou em posição.

Em um joelho, um anel de diamante na mão.

Um anel que minha irmã e Ava me ajudaram a escolher – antes de eu fazê-las jurar segredo, é claro.

— Que. Caralho. — Fanny me olha boquiaberta, suas pupilas são do tamanho de uma moeda de dez centavos. — Quando você desceu aí?

Parece que ela não esperava por isso.

Ótimo.

Ignorando a pergunta, começo meu discurso.

— Fanny Pack, primeiro quero agradecer por toda a alegria que você trouxe à minha vida. — Eu sei que soa como um brinde dos meus pais, mas as palavras estão vindo do meu coração, e o brilho dos olhos dela parece indicar que elas ressoam. — Você tem sido a coisa mais importante no meu mundo nos últimos seis meses. Eu te amo e você me ama. Você poderia...

— Casar com você? — ela respira.

Eu sorrio. Tornou-se uma espécie de tradição para ela me interromper durante momentos como este; ela fez exatamente isso quando eu a convidei para morarmos juntos.

Eu carinhosamente aperto sua pequena mão. — Eu realmente ia dizer: você vai me fazer o vampiro mais feliz da história, me deixando finalmente transformá-la, para que possamos passar uma eternidade juntos?

Ela oferece os dedos da mão livre. — Sim. Por favor. Sempre quis brilhar à luz do sol.

Com o coração batendo forte no meu peito, eu deslizo o anel em seu dedo, tornando oficial.

Nossa grande aventura juntos está para começar.

AGRADECIMENTOS

Obrigada por ler *Meu Código Exato*! Se você curtiu a história de Vlad e Fanny, por favor, considere deixar uma resenha ou comentário.

Quer mais histórias com a família Chortsky? Não perca a história de Bella!

Misha Bell é o pseudônimo da parceria entre Anna Zaires e seu marido, Dima Zales. Quando eles não estão divertindo os leitores como Misha, Dima escreve ficção científica e fantasia, e Anna escreve romance dark e contemporâneo. Se você deseja conhecer um enredo quente, especialmente com um bilionário alfa possessivo, dê uma olhada em *O Titã de Wall Street*, de Anna Zaires. Vire a página para ler um trecho.

TRECHO DE O TITÃ DE WALL STREET

Um bilionário que quer uma esposa perfeita ...

Aos 35 anos, Marcus Carelli tem tudo: riqueza, poder e o tipo de aparência que deixa as mulheres sem fôlego. Bilionário, ele dirige um dos maiores fundos de investimentos de Wall Street e pode derrubar grandes corporações com uma única palavra. A única coisa que ele não tem? Uma esposa que seria uma conquista tão grande quanto os bilhões em sua conta bancária.

Uma aficcionada por gatos que precisa de um encontro...

Emma Walsh, 26 anos, vendedora numa livraria, sabe que é uma Senhora dos Gatos. Ela não concorda necessariamente com essa afirmação, mas é difícil argumentar com os fatos. Roupas fora de moda cobertas com pelos de gato? Check. Último corte professional no cabelo? Há mais de um ano. Ah, e três gatos em um pequeno estúdio no Brooklyn? Sim, ela tem.

E, sim, ela não tem um encontro desde... Bem, ela não se lembra. Mas essa parte pode ser mudada. Não é para isso que servem os sites de namoro?

Um caso de erro de identidade...

Uma casamenteira da alta roda, um aplicativo de namoro, uma confusão que muda tudo... Os opostos até se atraem, mas isso pode durar?

———

Estou quase pulando de emoção quando me aproximo do Sweet Rush Café, onde eu deveria encontrar Mark para o jantar. Essa é a coisa mais louca que já fiz em longo tempo. Entre o meu turno da noite na livraria e o horário de aula dele, não tivemos a chance de fazer mais do que trocar algumas mensagens, então, tudo o que tenho são aquelas fotos desfocadas. Ainda assim, tenho um bom pressentimento sobre isso.

Eu sinto que Mark e eu podemos nos conectar.

Cheguei alguns minutos mais cedo, então, paro na porta e tiro um momento para tirar pelo de gato do meu casaco de lã. O casaco é bege, o que é melhor do que o preto, mas o pelo branco é visível em tudo o que não é branco puro. Eu acho que Mark não se importa muito – ele sabe o quanto os persas perdem pelo –, mas eu ainda quero parecer apresentável para o nosso primeiro encontro. Demorei cerca de uma hora, mas fiz meus cachos ficarem semi-comportados, e estou até usando um pouco de maquiagem – algo que acontece com a frequência de um tsunami em um lago.

Respirando fundo, entro no Café e olho em volta para ver se Mark já está lá.

O lugar é pequeno e aconchegante, com assentos em forma de bancos dispostos em semicírculo em volta do balcão. O cheiro de grãos de café torrados e moídos é de dar água na boca, fazendo meu estômago roncar de fome. Eu estava planejando ficar só no café, mas decidi pegar um croissant também; meu orçamento deve dar para isso.

Apenas alguns dos lugares estão ocupados, provavelmente porque é uma terça-feira. Eu os examino, procurando por alguém que possa ser Mark, e noto um homem sentado sozinho na mesa mais distante. Ele está de costas para mim, então, tudo o que consigo ver é a parte de trás de sua cabeça, mas seu cabelo é curto e castanho escuro.

Pode ser ele.

Reunindo minha coragem, aproximo-me do local.

— Com licença — digo. — Você é Mark?

O homem se vira para mim e meu pulso dispara na estratosfera.

A pessoa na minha frente não é nada como as fotos no aplicativo. Seu cabelo é castanho e seus olhos são azuis, mas essa é a única semelhança. Não há nada arredondado e tímido nas expressões rígidas do homem. Do queixo de aço ao nariz aquilino, seu rosto é ousadamente masculino, marcado por uma autoconfiança que beira a arrogância. Uma barba por fazer escurece suas bochechas magras, fazendo suas maçãs do rosto salientes se destacarem ainda mais, e suas sobrancelhas são grossas e escuras sobre os olhos penetrantes e pálidos. Mesmo sentado atrás da mesa, ele parece alto e poderosamente bem-definido. Seus ombros são muito largos em seu terno bem cortado e suas mãos são duas vezes maiores que as minhas.

Não é possível que seja o Mark do aplicativo, a menos que ele tenha gasto algum tempo em ginástica desde que as fotos foram tiradas. Seria possível? Uma pessoa poderia mudar tanto? Ele não indicou sua altura no perfil, mas eu presumi que a omissão significava que ele era tão prejudicado verticalmente quanto eu.

O homem que eu estou olhando não é prejudicado de qualquer forma, e ele certamente não está usando óculos.

— Eu sou... Eu sou Emma — gaguejo enquanto o homem continua olhando para mim, seu rosto duro e inescrutável. Tenho quase certeza de que tenho o cara errado, mas ainda me forço a perguntar: — Você é Mark, por acaso?

— Eu prefiro ser chamado de Marcus — ele me choca, respondendo. Sua voz é um estrondo masculino profundo que puxa algo primitivamente feminino dentro de mim. Meu coração bate ainda mais rápido e minhas palmas começam a suar quando ele se levanta e diz abruptamente: — Você não é o que eu esperava.

— Eu? — *Que diabos?* Uma onda de raiva afasta todas as outras emoções enquanto eu fico boquiaberta com o gigante rude na minha frente. O idiota é tão alto que tenho que esticar o pescoço para olhar para ele. — E quanto a você? Não se parece nada com suas fotos!

— Eu acho que nós dois fomos enganados — diz ele, com a mandíbula apertada. Antes que eu possa responder, ele gesticula em direção ao banco — Você pode muito bem sentar e fazer uma refeição comigo, Emmeline. Eu não vim até aqui para nada.

— É *Emma* — eu corrijo, fumegando. — E não, obrigada. Eu vou apenas seguir meu caminho.

Suas narinas se abrem e ele caminha para a direita para bloquear meu caminho. — Sente-se, *Emma*. — Ele faz o meu nome soar como um insulto. — Vou ter uma conversa com Victoria, mas, por enquanto, não vejo por que não podemos compartilhar uma refeição como dois adultos civilizados.

As pontas das minhas orelhas queimam com fúria, mas eu deslizo no banco em vez de fazer uma cena. Minha avó incutiu polidez em mim desde cedo, e mesmo sendo adulta vivendo sozinha, acho difícil ir contra os ensinamentos dela.

Ela não aprovaria eu dando joelhadas nas bolas dele e mandando-o se foder.

— Obrigado — diz ele, deslizando para o assento

em frente a mim. Seus olhos brilham azulados quando pega o cardápio. — Isso não foi tão difícil, foi?

— Eu não sei, *Marcus* — digo, colocando ênfase especial no nome formal. — Eu só estive perto de você por dois minutos, e já estou me sentindo homicida. — Revido o insulto com um sorriso feminino, aprovado pela vovó, e ponho minha bolsa no canto do meu banco, pego o menu sem me preocupar em tirar o casaco.

Quanto mais cedo comermos, mais cedo posso sair daqui.

Uma risada profunda me faz olhar para cima. Para meu choque, o idiota está sorrindo, seus dentes brilhando brancos em seu rosto levemente bronzeado. Sem sardas, noto com inveja; sua pele é perfeitamente uniforme, sem nem um grama extra na bochecha. Ele não é classicamente bonito – suas características são ousadas demais para serem descritas dessa maneira – mas ele é chocantemente bonito, de uma maneira potente e puramente masculina.

Para meu espanto, uma onda de calor lambe meu núcleo, fazendo meus músculos internos se apertarem.

De jeito nenhum. Esse idiota *não* está me excitando. Eu mal posso ficar próxima a ele.

Rangendo os dentes, olho para o meu cardápio, observando com alívio que os preços neste lugar são realmente razoáveis. Eu sempre insisto em pagar minha parte da comida em encontros, e agora que eu conheci Mark – desculpe-me, *Marcus* – eu não deixaria que ele me arrastasse para um lugar chique onde um copo d'água da torneira custa mais do que uma dose de *Patrón*. Como eu poderia estar tão errada sobre o cara? Claramente, ele mentiu sobre trabalhar em uma livraria e ser um estudante. Para que fim, eu não sei, mas tudo sobre o homem à minha frente grita riqueza e poder. Seu terno risca-de-giz abraça sua estrutura de ombros largos como se fosse feito sob medida para ele, sua camisa azul é engomada, e eu tenho certeza de que sua gravata sutilmente quadriculada é uma marca de grife que faz a *Chanel* parecer uma marca do *Walmart*.

Quando todos esses detalhes se registram, uma nova suspeita me ocorre. Alguém poderia estar fazendo uma piada comigo? Kendall, talvez? Ou Janie? Ambas conhecem o meu gosto para rapazes. Talvez uma delas tenha decidido me atrair para um encontro dessa maneira – embora o motivo pelo qual elas montariam isso com *ele*, e ele concordaria com isso, seja um enorme mistério.

Franzindo a testa, olho para o menu e estudo o homem à minha frente. Ele parou de sorrir e está folheando o cardápio, com a testa franzida em uma carranca que o faz parecer mais velho do que os vinte e sete anos listados em seu perfil.

Essa parte também deve ter sido uma mentira.

Minha raiva se intensifica. — Então, *Marcus*, por que você escreveu para mim? — Soltando o cardápio na mesa, olho para ele. — Você tem gatos?

Ele olha para cima, sua carranca se aprofundando. — Gatos? Não, claro que não.

O escárnio em seu tom me faz querer esquecer tudo

sobre a desaprovação de vovó e lhe dar um tapa direto no rosto magro e duro. — Isso é algum tipo de brincadeira para você? Quem colocou você nisso?

— Desculpe-me? — Suas sobrancelhas grossas sobem em um arco arrogante.

— Ah, para de bancar o inocente. Você mentiu em sua mensagem para mim, e tem a ousadia de dizer que eu não sou o que você esperava? — Eu posso praticamente sentir a fumaça saindo dos meus ouvidos. — *Você* mandou uma mensagem para *mim*, e eu fui totalmente sincera no meu perfil. Quantos anos você tem? Trinta e dois? Trinta e três?

— Tenho trinta e cinco — diz ele lentamente, sua carranca voltando. — Emma, o que você está falando...

— Chega. — Agarrando minha bolsa pela alça, deslizo para fora do banco e fico de pé. Com ensinamentos da vovó ou não, não vou fazer uma refeição com um idiota que tenha me enganado. Não tenho ideia do que faria um cara como esse querer brincar comigo, mas eu não vou ser o alvo de alguma piada.

— Aproveite a sua refeição — rosno, dando a volta, e sigo para a saída antes que ele possa bloquear o meu caminho novamente.

Estou com tanta pressa para sair que quase derrubo uma morena alta e esbelta que se aproxima do Café e o cara baixo e rechonchudo que a segue.

———

Por favor, visite nossa página www.annazaires.com/ book-series/portugues/ para saber mais e se inscrever em minha lista de e-mail.

SOBRE A AUTORA

Amo escrever humor (muitas vezes do tipo impróprio), finais felizes (ambos os tipos) e personagens peculiares o suficiente para serem chamados de excêntricos (porque... por que não?). Se você ama uma boa comédia, cheia de vibrações positivas, visite mishabell.com e inscreva-se para receber minha newsletter.